EMBRACED IN INK – TATTOOS UND VERBUNDENHEIT

MONTGOMERY INK REIHE: BOULDER

CARRIE ANN RYAN

EMBRACED IN INK – TATTOOS UND VERBUNDENHEIT

Montgomery Ink Reihe: Boulder, Buch 3

von

Carrie Ann Ryan

Embraced in Ink – Tattoos und Verbundenheit
Montgomery Ink Reihe: Boulder, Buch 3
von
Carrie Ann Ryan

Englischer Originaltitel: »Embraced in Ink (Montgomery Ink: Boulder Book 3)«
Deutsche Übersetzung: Sandra Martin für Daniela Mansfield Translations 2026

Besuchen Sie Carrie Ann im Netz!
carrieannryan.com/country/germany/
www.facebook.com/CarrieAnnRyandeutsch/
twitter.com/CarrieAnnRyan
www.instagram.com/carrieannryanauthor/

EBENFALLS VON CARRIE ANN RYAN

Die Brüder Wilder:

Der Weg zurück zu mir (Buch 1)

Immer der Richtige für mich (Buch 2)

Der Pfad zu dir (Buch 3)

Montgomery Ink Reihe:

Ink Inspired – Tattoos und Inspiration (Buch 0,5)

Ink Reunited – Wieder vereint (Buch 0,6)

Delicate Ink – Tattoos und Überraschungen (Buch 1)

Forever Ink – Tattoos und für immer (Buch 1,5)

Tempting Boundaries – Tattoos und Grenzen (Buch 2)

Harder than Words – Tattoos und harte Worte (Buch 3)

Written in Ink – Tattoos und Erzählungen (Buch 4)

Hidden Ink – Tattoos und Geheimnisse (Buch 4,5)

Ink Enduring – Tattoos und Leid (Buch 5)

Ink Exposed – Tattoos und Genesung (Buch 6)

Inked Expressions – Tattoos und Zusammenhalt (Buch 7)

Inked Memories – Tattoos und Erinnerungen (Buch 8)

Montgomery Ink Reihe: Colorado Springs:

Fallen Ink – Tattoos und Leidenschaft (Buch 1)
Restless Ink – Tattoos und Intrigen (Buch 2)
Jagged Ink – Tattoos und Turbulenzen (Buch 3)

Montgomery Ink Reihe: Boulder:
Wrapped in Ink – Tattoos und Herausforderungen (Buch 1)
Sated in Ink – Tattoos und drei Herzen (Buch 2)
Embraced in Ink – Tattoos und Verbundenheit (Buch 3)

Die Gallagher-Brüder:
Love Restored – Geheilte Liebe (Buch 1)
Passion Restored – Geheilte Leidenschaft (Buch 2)
Hope Restored – Geheilte Hoffnung (Buch 3)
Seduced in Ink – Tattoos und Täuschungen (Buch 4)

Whiskey und Lügen:
Whiskey und Geheimnisse (Buch 1)
Whiskey und Enthüllungen (Buch 2)
Whiskey und die Geister der Vergangenheit (Buch 3)

Das Aspen Rudel:
Durch Ehre Geschliffen (Buch 1)
In der Dunkelheit Gejagt (Buch 2)
Im Chaos Gebunden (Buch 3)
Unterschlupf in der Stille (Buch 4)
Von Flammen Gezeichnet (Buch 5)

EMBRACED IN INK – TATTOOS UND VERBUNDENHEIT

Bristol Montgomery und Marcus Stearn sind schon beste Freunde, solange sie sich erinnern können. Trotz allem, was die anderen denken – bisher waren sie immer nur Freunde.

Sie haben sich vorgenommen, sich niemals ineinander zu verlieben.

Keine heißen Blicke.

Keine zufälligen Küsse.

Und keine Eifersucht, wenn der jeweils andere einen Partner hat.

Das Problem? Vor Jahren haben sie sich versprochen zu heiraten, sollten beide an Bristols dreißigstem Geburtstag noch unverheiratet sein.

Obwohl beide schon vor langer Zeit beschlossen haben, den jeweils anderen niemals zu einer arrangierten Ehe zu zwingen, sorgen eher die Umstände als reine Dickköpfigkeit dafür, dass keiner von beiden das Versprechen brechen will.

Und nun sind sie entschlossen zu heiraten – selbst als gefährliche Ex-Partner und geleugnete Gefühle ihnen den Weg versperren.

****»Tattoos und Verbundenheit« ist ein Buch der**

Reihe »Montgomery Ink: Boulder« und erzählt die Geschichte von Bristol und Marcus. Es geht um Freunde, die zu Geliebten werden, ein Eheversprechen, eine arrangierte Ehe und eine ganze Menge Romantik und Spannung. Jedes Buch dieser Reihe kann unabhängig von den anderen gelesen werden. Ein Happy End ist garantiert!

KAPITEL EINS

Zehn Jahre zuvor

Der zwanzigste Geburtstag war im Grunde Zeitverschwendung. Man war zwar kein Teenager mehr, aber mit einem alkoholischen Getränk durfte man trotzdem nicht feiern.

Natürlich hielt Bristol Montgomery sich nicht an dieses unbedeutende Gesetz.

Sie nippte an dem billigen Sekt und unterdrückte eine angewiderte Grimasse, während sie den Blick über ihre Freunde schweifen ließ.

Eigentlich verabscheute sie das Zeug, doch dies war nicht nur ihre Geburtstags-, sondern gleichzeitig ihre Abschiedsfeier. Sie wollte stilvoll wirken und den Inbegriff von Eleganz und Perfektion verkörpern.

Später würde sie sich den Mund mit einer Cola ausspülen.

»Und? Wie geht es meiner kleinen Schwester?«, fragte

Liam, als er sich zu ihr gesellte und einen Arm um ihre Schultern legte. Sie blickte zu ihm auf und schenkte ihm ein Grinsen. Er sah genauso aus wie ihre beiden anderen Brüder und wie ihre Cousins. Lediglich seine Augen erinnerten eher an ihre Mutter als an den Rest des Clans.

Die Montgomerys waren alle mit dunklem Haar und hellen Augen gesegnet. Die Männer waren groß und muskulös, während die Frauen mit üppigen Kurven bestachen. Wahrscheinlich wären ihre Cousinen in der Lage, jeden Mann übers Knie zu legen, der es wagte, ihrer Familie zu nahe zu kommen. Bristol war vielleicht nicht ganz so kräftig, aber sie könnte es versuchen.

»Mir geht es gut.« Sie lehnte sich an ihn. »Und wie geht es dir, Liam?«

»Blendend. Mom weiß wirklich, wie man eine Party schmeißt«, erwiderte ihr Bruder. »Ich frage mich allerdings, warum du ein Glas Sekt in der Hand hältst. Wenn ich mich nicht irre, ist heute dein zwanzigster Geburtstag, nicht dein einundzwanzigster.«

Bristol verdrehte die Augen. »Mom hat es mir eingeschenkt.«

»Ah, die ›Du-darfst-an-deinem-Geburtstag-ein-Glas-trinken-solange-du-zu-Hause-bleibst-und-nicht-fährst‹-Regel. Daran erinnere ich mich.« Er stieß den Atem aus. Auch ohne ihn anzusehen, wusste Bristol, dass er die Lippen zu einem Lächeln verzog.

»Nur weil du ein alter Mann bist und legal Alkohol konsumieren darfst, musst du mir nicht mit gesenkter Stimme weise Ratschläge erteilen und mich an die guten alten Zeiten erinnern.«

Liam grinste. »Ich bin nicht alt. Ich bin noch nicht einmal dreißig.«

»Verrate bloß Mom nicht, dass dreißig deiner Meinung nach ›alt‹ ist«, erwiderte Bristol mit einem Lächeln.

»Du musst gerade reden«, konterte Liam. »Vor Kurzem hast du dich noch beschwert, dass du mit zwanzig alt wirst.«

Bristol verzog das Gesicht. »Ich war heute Morgen nicht in bester Stimmung. Außerdem hat Mom mich ausgelacht, als sie das gehört hat. Offenbar hat sie mich ohnehin nicht ernst genommen.«

»Du bist das Nesthäkchen der Familie. Niemand nimmt dich ernst, wenn du über dein Alter jammerst. Wir alle haben das schon hinter uns.«

»Vielen Dank auch, ich bin nicht das Nesthäkchen. Aaron ist noch ein Teenager«, entgegnete sie und meinte damit ihren jüngsten Bruder. Sie ließ den Blick durch den Raum schweifen. »Wo steckt Aaron überhaupt?«

Liam zuckte mit den Schultern. »Wahrscheinlich knutscht er gerade in irgendeinem Schrank mit einem Mädchen herum.«

Bristol blickte zu ihrem großen Bruder auf und verdrehte die Augen. »Da du hier das Model bist, hätte ich eher erwartet, dass du mit einem Mädchen in einem Schrank verschwindest. Oder mit einem Kerl.«

Liam grinste nur und schüttelte den Kopf. »Dafür muss ich mich nicht im Haus meiner Eltern in einen Schrank zurückziehen. Ich kann mir ein Hotelzimmer mieten. Und was genau wir dort treiben, würde ich dir nicht verraten.« Er zwinkerte ihr zu, und sie schauderte sichtlich.

Bristol wusste genau, dass er diese Reaktion hatte provozieren wollen. »Igitt. Ich will es gar nicht hören. Schließlich bin ich die Unschuld in Person.«

Liam warf den Kopf in den Nacken und lachte schallend.

Bristol zeigte ihm den Mittelfinger. »Ich bin das Geburtstagskind, und das hier ist meine Abschiedsparty. Du solltest nett zu mir sein.«

»Ich bin immer nett«, erwiderte Liam und hielt dann inne. »Bist du bereit für morgen?«

Bristol zuckte mit den Schultern, wobei sie sich fragte, ob das die angemessene Reaktion war. »Ich denke schon. Allerdings bin ich ein bisschen nervös.«

»Das darfst du auch sein. Immerhin ist das eine große Sache.«

Bristol sah zu ihrem Bruder auf, lehnte sich an seine Schulter und seufzte. »Ich dachte, du bist dazu da, um mir die Nervosität zu nehmen.«

»Nein, ich bin dazu da, dir bei den bedeutenden Dingen den Rücken zu stärken. Genau wie deine anderen Brüder und unsere Eltern. Die Nervosität kann dir dein bester Freund nehmen.«

Sie warf einen Blick auf besagten besten Freund Marcus, der sich gerade mit seinen Schwestern unterhielt. Er drehte sich nach hinten und zwinkerte Bristol zu.

Sie schenkte ihm ein Lächeln und wandte sich dann wieder Liam zu. »Marcus sagt mir auch immer auf den Kopf zu, was er denkt. Keiner von euch will mich einfach mal nur zum Lachen bringen oder mich aufheitern.«

»Du bist kurz davor, in eine Welt einzutauchen, in der jeder ein Stück von dir haben will«, gab Liam zu bedenken. »Sie werden dir sagen, dass du hübsch und fantastisch bist, bevor sie etwas dafür einfordern werden. Vielleicht nicht dein Geld oder deinen Ruhm, aber sie werden deine Seele und dein Herz wollen. Deshalb brauchst du Menschen um dich, die dir die ungeschönte Wahrheit auftischen.«

Bristol bekam es mit der Angst zu tun, doch sie lächelte eisern weiter. Schließlich war dies ihre Geburtstagsparty und gleichzeitig ihr Abschied. Auf keinen Fall wollte sie verängstigt oder besorgt wirken. Sie war eine Montgomery und hatte vor nichts und niemandem Angst.

Das ist eine Lüge.

»Vielen Dank auch für die aufmunternden Worte«, konterte sie sarkastisch.

Liam wandte sich ihr zu und zog sie an sich. Bristol schlang ihre Arme um seine Taille und klammerte sich an ihn, als hinge ihr Leben davon ab.

»Ich liebe dich, kleine Schwester. Auch wenn unsere Wege in unterschiedliche Welten führen, weiß ich aus eigener Erfahrung, was passiert, wenn die Leute dich mit anderen Augen sehen. Du bist eine landesweit gefeierte Cellistin. Schon bald wirst du weltberühmt sein. Du wirst für Adlige, Prominente und sehr einflussreiche Persönlichkeiten spielen. Ich bin so stolz auf dich. Und wenn du mich jemals brauchen solltest, bin ich sofort bei dir. Du bist nicht allein, denn du bist eine Montgomery. Durch unsere Adern fließt dasselbe Blut. Wir alle werden immer für dich da sein, vergiss das nicht.«

Sie wischte sich die Tränen aus den Augen und ärgerte sich über ihre emotionale Reaktion. »Ich kann nicht glauben, dass du mich zum Weinen gebracht hast.«

Er küsste sie auf den Scheitel, legte eine Hand an ihren Rücken und streichelte sie durch die Seide ihres Kleids hindurch. »Das war nicht meine Absicht. Eigentlich hatte ich vor, dir das erst morgen zu sagen. Oder wenn ich dich das nächste Mal in Frankreich oder Venedig sehe. Dir ist doch hoffentlich klar, dass ich dich so oft wie möglich besuchen werde.«

»Wirklich?«

Er runzelte die Stirn. »Natürlich. Du bist zwar erwachsen und hast ein ganzes Team, das hinter dir steht, aber deine Familie ist trotzdem für dich da. Ich liebe dich.«

»Ich liebe dich auch. Und danke«, sagte sie. »Ich weiß, dass es nicht einfach sein wird, aber darauf habe ich mein ganzes Leben lang hingearbeitet.«

»Und du bist die Beste. Ich kann es kaum erwarten zu sehen, was die Zukunft noch für dich bereithält. Aber vergiss nicht, wenn du irgendetwas brauchst, sitzen wir im nächsten Flieger«, versprach er und hielt dann inne. »Genau wie dein bester Freund«, fügte er hinzu und warf ihr einen finsteren Blick zu.

Bristol musste unwillkürlich lachen. »Aus deinem Mund klingt es gerade so, als sei es etwas Schlimmes, dass Marcus und ich nach all den Jahren immer noch beste Freunde sind.«

»Ich weiß nicht. Als du den Jungen das erste Mal angeschleppt hast, dachte ich, Dad bekommt einen Anfall.«

»Ich war sechs«, entgegnete sie.

»Das tut nichts zur Sache. Seine kleine Tochter ist mit einem Jungen in ihr Zimmer gegangen.«

Bristol schnaubte. »Um eine Teeparty zu feiern.«

»Mag sein, doch Dad hat das anders gesehen.«

»Ach, halt die Klappe.«

»Kommt gar nicht infrage. Ich erinnere mich noch genau. Ein Jahr lang hat Dad Marcus finstere Blicke zugeworfen.«

»Und heute sieht er in Marcus einen Sohn und ist froh, dass wir nur Freunde sind. Er weiß, dass Marcus immer hier sein wird, wenn ich nach Hause komme.«

Liam zog skeptisch eine Augenbraue in die Höhe.

»Was? Was soll dieser Blick?«, fragte Bristol.

»Marcus wird hier sein, weil sein Job hier ist und er

gern zu Hause ist. Ich weiß zwar, dass du die Welt erobern willst, aber vergiss ihn nicht, wenn du weg bist.«

Ein Schock durchfuhr sie, und ihr wurde flau im Magen. »Ich könnte ihn niemals vergessen. Er ist mein bester Freund.«

»Ich weiß, aber du wirst dich verändern«, gab Liam zu bedenken. »Nach dieser Tournee wirst du ein anderer Mensch sein.«

Der Gedanke behagte ihr ganz und gar nicht. »Ich hoffe doch, dass ich mich nicht allzu sehr verändern werde. Ich mag mich so, wie ich bin.«

»Und wir mögen dich auch so, wie du bist.« Liam runzelte die Stirn und starrte in sein Glas. »Du solltest es nur nicht als selbstverständlich erachten, dass er immer hier sein wird, wenn du zurückkommst.«

Die Worte riefen ein ungutes Gefühl in ihr hervor, und sie fragte sich, worauf er hinauswollte. »Was meinst du damit?«

»Ich weiß auch nicht«, erwiderte er und fuhr sich mit den Händen durch sein Haar. Er trug es etwas länger, was ihm diesen lässigen Surfer-Look verlieh, bei dem die Frauen reihenweise dahinschmolzen. Bristol wunderte das nicht, immerhin war ihr Bruder ein international gefragtes Model. Doch bei der Vorstellung, wie die Damenwelt sich ihm sabbernd zu Füßen warf, drehte sich ihr der Magen um. Dennoch genoss sie es zu beobachten, wie Frauen mitten in der Bewegung erstarrten oder beinahe gegen eine Wand liefen, weil sie den Blick nicht von ihm abwenden konnten.

»Ich werde Marcus nicht als selbstverständlich erachten«, widersprach Bristol. »Das habe ich noch nie getan. Wir sind beste Freunde und füreinander da. Ich werde ihn immer unterstützen. Wenn er mich braucht, lasse ich sofort alles stehen und liegen.«

»Ich glaube dir. Und ich glaube, dass er dasselbe für dich tun würde«, erwiderte Liam. »Aber ihr wart noch nie über einen so langen Zeitraum getrennt. Ich will nur nicht, dass du verletzt wirst, wenn er sich verändert. Auch du wirst danach nicht mehr dieselbe sein.«

Plötzlich brannten Bristols Augen und sie blinzelte gegen die Tränen an. »Darüber will ich gar nicht nachdenken, Liam. Hör bitte auf damit«, brachte sie hastig hervor.

Liam nickte und drückte sie fest an sich. »Es tut mir leid. Wahrscheinlich habe ich dabei nur an meine eigenen Freunde gedacht, die am Ende doch immer nur einen Vorteil aus mir ziehen wollen. In meinem Leben gibt es niemanden, mit dem mich eine so tiefe Freundschaft verbindet wie euch beide.«

»Soll ich ihnen in den Hintern treten?«, krächzte sie heiser und kämpfte weiter gegen die Tränen an. Wenn sie noch länger darüber nachdachte, würde der Damm endgültig brechen.

Marcus war ihr bester Freund, solange sie denken konnte. Die Vorstellung, dass sie sich beide verändern und getrennte Wege gehen könnten, war schrecklich. Obwohl sie für alle möglichen Eventualitäten vorgesorgt hatte, hatte sie damit nicht gerechnet.

Also musste sie etwas unternehmen. Sie würde ihm versichern, dass sie sich niemals verändern oder sich von ihm entfremden würde. Irgendwie musste sie ihn an sich binden.

Allerdings hatte sie keine Ahnung, wie sie das anstellen sollte. Ihre Gedanken überschlugen sich förmlich, während sie nach einer Lösung suchte.

»Noch ein Glas Sekt?«, fragte Liam mit gedämpfter Stimme. Die Tatsache, dass er ihr mehr Alkohol anbot, verriet ihr, wie sehr er sich gerade um sie sorgte.

Sie nickte, während sie in die Ferne starrte. Liam murmelte etwas und war im nächsten Augenblick mit einem frischen Glas Sekt zurück. »Verrate es Mom nicht«, sagte er und drückte ihr einen Kuss auf die Wange. »Es tut mir leid, dass ich so ein Arsch bin.«

Bristol schüttelte den Kopf, blinzelte und sah dann wieder zu ihm auf. »Du bist kein Arsch.« Sie hielt inne. »Nun, vielleicht doch. Aber ich bin auch nicht besser.«

Liam lachte.

»Trotzdem danke ich dir«, fügte Bristol hinzu. »Du hast recht. Ich darf Marcus unter keinen Umständen als selbstverständlich erachten. Und ich muss aufpassen, dass mich in der großen weiten Welt niemand ausnutzt.«

»Ich wollte dir an deinem Geburtstag sicher nicht die Laune verderben«, erwiderte Liam. »Tut mir leid, Schwesterherz.«

Sie schüttelte den Kopf, stellte sich auf die Zehenspitzen und drückte ihm einen Kuss auf die Wange. »Du bist und bleibst mein liebster großer Bruder.«

Liam lachte. »Ich weiß nicht. Aaron wird langsam ziemlich groß.«

»Aber du wirst immer der Älteste sein«, konterte sie.

»Irgendwann werde ich dir das heimzahlen, aber nicht heute. Heute ist dein Geburtstag.«

»Danke. Für alles«, sagte sie. »Aber jetzt muss ich meinen besten Freund finden und ihm sagen, dass ich ihn liebe.« Als Liam fragend eine Augenbraue in die Höhe zog, stieg Bristol die Hitze in die Wangen. »So habe ich das nicht gemeint.«

»Ich wollte nur nachfragen.«

»Ach, halt die Klappe.« Mit diesen Worten wirbelte sie herum und begab sich auf die Suche nach Marcus. Auf dem Weg leerte sie ihr Glas und stellte es auf einem Tablett ab.

Immer wieder wurde sie von Gästen aufgehalten, die sich von ihr verabschieden wollten. Viele ihrer Arbeitskollegen, Kommilitonen und einige alte Schulfreunde waren gekommen. Unter den Anwesenden befand sich auch einer der Musiker, mit denen sie zusammen musizierte.

»Hey, Süße«, sagte Colin mit einem sexy britischen Akzent. »Ich wollte dir alles Gute zum Geburtstag wünschen.«

Bristol sah ihn mit großen Augen an und musste schlucken. »Ich wusste gar nicht, dass du hier bist«, stammelte sie. Sie war hoffnungslos in den Mann verknallt. Dank des Alkohols in ihrem Blut und der Wirkung, die sein Akzent auf sie hatte, klang sie vermutlich wie eine unbeholfene Närrin.

»Da ich dich auf der Tournee begleite, wollte ich auf jeden Fall an deinem Geburtstag hier sein. Wenn du möchtest, können wir zu zweit feiern, sobald wir in Venedig sind.«

Bristol konnte die Worte förmlich in ihrer Magengegend spüren. Ihr entwich ein Seufzer. »Sicher. Vielleicht. Ich, äh, bin gerade auf der Suche nach jemandem. Wir sehen uns später. Morgen, nicht wahr?«

Colin zwinkerte ihr zu und entlockte Bristol damit ein Kichern, bevor sie ihre Suche nach Marcus fortsetzte. Sie schlängelte sich durch die Menge und hielt kurz inne, um sich von ihrer Lehrerin zu verabschieden. Mit Tränen in den Augen drückte sie die ältere Frau an sich. Obwohl sie ihr während der ersten fünf Jahre ihrer Ausbildung eine Heidenangst eingejagt hatte, würde Bristol sie vermissen. Schließlich gelangte sie auf die andere Seite des Raumes.

Marcus' drei Schwestern winkten ihr zu, gratulierten ihr zum Geburtstag und gingen dann zu ihren Freunden. Bristol und Marcus blieben allein in einer Ecke zurück.

»Hey«, murmelte er und breitete die Arme aus. Dankbar schmiegte sie sich an ihn und seufzte. Da sie zuvor noch nie mehr als ein halbes Glas Sekt getrunken hatte, war ihr der Alkohol bereits zu Kopf gestiegen. Wenn sie nicht vorsichtig war, würde sie bald anfangen, Unsinn zu reden.

»Hey«, erwiderte sie und seufzte.

Marcus stieß ein tiefes Lachen aus, dessen Vibration eine beruhigende Wirkung auf sie hatte. Er duftete nach dem Eau de Cologne, das sie ihm vor einem Monat zum Geburtstag geschenkt hatte. Sie lächelte. »Du riechst gut.«

Er lachte erneut, und sie genoss das Gefühl, das dieses Grollen in ihr auslöste. »Das will ich doch hoffen. Schließlich hast du den Duft ausgesucht.«

Bristol blickte zu ihm auf und musterte sein Gesicht, während er sie anlächelte. Er hatte ein markantes Kinn und durchdringende braune Augen, mit denen er tief in ihr Innerstes zu blicken schien. Seine glatte, dunkle Haut schimmerte im Licht. Er hatte sich erst kürzlich den Kopf rasiert, doch Bristol wusste, wie sehr er die Entscheidung bereute. Nachdem es eine halbe Ewigkeit gedauert hatte, die Haare wachsen zu lassen, hatte er sich zu seinem Geburtstag zu einem Kahlschlag entschieden, weil er wissen wollte, wie es aussah. Während er den neuen Look verdammte, störte Bristol sich nicht daran. Sie mochte sein Aussehen, auch wenn er es veränderte.

Schließlich war er ihr bester Freund. Das hatte sie immer so empfunden.

»Komm schon, lass uns nach draußen gehen«, schlug er vor und zog sie am Arm.

Sie folgte ihm bereitwillig, denn sie brauchte eine Pause von dem Trubel. Obwohl sie ihre Geburtstagsparty – die zugleich zu ihrer Abschiedsfeier mutiert war – genoss, war sie doch erschöpft. Sie hatte mit jedem einzelnen Gast gesprochen, selbst mit den Leuten, die sie kaum kannte. Ihre Eltern hatten keine Mühen gescheut, und dafür würde sie ihnen ewig dankbar sein, doch jetzt brauchte sie trotzdem einen Moment zum Durchatmen. Marcus hatte ein untrügliches Gespür für ihre Bedürfnisse. Allein dafür liebte sie ihn.

»Bist du bereit?«, fragte Marcus und steckte die Hände in die Hosentaschen. Er hatte sie zu dem Pavillon im Garten hinter dem Haus geführt, den ihre Mutter mit Lichterketten geschmückt hatte. Diese hatte sie jedoch nicht eingeschaltet, um die Gäste vom Rest des Grundstücks fernzuhalten. Bristol nahm es ihr nicht übel.

»Ich denke schon. Ich habe alles gepackt, mein Reisepass liegt bereit und ich habe bereits eingecheckt. Das wird ein langer Flug.«

Marcus nickte und musterte sie forschend. »Das habe ich nicht gemeint.«

»Ich weiß.« Das mulmige Gefühl in ihrer Magengegend meldete sich zurück. Sie schluckte schwer. »Ich wünschte, du könntest mich begleiten.«

»Eine Cellistin braucht keinen Bibliothekar an ihrer Seite. Vor allem keinen, der seinen Abschluss noch nicht in der Tasche hat.«

»Ich weiß nicht, ich werde einige der berühmtesten Bibliotheken der Welt besuchen. Die willst du dir doch nicht entgehen lassen.«

Marcus lachte. »Die würde ich liebend gern sehen, und vielleicht komme ich dich dafür besuchen. Aber es ist okay, Bristol. Wir dürfen getrennte Wege gehen.«

Sie runzelte die Stirn, denn der Gedanke behagte ihr ganz und gar nicht. »Das finde ich nicht. Ich will, dass alles so bleibt wie bisher.«

»Nein, das willst du nicht«, widersprach Marcus. »Genauso wenig wie ich.«

»Also *willst* du, dass ich gehe?«, fuhr sie ihn mit wütendem Tonfall an. Offenbar brachte der Sekt ihre Emotionen ziemlich durcheinander.

»Das habe ich nicht gemeint, und das weißt du auch«, entgegnete er. »Ich will nur sicherstellen, dass du dein Leben in vollen Zügen genießt. Und du wirst Großartiges leisten. Du *bist* bereits großartig. Ich kann es kaum erwarten zu sehen, wie hoch du fliegen wirst. Und wenn du je einen Ort zum Landen brauchst, werde ich hier sein, versprochen.«

Sie senkte den Blick auf ihre langen Finger, die geradezu zum Cellospielen geschaffen waren. Trotz der Schwielen waren ihre Hände ihr Leben. »Ich will mich nicht zu sehr verändern. Und ich will dich nicht verlieren.«

»Du wirst mich nicht verlieren. Es gibt so eine Erfindung, die nennt sich Telefon. Und dann ist da noch das Internet. Das ist ziemlich cool.«

Sie lachte. »Aber was ist, wenn du eine neue beste Freundin findest und für immer bei ihr bleibst? Dann wirst du ihr all deine Geheimnisse anvertrauen.«

»Du kennst nicht alle meine Geheimnisse«, erwiderte Marcus.

Bristol runzelte die Stirn. »Ich kenne die meisten. Genauso wie du die meisten meiner Geheimnisse kennst.«

»Ich glaube, ich kenne sie alle, Bristol Montgomery«, erwiderte er.

»Du bist ein Idiot, aber ich liebe dich.«

»Und ich liebe dich. Deshalb darfst du in die weite Welt hinausziehen. Ich werde hier sein, wenn du zurückkommst.«

Tränen brannten ihr in den Augen. Sie hasste dieses

Gefühl. Sie wollte ihn nicht verlassen. »Lass uns einen Pakt schließen«, sprudelte es aus ihr heraus. Der Gedanke kam so plötzlich, dass er zweifellos auf den Sekt zurückzuführen war, doch das war ihr egal.

Marcus zog die Augenbrauen in die Höhe. »Einverstanden. Worum geht es dabei?«

»Ich will sicherstellen, dass wir in zehn Jahren immer noch beste Freunde sind.«

»Und wie willst du das anstellen?«, fragte er.

Sie schluckte schwer. »Wenn keiner von uns in zehn Jahren verheiratet ist, heiraten *wir einander.*«

Oh Gott. Sie hatte die Worte tatsächlich ausgesprochen.

Er blinzelte sie ungläubig an. »Wie bitte?«

»Das ist die perfekte Lösung«, erklärte sie. »Auf diese Weise sind wir gegenseitig unser Plan B.«

Er schluckte schwer, während Bristol inständig hoffte, keinen Fehler begangen zu haben. »Glaubst du etwa, dass keiner von uns es schafft, ohne den anderen in den Hafen der Ehe einzulaufen?«

»Das wollte ich damit nicht sagen.« Inzwischen war sie sich nicht mehr sicher, *was* sie da eigentlich faselte.

»Was dann?«, fragte er.

»Ich will dich nicht verlieren«, gestand sie. »Ich will, dass wir beste Freunde bleiben.«

»Eine Hochzeit ist keine Garantie dafür, Bristol«, gab Marcus zu bedenken.

Sie atmete tief durch, dann fuhr sie hastig fort: »Nein, aber im Ernst ... Durch diesen Pakt stellen wir sicher, dass wir immer eine Rolle im Leben des anderen spielen werden. Wenn wir in zehn Jahren beide noch Single sind, dann heiraten wir einfach.«

»Du bist verrückt.«

»Mag sein, aber ich bin *deine* Verrückte.«

Bei diesen Worten mussten sie beide lachen.

»Wie viel hast du eigentlich getrunken?«, wollte Marcus wissen.

»Nicht viel«, log sie.

»Wenn ich dich also richtig verstehe, schlägst du Folgendes vor. Um sicherzustellen, dass wir beste Freunde bleiben, heiraten wir in zehn Jahren?«

»Nun, wenn du es so formulierst, klingt es albern.«

»Es *ist* albern, Bristol.«

»Ich sage ja nur, dass du sicher auch keine Fremde heiraten willst, oder? Also bleibst du mein Freund für den Fall, dass wir am Ende wirklich vor dem Altar landen. So stellen wir sicher, dass wir uns immer noch mögen. Wir wollen keine Statistik sein.«

Marcus fuhr sich mit den Händen übers Gesicht und lachte. »Nur du würdest auf die Idee kommen, eine Ehe zu planen, um unsere Freundschaft zu gewährleisten.«

»Weil ich ein Genie bin.«

»Ich bezweifle nicht, dass du davon überzeugt bist«, erwiderte er trocken.

»Ich würde dir den Mittelfinger zeigen, aber wir sind nun fast verlobt.«

Er begegnete ihrem Blick, und sie beide brachen in schallendes Gelächter aus. »Also schön. Weißt du was? Warum nicht?«

Das Herz schlug ihr bis zum Hals. »Ernsthaft?«

»Ernsthaft. Ich habe das Gefühl, dass mindestens einer von uns bis dahin längst verheiratet sein wird. Also wird es wahrscheinlich gar keine Rolle spielen.«

Sie ignorierte diesen Gedanken, wobei sie nicht wusste, warum er ihr überhaupt zu schaffen machte. Trotzdem wurde sie das Gefühl nicht los, dass sie das hier unbedingt tun musste. »Also gut. Aber wir müssen Freunde bleiben, damit wir am Ende keine Fremden heiraten müssen. Einverstanden?«

Er streckte ihr die Hand entgegen und schenkte ihr dieses herzerwärmende Lächeln, von dem sie wusste, dass er damit Mädchen reihenweise den Kopf verdrehte. Sie selbst ließ sich davon jedoch nicht beeindrucken. Schließlich war er ihr bester Freund.

Vielleicht sogar ihr zukünftiger Ehemann, doch sie glaubte nicht wirklich, dass es je wirklich dazu kommen würde.

»Besiegeln wir es mit einem Handschlag«, forderte er sie auf.

Sie ergriff seine Hand, schüttelte sie aber noch nicht. »Wenn wir diesen Pakt besiegeln, dürfen wir unser Wort nicht brechen. In zehn Jahren, wenn keiner von uns verheiratet ist, heiraten wir einander.«

»Und bis dahin bleibst du meine beste Freundin.« Er hielt kurz inne. »Egal was passiert.«

»Egal was passiert«, wiederholte sie und drückte kurz seine Hand, bevor sie sie schüttelte.

In gewisser Weise hatte sie das Gefühl, gerade den Lauf ihres Lebens verändert zu haben.

Entweder das oder sie würde ihren Kindern eines Tages eine unterhaltsame Anekdote über deren Lieblingsonkel Marcus erzählen können. Auf keinen Fall würde sie ihren besten Freund heiraten.

Ausgeschlossen.

KAPITEL ZWEI

Heute

Ein weiteres Jahr war verstrichen, und ein weiterer Geburtstag stand vor der Tür. Allerdings war Marcus Stearn sich nicht sicher, ob dies eine einfache Feier war. Nein, dieser Abend könnte katastrophal werden. Lebensverändernd Apokalyptisch.

Am Ende dieses Abends könnte er ein verlobter Mann sein.

Warum?

Weil er ein verdammter Idiot war.

Er konnte nicht einmal dem Alkohol die Schuld an seiner misslichen Lage geben. An jenem Abend vor zehn Jahren hatte er lediglich ein Glas Sekt getrunken. Zehn lange Jahre lag der Geburtstag der Frau zurück, die auch heute Abend im Mittelpunkt stand. Ein einziges Glas Sekt, das seine gesamte Zukunft verändern könnte. Ein Pakt … ein Versprechen.

Natürlich hatten seine beste Freundin und er einen Pakt schließen müssen, den keiner von ihnen brechen durfte. Nur wenige wussten, dass so etwas ihnen eigentlich ähnlichsah. Diesen Teil ihrer Freundschaft hielten sie unter Verschluss, genau wie die absurde Logik hinter diesem Versprechen.

Vor zehn Jahren hatten sie beschlossen – in dieser für sie typischen verdrehten Art –, dass sie einander heiraten würden, falls keiner von ihnen bis zu Bristols dreißigstem Geburtstag den Bund fürs Leben geschlossen hatte. Und dieser Geburtstag war heute.

Es war nicht die dümmste Idee aller Zeiten, oder etwa doch? Sicherlich hatte er seither wesentlich absurdere Einfälle gehabt. Ihm fiel jedoch keiner ein. Erschwerend kam hinzu, dass jeder Gedanke an den heutigen Abend in ihm Gefühle wachrief, gegen die er verzweifelt ankämpfte.

Marcus kniff sich in die Nasenwurzel und betete, dass Bristol es einfach vergessen hatte.

Das Ganze musste doch ein Scherz gewesen sein, oder? Während der vergangenen zehn Jahre hatten sie den Pakt mit keinem Wort erwähnt. Bristol hatte die Welt bereist und Marcus hatte sie immer wieder ein Stück des Weges begleitet, doch das Thema war nie aufgekommen. Sie hatten weder über die Vereinbarung gesprochen, noch hatten sie darüber geredet, wie es nach dem heutigen Tag weitergehen sollte.

Zugegeben, während der letzten Monate war ihm aufgefallen, dass sie ihn anders ansah als zuvor. Außerdem musste er sich eingestehen, dass auch er begonnen hatte, sie mit anderen Augen zu betrachten. Doch er hatte sich nur wenige solcher Momente erlaubt. Allerdings schlief er seit einigen Monaten schlecht. Allein bei dem Gedanken daran, was er ihr heute Abend sagen würde – oder vielmehr sagen *sollte* –, schoss sein Stresspegel in die Höhe.

Er hatte keine Ahnung, ob sie sich überhaupt noch an den Pakt erinnerte. Wahrscheinlich hatte sie ihn längst vergessen. Er selbst hatte ihn zwar nie ganz vergessen, ihn aber über die Jahre in die hinterste Ecke seines Bewusstseins verbannt. Genau wie Bristol hatte er Beziehungen mit unterschiedlichen Partnern geführt. Doch nun … waren sie an diesem Punkt angelangt.

Es war doch nur ein alberner Scherz gewesen, eine Abmachung unter Freunden, um das Vertrauen ineinander zu festigen. In Filmen und im Fernsehen wurden ständig derartige Vereinbarungen getroffen, doch im echten Leben heiratete niemand seinen Jugendfreund als Notlösung. Niemand verließ sich darauf, dass der beste Freund am Ende zur Stelle wäre und dass man die Phasen der Versuchung und Unsicherheit einfach überspringen konnte, um direkt in den sicheren Hafen des ewigen Glücks einzulaufen – miteinander.

Marcus wusste, dass Bristol sich einen liebenden Partner und Kinder wünschte, weil sie darüber gesprochen hatten. Seine Ziele unterschieden sich nicht von ihren. Glück, eine Familie … eine Zukunft.

Er sträubte sich, dabei an Liebe oder Sex zu denken. Bei der Vorstellung, mit Bristol zu schlafen oder sie auf eine Weise zu lieben, die über ihre bisherige Vertrautheit hinausging, drehte sich ihm der Magen um. Nein, dem Gedanken würde er sich nicht hingeben, schließlich wollte er sich nicht übergeben.

Tatsächlich hatte er sich das eine oder andere Mal zu Fantasien über sie hinreißen lassen. Wie hätte er es auch verhindern sollen? Sie war verdammt sexy, warmherzig und einfach umwerfend. Er war schließlich auch nur ein

Mann mit Bedürfnissen, dem gelegentlich die Fantasie durchging.

Da er jedoch panische Angst davor hatte, seine beste Freundin zu verlieren, hatte er im Geiste immer wieder dasselbe Mantra wiederholt. Er wollte keinen Sex mit Bristol. Er wollte sie nicht lieben – zumindest nicht auf eine Weise, die über ihre freundschaftliche Zuneigung hinausging.

Nicht mehr, als ich es ohnehin schon tue.

Nein, diesen Gedanken durfte er nicht zulassen.

Meine Güte, jetzt drehte er sich im Kreis und klang schon wie Bristol. Er atmete tief durch und versuchte vergeblich, sich auf die übrigen Gäste im Raum zu konzentrieren. Es hatte keinen Zweck, in Gedanken schweifte er immer wieder ab.

Als Bristol noch mit Zia liiert war, hatte Marcus insgeheim gehofft, sie würden den Pakt für null und nichtig erklären können. Die beiden Frauen hatten eine intensive, stürmische Beziehung geführt. Zwischen ihnen hatten die Funken nur so gesprüht, sodass Marcus fest mit ihrer Hochzeit gerechnet hatte. Er hatte Zia gemocht. Vielleicht war er sogar ein wenig eifersüchtig gewesen, doch das lag nur daran, dass Bristol so viel Zeit mit ihr statt mit ihm verbracht hatte.

Einen anderen Grund für seine Eifersucht hatte es nicht gegeben.

Auf keinen Fall.

Die beiden Frauen hatten sich schließlich voneinander getrennt, waren aber Freundinnen geblieben. Heute lebte Zia in einer glücklichen Beziehung mit einem Mann, den sie womöglich sogar heiraten würde.

Und das bedeutete, dass Marcus nun vielleicht auch in den Hafen der Ehe einlaufen würde.

Nein. Er würde *nicht* heiraten.

Bristol hatte es ganz sicher vergessen.

»Warum verkriechst du dich eigentlich auf der Geburtstagsparty deiner besten Freundin in der Ecke und ziehst so ein finsteres Gesicht?«, fragte seine Mutter, während sie gemeinsam mit seinem Vater auf ihn zukam.

»Ich ziehe kein finsteres Gesicht«, widersprach er, wohl wissend, dass das gelogen war.

»Ich habe keine Ahnung, was in unseren Sohn gefahren ist, Alex. Aber du musst dafür sorgen, dass er bereit für die nächste Phase ist.«

Die nächste Phase? Wusste seine Mutter Bescheid? Oh Gott, hatte er seinen Pakt mit Bristol irgendwo niedergeschrieben und seine Mutter hatte die Notiz gefunden?

»Du meinst das hohe Alter?«, fragte sein Vater grinsend und zuckte dann zusammen, als seine Mutter ihm spielerisch gegen die Schulter boxte. »Dein Schlag ist immer noch genauso kraftvoll wie damals im College, als du noch Softball gespielt hast, Liebe meines Lebens. Komm schon, Joan.« Sein Vater legte den Arm um seine Mutter. Als diese die Augen aufriss und nach Luft schnappte, versuchte Marcus, nicht zusammenzuzucken.

Er verdrehte jedoch die Augen. »Es wäre schön, wenn ihr beide mal für eine Minute aufhören könntet, euch gegenseitig Honig ums Maul zu schmieren und euch zu begrapschen.«

»Warum so mürrisch, mein Sohn?«, fragte seine Mutter und trat einen Schritt näher. »Können wir irgendetwas für dich tun?«

Rein gar nichts. Wie sollte er ihr auch erklären, dass er am Ende des Tages womöglich verlobt sein würde. Dass alles auf einem Pakt basierte, den zwei Menschen geschlossen hatten, die niemals ihr Wort brechen würden.

Oder dass er Bristol tatsächlich begehrte, obwohl er sich einredete, dass er es nicht tat – dass er es nicht durfte. »Es geht mir gut, ehrlich«, antwortete er. »Und was meinst du mit ›bereit‹?«

»Ich wollte nur wissen, ob du bereit bist für das, was die Dreißiger für dich bereithalten«, erklärte seine Mutter.

»Mom, ich bin schon seit über einem Monat dreißig«, erwiderte er trocken. Als seine Mutter eine Augenbraue in die Höhe zog, wusste er, dass sie ihn gleich in diesem für sie typischen Tonfall belehren würde. Marcus war es gewohnt, auf diesem schmalen Grat zu wandeln. Obwohl er in der Familie als der *Ruhige* galt, war er die Spitzen seiner Mutter gewohnt.

Sie winkte nur ab. »Das ist wahr. Aber da Bristol jetzt ebenfalls dreißig ist, fühlt es sich erst so richtig offiziell an. Sieh mich nicht so an. Du bist immer noch mein Baby, aber da ihr zwei schon immer unzertrennlich wart, zählt es für mich erst jetzt.« Sie unterstrich ihre Worte, indem sie in die Hände klatschte.

Marcus schnaubte. »Es ist gut zu wissen, dass Bristol erst etwas erreichen muss, damit es auch bei mir ins Gewicht fällt.«

»Du weißt, dass ich das nicht so meine. Ich liebe dieses Mädchen, als sei sie meine eigene Tochter. Es ist schade, dass ihr beide nie auch als Paar zueinander gefunden habt. Es würde mich überglücklich machen, wenn sie eine Stearn würde.«

Marcus musste unwillkürlich lächeln und schüttelte den Kopf, während sein Magen sich jedoch zusammenzog. Nun, vielleicht würde sich der Wunsch seiner Mutter tatsächlich erfüllen.

Bei diesem Gedanken überlief ihn ein Schauer, während ihm gleichzeitig warm ums Herz wurde. Verdammt, er hatte keine Ahnung, wie er sich fühlen sollte. Und genau da lag das Problem, nicht wahr?

»Hey, warum verkriecht ihr euch hier in der Ecke?«, fragte seine älteste Schwester Vanessa, als sie mit ihrem Mann James zu ihnen stieß. James hielt sich im Hintergrund und grinste.

»Genau, ist eine Verschwörung im Gang?«, wollte seine mittlere Schwester Jennifer wissen, die mit ihrem Mann Anthony erschien.

»Oh, eine Verschwörung. Da mache ich mit.« Andie wippte von einem Fuß auf den anderen, während ihr Mann Chris hinter ihr die Augen verdrehte.

Jedes Mal wenn Marcus Chris ansah, musste er unwillkürlich grinsen. Der Kerl sah tatsächlich aus wie einer der Chrises aus den *Avengers*. Wenn man bedachte, dass seine Schwester zehn Jahre lang für einen von ihnen geschwärmt hatte, war es wohl Schicksal, dass sie nun praktisch einen von ihnen geheiratet hatte. In diesem Fall konnte man wohl von einer glücklichen Fügung sprechen, die ihm ein Lächeln aufs Gesicht zauberte. Wenn er jedoch an das Wort »Schicksal« im Zusammenhang mit Bristol dachte, war ihm ganz und gar nicht zum Lachen zumute.

»Warum stehen wir jetzt alle hier herum?«, fragte er und bemühte sich um einen ruhigen Tonfall. Je weiter der Abend voranschritt, desto unwahrscheinlicher war es, dass das Thema Heirat zur Sprache kommen würde. Nun, seine Mutter hatte es gerade angeschnitten, aber sie wusste nichts von dem Pakt. Solange also niemand in Bristols Beisein ein Wort darüber verlor, existierte er im Grunde nicht. Und wenn der Pakt nicht existierte, würde er sie auch nicht abweisen müssen.

Denn er würde sie doch abweisen *müssen*, oder etwa nicht?

Er würde ihr das Herz brechen. Oder vielleicht sein eigenes. Doch warum würde er sie mit seiner Zurückweisung eigentlich verletzen? Sie waren schließlich nur Freunde, nicht wahr?

Hätte sie ihn wirklich heiraten wollen, hätte sie das Thema längst angesprochen. Da sie es jedoch mit keinem Ton erwähnt hatte, würde sie das Ganze vermutlich ignorieren und vergessen, dass sie den Pakt je geschlossen hatten. Er würde keine Rolle mehr spielen.

Doch Marcus wusste, dass das nicht stimmte. Bristol war seine beste Freundin, und obwohl sie viel gereist und im Ausland ihrer Leidenschaft nachgegangen war, war sie immer zu ihm zurückgekehrt.

Ganz gleich, wie viele Kilometer sie voneinander trennten, sie fanden immer wieder zueinander zurück.

Diese einzigartige Bindung wollte und durfte er nicht ruinieren. Was geschah, wenn er es dennoch tat?

»Okay, warum ziehst du so ein Gesicht?«, fragte Andie.

Marcus runzelte die Stirn. »Dasselbe könnte ich dich fragen.«

»Hey, Vorsicht, du redest hier mit meiner Frau«, warf Chris ein.

Marus verzog die Lippen zu einem Lächeln, das allerdings nicht seine Augen erreichte. »Es geht mir gut, okay? Ich bin nur müde.« Das war nicht einmal gelogen, denn dank Bristol hatte er kaum Schlaf gefunden. Aber das war in Ordnung. Alles würde gut werden.

»Wir lieben dich. Falls irgendetwas nicht stimmt, musst du es uns sagen«, betonte seine Mutter.

»Ich weiß. Ihr seid wunderbar«, erwiderte er. Das war die Untertreibung des Jahres.

»Und wehe, du lässt dich von den Montgomerys adoptieren«, warf sein Vater mit einem amüsierten Funkeln in den Augen ein.

»Außer sie adoptieren uns alle. Dann sind wir einverstanden«, fügte Vanessa grinsend hinzu.

»Kann ich auch adoptiert werden?«, meldete seine Mutter sich zu Wort.

»Ihr wisst doch, dass ihr längst alle Ehren-Montgomerys seid, oder?«, fragte Marcus, woraufhin die anderen nur schnaubten. »Wirklich, wenn ich es euch doch sage«, versicherte Marcus ihnen. »Sie sind so eine Art Sekte.«

»Hast du meine Familie gerade als Sekte bezeichnet?«, fragte Bristol, als sie sich zu ihnen gesellte. Marcus schluckte schwer und verdrängte sowohl die finsteren Gedanken, die ihm in letzter Zeit durch den Kopf gegangen waren, als auch den Traum, den er letzte Nacht hatte. Darin hatte er seine Faust um ihre langen honigbraunen Locken geschlungen und … Nein, daran wollte er jetzt nicht denken.

Auf keinen Fall durfte er sich diesen sinnlichen Fantasien über seine beste Freundin hingeben. Es gab Grenzen, die er nicht überschreiten würde.

Noch nicht.

»Wir haben die Montgomerys ganz sicher nicht als Sekte bezeichnet«, antwortete Andie und machte eine dramatische Pause. »Aber wir haben euch definitiv als Sekte bezeichnet«, fügte sie betont geziert hinzu.

Bristol legte den Kopf in den Nacken und lachte schallend – ein heller, melodischer Klang. An ihren Ohren funkelten lange, elegante Ohrringe. Marcus war sich ziemlich sicher, dass sie echte Diamanten enthielten. Sie blitzten zwischen ihren Haarsträhnen auf, die ihr in Wellen über die Schultern fielen. In ihrem glitzernden Kleid und ihren silberfarbenen Pumps sah sie aus wie eine verdammte Prinzessin. Und wenn man bedachte, dass sie schon vor echtem Adel Cello gespielt hatte, war dieser Vergleich durchaus angemessen.

»Ja, manchmal wirken die Montgomerys tatsächlich wie eine kleine Sekte. Aber du bist eine von uns.« Sie hielt inne und verzog die Lippen zu einem breiten Grinsen. »Eine von uns.«

Während die anderen über die Anspielung auf den alten Filmklassiker *Freaks* schallend lachten, bemühte Marcus sich um ein Lächeln und gab sich so gelassen wie möglich. Warum fiel ihm das nur so schwer? Eigentlich war alles wie immer. Diese Frau war seine beste Freundin – schon seit einer Ewigkeit. Die meisten Menschen mochten sie auf den ersten Blick für ein Paar halten, doch die konnten sich zum Teufel scheren. Außenstehende machten sich stets ihr eigenes Bild und nahmen an, dass sie miteinander schliefen oder sich gegenseitig benutzten. Aber sie kannten Bristol und ihn nicht. Sie waren füreinander da und würden es immer sein, selbst wenn sie sich versehentlich verloben sollten. Doch dazu würde es nicht kommen. Sie hatten nur einen albernen Pakt geschlossen, der nichts zu bedeuten hatte. Abgesehen davon wäre er eine denkbar schlechte Wahl. Marcus litt zwar nicht an einem geringen Selbstwertgefühl, aber er wusste, dass er für Bristol nicht gut genug war. Sie hatte jemanden verdient, der ihr die Welt zu Füßen legte, doch er war nur der Junge aus ihrer Heimatstadt. Und damit war er vollkommen im Reinen.

»Herzlichen Glückwunsch zum Geburtstag«, sagte seine Mutter und zog sie in ihre Arme. Bristol drückte sie fest, bevor sie auch den Rest seiner Familie mit einer Umarmung begrüßte.

»Und, wie fühlt es sich an, dreißig zu sein?«, fragte Andie. »Du bist jetzt kein Baby mehr und offiziell eine Frau mittleren Alters.« Andie warf ihr Haar zurück, während ihre Mutter sie mit einem finsteren Blick bedachte.

»Der Nächste, der auch nur andeutet, dass man mit dreißig zum alten Eisen gehört, fängt sich eine Ohrfeige«, drohte sie. »Normalerweise halte ich nichts von körperlicher Züchtigung, aber heute mache ich eine Ausnahme. Ich meine es todernst.«

Die Geschwister wichen lachend einen Schritt zurück, hüteten sich aber, das Thema weiter auszureizen.

»Wir sind nicht alt, wir sind nur keine Kinder mehr«, erklärte Marcus und streckte instinktiv einen Arm aus. Ohne zu zögern, trat Bristol neben ihn und schmiegte sich eng an seine Seite. Er legte seinen Arm um ihre Schultern und drückte sie an sich. Sie fühlte sich gut an, als sei ihr Platz schon immer direkt neben ihm gewesen. Auch wenn er irgendwann in die Höhe geschossen war und sie ein wenig aufgeholt hatte, wirkte sie neben ihm immer noch so zierlich.

Er begriff nicht, warum ihm ständig derartige Gedanken durch den Kopf schwirrten. Warum fragte er sich, wie es sich wohl anfühlen würde, ihre Haut an seiner zu spüren? Ihre Beziehung war doch rein platonisch. Nichts weiter als eine Freundschaft.

Doch tief im Inneren wusste er, dass er sich etwas vormachte.

»Hey«, flüsterte sie.

Er begegnete ihrem Blick und stieß den Atem aus. Er hatte nicht einmal bemerkt, dass er ihn angehalten hatte. »Hey, Geburtstagskind.«

»Ich dachte schon, du versteckst dich mit deiner Familie den ganzen Abend lang in dieser Ecke.«

»All deine Freunde sind hier. Wir dachten, du willst dich erst einmal unters Volk mischen, bevor du zu uns kommst – dahin, wo die richtige Party steigt«, sagte seine Mutter grinsend.

»Du hast vollkommen recht, es sind wirklich viele Leute gekommen«, erwiderte Bristol. »Aber ich bin so dankbar, dass ihr hier seid. Im Ernst. Ihr seid meine zweite Familie. Ich liebe euch.«

Als seine Mutter sich ein paar Tränen aus dem Gesicht wischte, löste Bristol sich von Marcus und ging zu ihr, um sie erneut in ihre Arme zu ziehen.

Marcus ignorierte das Frösteln, das ihn durchlief, kaum dass er ihre Wärme nicht mehr spürte.

Was zum Teufel war bloß los mit ihm? Früher hatte er nie so empfunden. Sicher, hin und wieder war ihm ein flüchtiger Gedanke dieser Art durch den Kopf geschossen, doch seit diese unerbittliche Uhr ihres herannahenden Geburtstags in seinem Kopf zu ticken begonnen hatte, war er sich seines Verlangens schmerzlich bewusst. Und er konnte nicht verhindern, dass sich diese Bilder in seinem Kopf anhäuften, bis sie alles andere zu verdrängen schienen.

»Also schön, genug der Rührseligkeiten. Jetzt geh und amüsiere dich. Und nimm Marcus mit. Der steht schon viel zu lange hier in der Ecke und bläst Trübsal.«

Bristol verengte die Augen. »Das ist mir nicht entgangen. Das hier ist schließlich mein Ehrentag. Als Prinzessin stehe ich natürlich im Mittelpunkt. Und mein bester Freund macht sich nicht einmal die Mühe, den roten Teppich auszurollen oder dafür zu sorgen, dass sich andere in meiner Gegenwart verneigen«, beschwerte sie sich grinsend.

Marcus verdrehte die Augen. »Du glaubst nur, dass du der Mittelpunkt des Universums bist, Bristol Montgomery.«

»Natürlich, immerhin hat Mom mir das immer gesagt.«

»Wie es sich für deine Mutter gehört«, warf seine Mutter ein. »Und jetzt los, amüsiert euch. Vergiss nur nicht, dich vor Ende des Abends zu verabschieden. Falls du dazu keine Zeit hast, weil du als Mittelpunkt des Universums natürlich furchtbar beschäftigt bist, dann ist das vollkommen in Ordnung. Wir lieben dich. Unsere Geschenke liegen auf dem Tisch. Und wir können es kaum erwarten, dich bald zum Abendessen bei uns begrüßen zu dürfen.«

»Ich habe euch doch gesagt, ihr sollt mir nichts schenken«, protestierte Bristol.

»Natürlich haben wir Geschenke dabei. Es ist schließlich dein Geburtstag«, erwiderte Andie. »Aber keine Sorge, wir haben auch für einen guten Zweck gespendet, so wie du es dir in der Einladung gewünscht hast.«

Marcus lächelte und vergrub die Hände in den Taschen seiner Anzughose. Bristol hatte in ihrer Karriere viel erreicht. Sie hatte Alben aufgenommen, war sogar einmal für einen Grammy nominiert worden und tourte als Solistin um die ganze Welt. Die Leute flehten sie förmlich an, sie möge bei ihnen auftreten.

Sie war erfolgreich und wusste mit ihrem Geld umzugehen. Marcus hatte persönlich dafür gesorgt, genau wie der Rest ihrer Familie. Sie wollte ihr kleines Vermögen nicht für protzige Statussymbole verprassen, auch wenn sie eine Schwäche für alles hatte, was glitzerte. Deshalb hatte sie in ihren Einladungen ausdrücklich auf Geschenke verzichtet. Wer ihr eine Freude machen wollte, sollte stattdessen an eine Wohltätigkeitsorganisation seiner Wahl spenden.

Die meisten Leute hatten sich daran gehalten, nur ihre und seine Familie nicht. Sie wollten beides tun.

Marcus hatte kein Geschenk für sie. Nun, das stimmte nicht ganz. Er hatte etwas eigenhändig für sie erschaffen, doch es war albern. Wahrscheinlich würde er es ihr niemals zeigen. Nicht, solange er sich mit jeder Fantasie über Bristol tiefer in die Bredouille manövrierte.

»In Ordnung, ich werde dafür sorgen, dass er ein bisschen aus sich herausgeht«, verkündete Bristol und zerrte an seinem Arm. »Komm schon.«

»Ich folge dir überall hin. Wie immer«, erwiderte er trocken, woraufhin seine Schwestern hinter ihm ein Kichern ausstießen.

Er wandte sich um, zeigte ihnen den Mittelfinger und duckte sich vor der Hand seiner Mutter weg. Sie war jedoch schneller und packte ihn am Ohr.

»Marcus Stearn«, sagte sie tadelnd.

»Entschuldige, Mom«, erwiderte er kleinlaut, woraufhin sie nur lachte.

Marcus hatte seinen Arm fest um Bristols Taille geschlungen, während sie von Gruppe zu Gruppe gingen und sich mit den Gästen unterhielten.

»Amüsierst du dich?«, fragte sie, als sie sich auf das nächste Paar zubewegten.

Sie hatten beide ein Glas Sekt in der Hand. Marcus fühlte sich zurückerinnert an Bristols Geburtstag vor zehn Jahren und nippte nur vorsichtig an seinem Glas. Heute Abend wollte er einen klaren Verstand behalten.

»Sicher«, erwiderte er. »Aber die entscheidende Frage ist doch, ob du Spaß hast.«

Sie wirbelte auf dem Absatz herum und sah mit großen Augen zu ihm auf. »Natürlich habe ich Spaß. Du bist schließlich hier«, platzte es aus ihr heraus. Dann fügte sie hastig hinzu: »Alle sind hier.« Marcus runzelte die Stirn. Er kam jedoch nicht dazu, über ihre Worte nachzudenken, denn sie ergriff erneut das Wort. »Ich liebe Geburtstage, aber eigentlich genieße ich eher die Geburtstage der anderen.«

»Für jemanden, der immer im Rampenlicht steht, behagt es dir manchmal nicht, im Mittelpunkt zu stehen, nicht wahr?«

»So in etwa. Aber Mom wollte diese Party für mich ausrichten, genau wie damals das Fest zu meinem Zwanzigsten. Allerdings hat sie mir versprochen, dass wir zu meinem Vierzigsten einen Roadtrip nach Las Vegas unternehmen.«

Marcus grinste. »Das klingt nach einer Menge Spaß.«

»Und ob. Ein Montgomery-Roadtrip zu meinem Vierzigsten. Und natürlich bist du dabei.«

»Weil ich offiziell ein Ehren-Montgomery bin?«, fragte er.

Für einen Moment herrschte Schweigen, dann verzog Bristol die Lippen zu einem strahlenden Lächeln. »Ganz genau. Danke, dass du heute Abend gekommen bist, Marcus. Ich weiß, dass du in letzter Zeit ziemlich viel zu tun hattest.«

In ihren Worten schwang eine unausgesprochene Frage mit, doch er ließ sie unbeantwortet. Während der vergangenen Wochen hatte er ihre wöchentlichen Mittagessen ausfallen lassen und Bristol weniger häufig gesehen als sonst. Ja, er hatte sie gemieden, einfach weil er nicht gewusst hatte, wie er sich ihr gegenüber verhalten sollte.

Ihm war bewusst, dass sein Verhalten idiotisch war, doch er hatte panische Angst, alles zu vermasseln. Das durfte er nicht zulassen. Sie bedeutete ihm einfach zu viel. Schließlich war es völlig absurd zu glauben, sie wolle tatsächlich mit ihm zusammen sein. Es war nur ein dummer Pakt gewesen. Zweifellos hatte sie ihn vergessen, sonst hätte sie das Thema doch längst angesprochen.

Bristol genoss es, ihn mit allen möglichen Dingen aufzuziehen. Wenn ihr der Pakt wirklich wichtig gewesen wäre, hätte sie ihn bereits daran erinnert oder wäre wahrscheinlich mit einem Verlobungsring vor ihm auf ein Knie gefallen. So war Bristol nun einmal. Und genau das liebte er so sehr an ihr.

Er hasste nur den Druck, den er im Moment verspürte.

»Herzlichen Glückwunsch zum Geburtstag«, sagte er leise.

Bristol sah zu ihm auf und grinste. »Danke. Ich muss mich jetzt bei ein paar Leuten offiziell bedanken und mich verabschieden, aber du musst nicht die ganze Zeit bei mir bleiben.«

Marcus schüttelte den Kopf. »Nein, ich bleibe hier. Und es tut mir leid, dass ich mich in letzter Zeit so rar gemacht habe. Ich hatte verdammt viel um die Ohren.«

»Wegen des neuen Projekts?«, fragte sie. Er konnte sehen, dass sie aufrichtig daran interessiert war. In vielerlei Hinsicht mochten sie Gegensätze sein, doch sie respektierte seine Arbeit genauso sehr, wie er ihre Musik bewunderte.

»Ja, genau«, erwiderte er knapp. Er wusste, wie ausweichend er klang, aber er konnte nichts dagegen tun. Zwar gab es in der Bibliothek tatsächlich ein neues Projekt, an dem er hart arbeitete, doch das war nicht der wahre Grund für seine Abwesenheit. Nein, die Ursache lag allein bei ihr, doch das durfte sie nicht erfahren.

Weder heute Abend noch sonst irgendwann.

Nachdem sie sich von allen verabschiedet hatten, begannen die Montgomerys, das Haus aufzuräumen. Abgesehen von ein paar Nachzüglern waren nur noch Marcus' Familie und Bristols engsten Verwandten übrig.

Unter keinen Umständen wollte Marcus ins Visier der Montgomerys geraten, zumal Bristols Brüder alle Hünen waren und ihn in letzter Zeit ständig mit finsteren Blicken bedachten. Er hatte keine Ahnung, woran das lag. Schließlich konnten sie unmöglich von dem Versprechen wissen, das Bristol und er sich vor Jahren gegeben hatten. Wenn sie es wüssten, würden sie ihm wahrscheinlich den Hals umdrehen. Oder es zumindest versuchen.

Dennoch schienen sie zu spüren, dass etwas sich verändert hatte. Zumindest von seiner Seite aus. Denn Bristol schien genauso unbeschwert wie zuvor.

Oder etwa nicht?

»Okay, ich glaube, das waren alle«, sagte Bristol und stemmte die Hände in die Hüfte.

»Geh nach Hause«, befahl ihre Mutter aus der anderen Ecke des Raumes.

»Kommt nicht infrage, ich helfe beim Aufräumen«, protestierte Bristol.

»Das Geburtstagskind hilft nicht beim Aufräumen.«

»Genau, sie richtet nur das Chaos an«, stichelte Aaron, ihr jüngerer Bruder. Die Geschwister zeigten einander den Mittelfinger, was ihnen einen finsteren Blick ihrer Mutter einbrachte.

»Benehmt euch. Wenn ihr so weitermacht, werden die anderen die Wahrheit über uns erfahren.«

»Wisst ihr, ich habe zu Hause ein Kissen, auf dem fast derselbe Spruch eingestickt ist«, warf Marcus' Mutter ein, als seine Familie zu ihnen stieß.

»Ich bin mir ziemlich sicher, dass ich irgendwo auch so ein Kissen besitze«, sagte Mrs. Montgomery. Die beiden Mütter lachten und begannen, miteinander zu plaudern.

Seine Familie half den Montgomerys beim Aufräumen. Bristol lehnte sich mit einem zufriedenen Grinsen gegen seine Schulter.

»Ich bin so froh, dass unsere Familien so eng

befreundet sind. Alle sind so … glücklich, findest du nicht auch?«

Marcus nickte und widerstand nur mühsam dem Drang, ihr wie sonst einen Kuss auf den Scheitel zu drücken. Plötzlich fühlte sich diese Geste gar nicht mehr so harmlos an. »Ja. Ich bin auch froh darüber.«

Marcus ließ den Blick an Bristol hinabgleiten. Er gab sich alle Mühe, ihre Kurven nicht genau zu betrachten, und verzog stattdessen das Gesicht. »Warum zur Hölle trägst du zwölf Zentimeter hohe Absätze?«

»Die Schuhe sind doch hübsch«, konterte sie. »Und meine Füße sind ohnehin längst taub.«

»Geh schon«, riefen die Montgomerys im Chor, und seine Familie stimmte mit ein.

Marcus zog sie am Arm. »Komm schon, ich bringe dich zu deinem Wagen.«

»Die Geschenke liegen schon im Kofferraum«, rief ihre Mutter ihr nach. »Aber du darfst sie erst öffnen, wenn wir morgen bei dir sind.«

»Versprochen. Ich kenne die Regeln.«

Bristol war bisher nicht dazu gekommen, sich in Ruhe hinzusetzen und ihre Geschenke auszupacken, aber sie würde es am darauffolgenden Tag im Kreis ihrer Familie nachholen. Bei den Montgomerys war dies ein festes Ritual nach großen Festen. Marcus gefiel die Tradition. In seiner eigenen Familie neigte man eher dazu, die Geschenke sofort ungeduldig aufzureißen, aber sie veranstalteten normalerweise auch keine schicken Cocktailpartys wie diese hier. Die Montgomerys taten das allerdings auch nur zu besonderen Anlässen.

Er begleitete Bristol zu ihrem Wagen und legte ihr im Gehen seinen Mantel über die Schultern.

»Danke«, murmelte sie. »Es ist zwar nicht allzu kühl, aber ich weiß die Geste zu schätzen.«

»Du hättest einen Mantel tragen sollen.«

»Aber das trägerlose Kleid ist so schick. Ein Mantel hätte den Look nur ruiniert.«

Marcus wollte gar nicht darüber nachdenken, wie gut das Kleid ihre Kurven betonte. Er spürte, dass er kurz davor war, eine Grenze zu überschreiten.

»Übrigens, ich hatte nur ein halbes Glas Sekt und habe den Rest des Abends Wasser getrunken. Ich wusste, dass ich heute noch nach Hause fahren und nicht hier übernachten wollte.«

»Um dich vor dem Aufräumen zu drücken?«, fragte er lachend.

»Nein, du Trottel«, entgegnete sie. »Hauptsächlich weil ich gern in meinem eigenen Bett schlafe.«

»Sicher«, erwiderte er und zwang sich, die Vorstellung von ihr in ihrem Bett zu verdrängen. Oder in irgendeinem Bett.

Darüber durfte er nicht nachdenken.

Als sie ihren Wagen erreichten, seufzte sie und wandte sich ihm zu. »Also ...«

»Also«, wiederholte er. Er schluckte einen Kloß in seinem Hals hinunter. »Ein weiterer Geburtstag.«

»Ja, mein dreißigster.«

Er beobachtete, wie ihre Kehle sich bewegte, als sie ebenfalls schluckte. Er hatte keine Ahnung, was er jetzt sagen sollte. Ihm fehlten schlichtweg die Worte.

»Das bedeutet dann wohl, dass wir jetzt verlobt sind, nicht wahr?«, fragte sie.

Marus stockte der Atem und er erstarrte.

»Oh mein Gott. Ihr seid verlobt?«, kreischte Andie hinter ihnen und hüpfte aufgeregt auf und ab. Dann wirbelte sie herum und rief ins Haus hinein: »Sie sind verlobt! Bristol und Marcus sind verlobt!«

»Ich wusste es! Unsere Kinder heiraten! Endlich!«, rief seine Mutter und fiel Bristols Mutter in die Arme. Im nächsten Moment brachen die beiden Frauen in Freudentränen aus.

Marcus riss den Blick von seiner Familie los und blinzelte seine beste Freundin fassungslos an.

Bristol war die Farbe aus dem Gesicht gewichen. Sie öffnete den Mund, um etwas zu sagen, doch sie brachte keinen Ton heraus.

Alle um sie herum jubelten und klatschten begeistert. In diesem Augenblick wusste Marcus, dass die Situation ihm gerade vollkommen entglitten war.

KAPITEL DREI

Bristol leckte sich die Lippen und legte den Kopf in den Nacken, während er mit dem Mund ihren Hals erkundete. Verlangend liebkoste er ihre Haut, bevor er sanft mit den Zähnen darüberstrich. Ein Zittern durchlief ihren Körper. Sie ließ ihre Hände über seine harten Muskeln gleiten, um sie dann an seinem Rücken wieder nach oben wandern zu lassen. Als er über ihre Taille streichelte und schließlich ihre Hüfte packte, schnappte sie bebend nach Luft. Ihrer Kleider hatten sie sich längst entledigt, sodass sie den Körper des anderen ungehindert erforschen und verwöhnen konnten. Sie konnten einander spüren und sich ganz dem Moment hingeben.

Er ließ seinen Mund tiefer wandern, liebkoste ihre Brüste und umschloss mit den Lippen eine ihrer Knospen. Dann ließ er seine Zunge kreisen und trieb sie unerbittlich auf den Gipfel der Ekstase zu. Explosionsartig kam sie zum Höhepunkt. Das Gefühl war fast schon zu überwältigend, um wahr zu sein. Sie war schweißgebadet und ihre Schenkel zitterten, als sie gegen den Drang ankämpfte, sie noch weiter zu spreizen. Sie wollte sich an ihn klammern und ihn festhalten, doch er machte es ihr unmöglich, die Kontrolle zu behalten.

Er ließ seine Lippen zu ihrer anderen Brust wandern und saugte fest an ihrer Knospe. Es war fast schon schmerzhaft, doch Bristol war das egal. Fast schon fordernd lechzte sie nach mehr.

Und sie würde es bekommen.

Er schob sich zwischen ihre Schenkel, sodass sie seine pulsierende Männlichkeit an ihrem Geschlecht spüren konnte. Sie brannte darauf, seinen harten Schaft in sich zu spüren und ihn zu reiten, bis sie gemeinsam auf den Gipfel der Lust aufflogen.

Sie sah zu ihm auf und flüsterte: »Marcus. Ich brauche dich.«

Er leckte sich die Lippen, begegnete ihrem Blick und drang tief in sie ein. Bristol schrie, als er sie bis zum Anschlag dehnte und ein exquisiter Schmerz sie durchzuckte.

Dann wachte sie auf.

Bristol blinzelte, ihre Lider noch schwer vom Schlaf. Ihr Trägerhemd war verrutscht. Eine Brust lag frei, während die andere vom engen Stoff eingeschnürt wurde. Sie leckte sich die trockenen Lippen und senkte den Blick. Ihre Hand ruhte an ihrem Geschlecht, ihre Finger umfassten ihr empfindsames Fleisch.

»Verdammte Verräterin«, murrte sie. Langsam zog sie ihre feuchten Finger zwischen ihren Schenkeln hervor und befreite sie aus ihrem Höschen.

Wieder einmal hatte sie sich im Schlaf selbst befriedigt. Der Traum war so real gewesen, dass sie sich vollkommen darin verloren hatte. Ihr Unterbewusstsein hatte keine andere Wahl gehabt, als so lange weiterzumachen, bis sie explodiert war.

Das war schon mehr als einmal vorgekommen. Einmal sogar, als ihr damaliger Freund neben ihr geschlafen hatte.

Sie waren beide davon aufgewacht. Es hatte ihn so sehr erregt, dass er sie gleich im Anschluss vernascht hatte.

Damals war der Mann im Traum ein Prominenter gewesen, für den sie zu jener Zeit geschwärmt hatte. Erschwerend kam hinzu, dass sie ihm sogar schon persönlich gegenübergestanden hatte. Das machte die ganze Sache verdammt peinlich.

Sexträume von gesichtslosen Fremden waren normalerweise kein Problem. Schließlich konnte sie nicht beeinflussen, wohin ihre Gedanken im Schlaf abdrifteten.

Da sie diesen gewissen Promi jedoch persönlich getroffen hatte, war sie jedes Mal, wenn sie auch nur an ihn dachte, hochrot angelaufen. Die Reaktion war sogar noch heftiger gewesen, als sie ihn eines Tages wiedergesehen hatte.

Die Beziehung mit ihrem Freund hatte danach nicht mehr lange gehalten. Allerdings nicht wegen des feuchten Traums, sondern hauptsächlich, weil der Kerl ein Idiot war.

Und nun träumte sie von Marcus.

Sie bebte noch immer am ganzen Körper, als sie sich aufsetzte, ihr Oberteil glatt zog und ihre Hände am Laken abwischte. Sie würde die verdammte Bettwäsche ohnehin waschen müssen.

Doch ihre Gedanken kehrten immer wieder zu dem Traum zurück. Und zu dem Mann, der darin die Hauptrolle gespielt hatte.

Marcus. Ihr bester Freund.

Ihr verdammter Verlobter.

Wie zum Teufel hatte das nur geschehen können?

Sie fuhr sich mit der anderen Hand durchs Haar, schluckte einen Kloß im Hals hinunter und fragte sich, ob sie am Vorabend vielleicht zu viel getrunken hatte. Nein. Ausgeschlossen.

Sie hatte kaum mehr als ein halbes Glas Sekt getrunken, bevor sie sich versehentlich mit ihrem besten Freund verlobt hatte.

Ehrlich gesagt hatte sie nie damit gerechnet, dass ihr Pakt derartige Kreise ziehen würde. Sie hatte sich nicht eingestehen wollen, dass es überhaupt so weit kommen könnte. Damals hatten sie sich ein einfaches Versprechen gegeben, das jedoch alles andere als einfach war. Und obwohl sie niemals ihr Wort brachen, hätte es dennoch nie Realität werden sollen. Doch dann hatten sich alle so sehr für sie gefreut. Die anderen waren zwar verwirrt, aber auch überglücklich gewesen. Und Bristol hatte sie nicht enttäuschen wollen. Als Marcus beharrlich geschwiegen hatte, war ihr klar geworden, dass es kein Zurück mehr gab. Und schon war sie verlobt.

Und jetzt saß sie hier. Marcus hatte sie irgendwie nach Hause gebracht, doch während der gesamten Fahrt war kein einziges Wort gefallen.

Dabei plapperte Bristol eigentlich ständig. Ununterbrochen.

Einst hatte sie einem Prinzen und einem Herzog beinahe das Ohr abgekaut, bis die beiden sich fast schon verängstigt langsam zurückgezogen hatten.

Doch mit ihrem besten Freund hatte sie noch nie einen Moment unangenehmer Stille erlebt.

Trotzdem hatte sie während der gesamten fünfzehnminütigen Fahrt zu ihrem Haus keinen Ton von sich gegeben.

Ebenfalls schweigend hatte er sie nach Hause gebracht. Da er ein Gentleman war, hatte er sie noch zur Tür begleitet und war dann wortlos gegangen.

Bristol wusste, dass er heute ebenfalls hier sein würde.

Sie würden darüber reden müssen und die Sache wieder geradebiegen.

Irgendwie.

Plötzlich klingelte es an der Tür, und zwar gleich zweimal hintereinander. Es klang fast schon wütend.

Bristol begriff schlagartig, was sie aus ihrem unanständigen Traum gerissen hatte. Es war nicht ihr Orgasmus, sondern die Türklingel gewesen.

Panisch sprang sie aus dem Bett und suchte nach ihren Shorts oder einer Hose. Doch in ihrer Hektik konnte sie keines von beidem finden.

Es klingelte erneut, und kurz darauf begann ihr Handy zu vibrieren. Aus Angst, es könne sich um einen Notfall handeln, eilte sie zur Tür. In diesem Moment war ihr egal, dass sie nur einen Slip und ein knappes Oberteil trug, unter dessen Stoff ihre Brustwarzen sich deutlich abzeichneten. Die Sicherheit ihrer Familie hatte Priorität.

Sie riss die Tür auf, ohne auch nur einen Blick durch den Spion zu werfen, und erstarrte.

»Marcus«, keuchte sie.

Sie musste unweigerlich an den Klang ihrer Stimme denken, als sie im Traum seinen Namen gehaucht hatte, während er seinen harten, dicken Schaft in ihr vergraben hatte.

Sie hatte keine Ahnung, wie Marcus' Schwanz in der Realität aussah. Nur im Traum hatte sie sich jemals über seine Männlichkeit Gedanken gemacht. *Lügnerin.* Niemals würde sie sein bestes Stück mit eigenen Augen sehen.

Oder etwa doch?

Der Marcus aus ihrem Traum war nicht real. Er existierte nicht. Alles war gut. Sie verlor nicht den Verstand, absolut nicht.

Bristol blickte zu ihrem besten Freund auf – oder war er

ihr Verlobter? – und bemühte sich, ihre Atmung zu beruhigen.

Marcus trug eine Lederjacke, ein weißes T-Shirt und Jeans. Seine Hände hatte er in den Jackentaschen vergraben, während er sie mit sichtlich angespannten Kiefermuskeln anstarrte.

»Bristol«, knurrte er.

Was hatte das zu bedeuten? Marcus knurrte sie nie an.

Plötzlich wurde sie sich ihres Outfits bewusst. Oder besser gesagt des eklatanten Mangels an Stoff, der ihren Körper nur spärlich bedeckte.

Sie stolperte rückwärts, blieb an einem ihrer Schuhe hängen, die sie am Vorabend achtlos in den Flur geworfen hatte, und drohte das Gleichgewicht zu verlieren. Bevor sie jedoch unsanft auf dem Boden landen konnte, streckte Marcus die Hand aus und packte sie am Ellbogen. Mühelos fing er sie auf und hielt sie auf den Beinen.

Dafür war sie dankbar, denn sie hätte sich vermutlich auf den Hintern fallen lassen und die Hüfte gebrochen, um ihre Arme und Hände zu schützen.

Diese waren versichert, schließlich bestritt sie damit ihren Lebensunterhalt.

In Gedanken war sie so sehr damit beschäftigt gewesen, einer möglichen Verletzung zu entgehen, dass sie erst jetzt begriff, in welcher Lage sie sich befand. Sie war fest an Marcus' Körper gepresst – an ihren besten Freund, ihren Verlobten. Dabei war sie fast nackt.

»Ich sollte mir wirklich etwas anziehen«, bemerkte sie.

»Ja«, stimmte Marcus zu. »Das ist eine gute Idee.«

Trotz seiner Worte ließ er sie nicht los.

Und auch Bristol machte keine Anstalten zurückzuweichen. Stattdessen schluckte sie schwer, sah zu ihm auf und leckte sich die Lippen.

Ihr entging nicht, wie er mit dem Blick der Bewegung ihrer Zunge folgte. In diesem Moment wurde ihr klar, dass sie beide den Verstand verloren hatten. Das war die einzige rationale Erklärung für das, was gerade zwischen ihnen vor sich ging.

Sie wollte nicht mit ihrem besten Freund schlafen. Nichtsdestotrotz ging ihr der feuchte Traum nicht aus dem Kopf. Außerdem verspürte sie jedes Mal dieses Ziehen in ihrem Unterleib, wenn sie nur an ihn dachte. Okay, vielleicht begehrte sie ihn ja doch.

Oh mein Gott, wie konnte das nur passieren?

»Du solltest mich loslassen«, sagte sie mit sanfter Stimme.

Er nickte. »Ich will nur nicht, dass du stolperst und auf den Hintern fällst. Du würdest es mir nie verzeihen, wenn du dich meinetwegen verletzt.«

Sie runzelte die Stirn. »Ich würde dir keinen Vorwurf machen.«

Marcus ließ sie los.

Bristol wurde augenblicklich von einem kühlen Schauer erfasst, doch auch darüber wollte sie nicht nachdenken.

»Du würdest mir definitiv die Schuld geben. So läuft das bei uns nun einmal.«

Sie nickte, während ein leichtes Zittern ihren Körper durchlief. Woher kam das plötzlich? Bristol konnte sich die Frage nicht beantworten. »Also schön, du hast recht. Aber jetzt sollte ich mich wirklich umziehen.«

Marcus ließ den Blick an ihrem Körper hinabgleiten. Bristol biss sich auf die Unterlippe und hielt sich gerade noch davon ab, ihr Oberteil nach unten zu ziehen. Dadurch würde sie zwar ihr Höschen und ihre nackten Oberschenkel bedecken, doch sie würde auch ihre Brüste entblößen. Im

Moment zeichneten sich lediglich ihre Nippel unter dem Trägerhemd ab.

Ganz zu schweigen davon, dass er durch den dünnen weißen Stoff wahrscheinlich ihren gesamten Brustwarzenhof sehen konnte. Warum zum Teufel hatte sie ausgerechnet darin geschlafen? Sie hatte nicht versucht, sexy zu sein, sondern neigte dazu, unter gefühlt fünfzig Decken zu schlafen und zu überhitzen.

Und nun wusste Marcus das auch.

Er hatte schon unzählige Male bei ihr übernachtet – meistens nach einer durchzechten Nacht oder einfach, weil sie Lust auf eine freundschaftliche Pyjamaparty hatten. Doch bisher hatte sie dabei stets zu langen Shorts oder einer Flanellhose und einem weiten Hemd gegriffen, um sich zu bedecken. Niemals hätte sie es gewagt, sich vor ihrem besten Freund so zur Schau zu stellen.

Bis heute.

Mit einem Nicken wirbelte sie herum, lief ins Schlafzimmer und schlug die Tür hinter sich zu. In diesem Moment hätte sie schwören können, ein Stöhnen aus dem Flur zu hören.

Das war sicher nur ihre Einbildung. Ohne Zweifel. Auf keinen Fall dachte er dasselbe wie sie.

Sie schlüpfte hastig in eine Jeans und zog sich einen BH und ein T-Shirt an. Zu guter Letzt warf sie sich eine Stola um die Schultern.

Lediglich ihre Füße blieben nackt. Doch damit würde Marcus sich abfinden müssen, denn sie hasste Socken.

Sie gab sich alle Mühe, nach außen gelassen zu wirken, doch innerlich war sie vollkommen aufgewühlt.

Sie putzte sich schnell die Zähne, verrichtete ihre Notdurft und versuchte vergeblich, ihre Haare halbwegs vorzeigbar zu frisieren.

Später würde sie Wäsche waschen, duschen und alles daransetzen, ihre Fantasie zu zügeln. Sie durfte nicht darüber nachgrübeln, dass sie vor Kurzem noch in diesem Bett gelegen und sich selbst zum Höhepunkt gebracht hatte. Und das, während sie von Marcus geträumt hatte.

Nein, daran würde sie keinen weiteren Gedanken verschwenden.

Obwohl sie nur fünf Minuten gebraucht hatte, um sich fertig zu machen, kam es ihr wie eine Ewigkeit vor. Und doch war es bei Weitem nicht lange genug.

Bristol atmete tief durch und zwang sich zur Ruhe. Es hatte keinen Sinn, sich zu stressen. Gemeinsam würden sie sich einen Plan zurechtlegen und dann ihren Familien erklären, dass es sich um ein riesiges Missverständnis handelte.

Danach könnten sie wieder zur Normalität zurückkehren.

Wie auch immer diese aussah.

Sie ging in die Küche. Marcus hatte ihr bereits eine Tasse Kaffee gerichtet, exakt so zubereitet, wie sie ihn am liebsten trank. Seine eigene Tasse dampfte neben dem Herd, an dem er gerade stand. In einer Pfanne briet er Eiweiß mit Spinat, Käse, den Kirschtomaten, die sie so liebte, und Truthahnspeck.

»Das duftet fantastisch«, sagte sie aufrichtig, während ihr bereits das Wasser im Mund zusammenlief.

Marcus warf einen Blick über die Schulter und wirkte ein wenig erleichtert.

War er froh, dass sie mit ihm sprach? Oder dass sie inzwischen angemessen bekleidet war?

Sie hatte keine Ahnung, welche Antwort sie bevorzugt hätte.

»Das Frühstück ist fast fertig. Ich dachte mir, nach gestern Abend könntest du eine Stärkung vertragen.«

Bristol runzelte die Stirn. »Ich war nicht betrunken.«

»Sicher.«

»War ich nicht, ganz ehrlich«, beharrte sie und hielt kurz inne. »Aber danke für das Frühstück. Du weißt ja, dass das meine absolute Lieblingsmahlzeit ist. Abgesehen von Strudel mit Frischkäse und einer unanständigen Menge Kalorien.«

Marcus stieß ein Schnauben aus.

»Ich meine es ernst. Danke.«

»Gern geschehen«, erwiderte er. »Und jetzt hör auf zu grummeln. Trink deinen Kaffee.«

»Ich bin nicht diejenige, die grummelt«, murmelte sie in ihre Tasse, bevor sie einen Schluck trank. Der Kaffee hatte die ideale Temperatur und das Verhältnis von Zucker und Milch war genau richtig.

Natürlich hatte er genau ihren Geschmack getroffen. Er wusste alles über sie. Er war ihr bester Freund.

Beinahe wäre sie zusammengezuckt. Nun, er wusste nicht alles. Andernfalls wüsste er jetzt darüber Bescheid, dass sie vor Kurzem noch einen feuchten Traum von ihm gehabt hatte. Und nun stand er vor ihr und beobachtete sie, nachdem er sie praktisch nackt gesehen hatte. Nackt – unmittelbar nachdem sie im Schlaf fantastischen Sex mit ihm genossen hatte.

Wie sollte sie diesen Tag überstehen, ohne den Verstand zu verlieren?

»Das habe ich gehört«, murmelte er.

Bristol erstarrte. Es dauerte einen Moment, bis ihr klar wurde, dass er sich nicht auf ihren Traum bezog, sondern auf ihre Bemerkung von eben.

»Da ich die Worte nicht nur gedacht, sondern ausgesprochen habe, habe ich damit gerechnet, dass du sie hören würdest.«

»Iss dein Frühstück und trink deinen Kaffee«, entgegnete er. »Danach reden wir.«

Bristol nippte an ihrer Tasse und warf einen Blick auf den Teller, den er ihr reichte. Das Frühstück war perfekt angerichtet. Er hatte es sogar mit einem kleinen Rosmarinzweig garniert.

Sie hatte nicht einmal gewusst, dass sie frischen Rosmarin im Kühlschrank hatte, doch Marcus hatte ihn natürlich gefunden und alles perfekt für sie zubereitet.

Hätte er nicht studiert, um Bibliothekar zu werden – eine Berufung, die er meisterlich beherrschte –, hätte sie darauf gewettet, dass er eine Kochschule besuchen würde.

Dann hätte sie noch mehr köstliche Kreationen von ihm genießen können, denn er würde immer ein Teil ihres Lebens sein. Das war schließlich der Grund für die Verlobung. Sie hatte keinen Grund, sich zu beschweren.

Nicht wahr?

»Danke«, sagte sie und nahm den Teller entgegen.

»Gern geschehen«, erwiderte er. »Du hättest in der Zwischenzeit den Tisch decken können.«

»Ich bin gerade erst aufgewacht, tut mir leid. Lass mich zuerst meinen Kaffee trinken, dann benehme ich mich auch nicht mehr wie eine Zicke.«

»Hör auf, dich selbst als Zicke zu bezeichnen«, tadelte er sie. »Du weißt genau, dass ich es hasse, wenn du derart abwertend über dich redest.«

Sie verdrehte die Augen, musste aber unwillkürlich lächeln. Er verabscheute es, wenn Frauen als Zicken abgestempelt wurden, auch wenn sie sich selbst so nannten.

Manchmal konnte sie einfach nicht an sich halten.

»Aber im Ernst, danke fürs Frühstück«, wiederholte sie.

»Und jetzt sollten wir wohl über die Ereignisse von gestern Abend reden.«

Er grunzte nur und begann, sich das Essen in den Mund zu schaufeln. Normalerweise aß er nicht so gierig, doch Bristol ahnte, dass er sich mit dem Thema nicht auseinandersetzen wollte.

Bristol erging es nicht anders. Die Situation war auch so schon unangenehm genug, und im Laufe des Tages würde sie nur noch schlimmer werden.

Schweigend aßen sie ihr Frühstück. Wieder herrschte diese ungewohnte Stille zwischen ihnen. Bristol verschlang ihre Mahlzeit genauso schnell wie er und spülte sie mit einem Glas Wasser hinunter, das er für sie bereitgestellt hatte.

Er kümmerte sich ständig um sie. Sie tat ihr Bestes, um sich bei ihm zu revanchieren, doch das gelang ihr nicht immer.

Dabei war sie keinesfalls egoistisch. Sie bemühte sich redlich, für alle da zu sein, doch Marcus schien ihr immer zwei Schritte voraus zu sein.

Für Bristol fühlte es sich so an, als sei er schon immer ein Teil ihres Lebens gewesen. Im Alter von sechs waren sie in der Grundschule gezwungen gewesen, nebeneinander zu sitzen. Der Junge, mit dem sie sich zuvor den Tisch geteilt hatte, hatte sie in die Seite gekniffen und an ihren Zöpfen gezogen.

Sie hatte ihm daraufhin in die Weichteile getreten, und Marcus hatte sie davon abgehalten, ihn noch mehr zu verletzen – hauptsächlich weil er es selbst tun wollte. Doch der Lehrer hatte seine Rolle in dem Debakel schlichtweg ignoriert.

Stattdessen hatte allein Bristol den Ärger bekommen und hatte zur Strafe neben Marcus sitzen müssen.

Danach hatten sie Freundschaft geschlossen und waren seitdem unzertrennlich.

Zumindest bis vor zehn Jahren. Nachdem sie die Party zu ihrem zwanzigsten Geburtstag mit dieser seltsamen Vereinbarung im Hinterkopf verlassen hatte, war ihr Leben förmlich explodiert. Ihre Karriere hatte einen Kurs eingeschlagen, der sie manchmal schwindeln ließ.

Liam ging es ähnlich. Ihr großer Bruder hatte zuerst die Modewelt erobert und konnte nun als Autor noch größere Erfolge verbuchen, während sie in der Musikwelt groß rausgekommen war.

Manchmal konnte sie ihr Glück kaum fassen, auch wenn sie wusste, dass mehr dahintersteckte als bloßer Zufall. Sie arbeitete lange und hart. Später am Tag würden endlose Proben für die anstehende Tournee auf sie warten. Außerdem wollte sie weiter an ihrem neuen Album arbeiten.

Es war also nicht alles nur Talent, sondern eiserne Disziplin.

Sie arbeitete verdammt hart.

Und Marcus war immer für sie da gewesen. Er hatte jeden ihrer Schritte begleitet.

Sie hing diesen Gedanken nach, während sie ihr Frühstück beendeten. Dann nahm sie wortlos seinen Teller und seine Tasse und spülte das Geschirr.

»Also, wie geht es jetzt weiter?«, wollte er wissen.

Bristol stieß zitternd den Atem aus und drehte sich zu ihm um.

Er sah aus, als gehöre er hierher, als sei er schon immer ein Teil dieses Hauses gewesen. In gewisser Weise war er das auch. Er hatte ihr beim Einzug geholfen und entschieden, wo die Gewürze in der Küche am besten aufgehoben waren. Wahrscheinlich hatte er damals schon gewusst, dass er hier öfter am Herd stehen würde als sie selbst.

Er hatte so viel für sie getan. Doch in diesem Moment fühlte es sich an, als stünde ein völlig anderer Mensch vor ihr. Sie hatte keine Ahnung, was sie sagen sollte.

»Ich weiß nicht, was wir tun werden«, erwiderte sie schließlich.

»Aber wir haben gelogen … Sind wir jetzt wirklich verlobt?«, fragte er.

Obwohl sie wusste, dass er recht hatte, tat es weh, den zweifelnden Unterton in seiner Stimme zu hören. Wollte er nicht mit ihr verlobt sein?

War die Vorstellung denn wirklich so abwegig?

Sie konnte genauso gut ehrlich sein. Insgeheim sehnte sie sich danach, mit ihm zusammen zu sein. Sie hatte diesen Wunsch nur jahrelang unterdrückt. Aber wenn sie diese Verlobung nun als Vorwand nehmen könnte … Nein. So durfte sie nicht denken. Oder vielleicht doch?

»Ich weiß es nicht. Ich meine, so lautet die Abmachung. Wir haben einander versprochen, dass wir heiraten würden. So ungewöhnlich ist das doch gar nicht, oder etwa doch?«

Sie konnte kaum fassen, dass sie diese Worte tatsächlich laut ausgesprochen hatte.

»Du willst dich also wirklich verloben?« Er klang nicht einmal ungläubig. Seine Stimme war seltsam neutral, fast so, als würde er seine wahren Gefühle verbergen wollen. Bristol fragte sich, warum diese Beherrschtheit ihr einen derartigen Stich ins Herz versetzte.

»Ich weiß es nicht.« Sie fuhr sich mit den Händen durchs Haar und begann, in der Küche auf und ab zu gehen. Marcus trat wortlos zur Seite, um ihr Platz zu machen. Dafür war sie dankbar, denn sie wollte ihn nicht versehentlich anrempeln. Jede Berührung drohte ihre Gedanken noch mehr durcheinanderzuwirbeln. Wie hatte das so schnell geschehen können? »Die anderen wirkten alle so glücklich. Als hätten sie längst damit gerechnet.«

Als Marcus nickte, fuhr sie fort: »Alle gehen davon aus, dass wir die ganze Zeit über insgeheim ein Paar waren. Zumindest seit ein paar Monaten.«

»Ich glaube nicht, dass wirklich alle so dachten. Aber selbst wenn, heißt das nicht, dass wir diese Scharade tatsächlich mitspielen müssen«, konterte Marcus.

»Das weiß ich«, platzte es aus ihr heraus. Frustriert warf sie die Hände in die Luft. »Ich bin mir ziemlich sicher, dass meine Brüder fest damit gerechnet haben. Sie denken, sie wissen alles. Und unsere Mütter waren außer sich vor Glück, als hätten sie sich unsere Verlobung herbeigesehnt. Sie konnten gar nicht mehr aufhören, sich schluchzend in den Armen zu liegen. Das macht mir ernsthaft Sorgen.«

»Was meinst du damit?«, hakte er nach und lehnte sich gegen die Anrichte. Er verschränkte die Arme vor der Brust, und Bristol musste schlucken. Sie konnte den Blick einfach nicht abwenden. Er hatte seine Jacke ausgezogen, und nun starrte sie direkt auf seine sexy Unterarme. Seit wann fand sie seine Unterarme derart anziehend?

Hatte sie schon vor der Verlobung so empfunden oder war das etwas vollkommen Neues?

Vielleicht hatte sie ihre Sehnsüchte und ihr Verlangen nur so lange hinter dem Stempel versteckt, den sie sich gegenseitig aufgedrückt hatten. Oder vielleicht sollte sie nicht zu viel darüber nachdenken.

»Die glauben wirklich, wir seien verlobt«, sagte Marcus leise.

»Allerdings«, pflichtete Bristol ihm bei. »Wahrscheinlich sollten wir reinen Tisch machen. Aber deine Mutter sah so glücklich aus.«

Marcus schloss die Augen und stieß einen leisen Fluch aus. »Und wenn wir ihr die Wahrheit sagen, wird sie am Boden zerstört sein. Du hast doch diesen Ausdruck in ihren Augen gesehen.«

Bristol nickte. »Ich will deiner Mutter nicht wehtun.«

»Sie hat schon genug durchgemacht.«

Das war eine maßlose Untertreibung. Marcus' Mutter war eine beeindruckende Frau, die bereits eine Herztransplantation hinter sich hatte. Momentan ging es ihr gut, doch sie nahm täglich eine Menge Medikamente, und die Ärzte befürchteten, dass ihr Körper das neue Organ irgendwann abstoßen könnte.

Sie war stark, aber es bestand immer die Möglichkeit, dass die Krankheit zurückkehrte, die ihr altes Herz zerstört hatte.

Jede Form von Stress könnte sie ernsthaft in Gefahr bringen.

Bristol kam sich gerade wie der schrecklichste Mensch auf Erden vor. »Ich will nicht, dass deine Mutter unseretwegen leidet.«

»Wir können nicht einfach meiner Mutter zuliebe heiraten«, gab Marcus mit gedämpfter Stimme zu bedenken.

»Ich weiß. Aber wir haben diesen Pakt geschlossen.« Bristol verstand selbst nicht ganz, warum sie das sagte. Vielleicht kannte sie tief im Inneren die Antwort, doch darüber wollte sie jetzt nicht nachdenken. »Wir haben uns geschworen, dass wir heiraten, sobald ich dreißig werde – vorausgesetzt keiner von uns ist bis dahin unter der Haube. Und solange keiner von uns heimlich irgendwo einen Ehepartner versteckt, sind wir beide Singles.«

»Ich war noch nie verheiratet, Bristol«, räumte Marcus ein. »Nicht einmal ansatzweise.«

Bristol schluckte schwer. Zia war die Einzige gewesen, die sie jemals ernsthaft als Ehepartnerin in Betracht gezogen hatte. Doch am Ende waren sie als Freundinnen einfach besser aufgehoben. »Ich bin ungebunden.«

»Also willst du das wirklich durchziehen«, sagte Marcus. »Weil wir einen Pakt geschlossen haben? Und meiner Mutter zuliebe.«

»Warum nicht? Ich denke schon. Ich will keinen Rückzieher machen.« Die Worte sprudelten förmlich aus ihr heraus. Sie war selbst überrascht von ihrer Entschlossenheit.

»Wirklich?«, fragte er.

Sie stieß langsam den Atem aus. »Ich glaube nicht, dass ich es könnte. Ich weiß auch nicht … Wir haben uns dieses Versprechen damals aus einem ganz bestimmten Grund gegeben. Vielleicht war es ja ein guter Grund.«

Sie hatte dieses Versprechen gegeben, weil sie Marcus nahe sein wollte. Oder hatte damals schon mehr dahintergesteckt? Ehrlich gesagt hatte sie keine Ahnung, was vor zehn Jahren in ihrem Kopf vorgegangen war.

Marcus trat einen Schritt auf sie zu. Bristol erstarrte, als eine Seite von ihm zum Vorschein kam, die sie noch nie zuvor gesehen hatte. Er baute sich vor ihr auf, strich ihr eine Strähne hinters Ohr und umfasste ihr Gesicht mit beiden Händen.

»Denk genau darüber nach, was du da sagst«, raunte er. »Denk darüber nach, was das bedeutet. Du willst meine *Frau* sein.«

Er hatte ihr zwar keine Frage gestellt, aber sie antwortete trotzdem.

»Ich will diesen nächsten Lebensabschnitt beginnen.

Und ich will es mit dir an meiner Seite tun. Du bist mein bester Freund, Marcus. Warum sollten wir nicht den Rest unseres Lebens gemeinsam bestreiten?«

»So einfach ist das nicht«, wandte er ein.

»Ich will nicht, dass deine Mutter verletzt wird«, erwiderte sie. »Oder dass irgendjemand aus unseren Familien leidet. Wir haben einen Pakt geschlossen. Lass uns dazu stehen.«

Er sah auf sie herab und strich ihr erneut eine Haarsträhne hinters Ohr. »Bristol. Wir heiraten? Im Ernst?«

Vielleicht war das alles nur ein Traum. Oder sie beging einen kolossalen Fehler. Trotzdem nickte sie. In seinen Augen flackerte ein Ausdruck auf, der ihr das Gefühl vermittelte, dass das alles womöglich Sinn ergab.

Sie war sich nicht ganz sicher.

Also trat sie einen Schritt zurück und streckte ihm die Hand entgegen.

»Lass es uns mit einem Handschlag besiegeln.«

Marcus starrte auf ihre Hand und schnaubte.

»Du hast mich gerade gebeten, dich zu heiraten – um meiner Mutter willen und wegen eines Pakts, den wir mit zwanzig geschlossen haben. Und jetzt willst du den Entschluss mit einem Handschlag besiegeln?«

»Nun ja, warum nicht?«

»Darum nicht.« Er trat erneut einen Schritt auf sie zu und presste seine Lippen auf ihre.

Er hatte sie schon früher geküsst – ein Schmatzer auf die Wange oder ein flüchtiger Kuss auf den Scheitel. Doch das hier war etwas völlig anderes.

Ein Zittern erfasste sie, während in ihrem Inneren ein Cocktail aus Emotionen brodelte. Sie schmiegte sich an ihn, während er seine Zunge mit ihrer tanzen ließ. Dann löste er sich von ihr. Beide standen sie keuchend da und wussten, dass die bloße Berührung ihrer Lippen nicht ausreichte.

»Das ist schon besser«, raunte er.

»Mit einem Kuss besiegelt«, pflichtete sie ihm bei.

Er schüttelte lachend den Kopf. »Wahrscheinlich begehen wir gerade einen verdammt großen Fehler. Aber weißt du was, Bristol? Warum zum Teufel eigentlich nicht?«

Dann drückte er ihr einen Kuss auf den Scheitel und verließ die Küche. Sie war jetzt eine verlobte Frau – und vollkommen verloren.

KAPITEL VIER

Wenn er sich mit Leib und Seele in die Arbeit stürzte, würde das sicher helfen. Zumindest redete Marcus sich das ein. Solange er sich in dieses gewaltige Projekt vertiefte, das ihm insgeheim ein wenig Angst einjagte, würde er sich von der Tatsache ablenken können, dass er verlobt war.

Er würde in seinem Leben ein neues Kapitel aufschlagen, und zwar ausgerechnet mit dem Menschen an seiner Seite, der ihn an den meisten Tagen besser verstand als er selbst.

Vielleicht würde sich alles fügen und am Ende sogar Sinn ergeben. Womöglich war es gar kein Fehler.

»Du bist ja ganz grün im Gesicht«, bemerkte Ronin, sein Freund und Kollege, als er Marcus' kleines Büro betrat. Unter dem Arm hielt er einen Stapel Papiere sowie ein in Leder gebundenes Buch. »Falls du dich übergeben musst, dann bitte nicht über die Bücher. Die müssen wir um jeden Preis schützen. Du kennst doch das oberste Gebot, das wir als Bibliothekare befolgen müssen.«

Marcus verdrehte die Augen. »Ich dachte, das erste Gebot sei das Lesen der Bücher.«

»Nein, das glauben die Leute nur. Tatsächlich müssen wir vor allem die Bücher schützen. Und dann uns selbst. Während wir lesen. Im Grunde müssen wir alles gleichzeitig tun.«

»Du bist wirklich merkwürdig.«

»Das Kompliment kann ich zurückgeben. Genau deshalb sind wir miteinander befreundet.«

»Mag sein. Oder es liegt schlichtweg daran, dass wir hier schon am längsten arbeiten und du außer mir niemanden hast.«

Ein seltsamer Ausdruck huschte über Ronins Gesicht, doch im nächsten Augenblick verzog er die Lippen zu einem arglosen Lächeln. Marcus wusste eigentlich nicht viel über seinen Freund. Das lag vor allem daran, dass Ronin nicht viel von seinem Leben preisgab. Marcus machte das nichts aus, schließlich hatte Ronin ein Recht auf seine Privatsphäre. Er selbst hütete ebenfalls einige Geheimnisse.

Wie zum Beispiel die Tatsache, dass seine Gefühle für Bristol während der letzten Wochen ... Monate ... vielleicht sogar *Jahre* ... scheinbar unbemerkt gewachsen waren und eine völlig neue Richtung eingeschlagen hatten. Er wagte es jedoch nicht, das laut auszusprechen.

Doch vielleicht wäre dies genau der richtige Zeitpunkt. Immerhin war sie jetzt seine Verlobte.

Oh Gott.

»Da ist es schon wieder. Du siehst aus, als sei dir speiübel. Was ist los mit dir?«

Marcus riss sich aus seinen Gedanken. Dies war nicht der passende Moment, um sich den Kopf über seine Zukunft mit Bristol zu zerbrechen – wie auch immer diese am Ende aussehen mochte. Nein, er musste sich auf die

Arbeit konzentrieren. »Nichts. Im Ernst. Heute ist einfach einer dieser Tage.«

Abgesehen von ihren Familien wusste niemand, dass Bristol und Marcus verlobt waren. Doch allein dieser familiäre Kreis umfasste schon eine Menge Leute. Ihre Verlobung war zwar nicht vorgetäuscht, aber sie fühlte sich so seltsam arrangiert an, dass er selbst nicht recht wusste, wie es überhaupt dazu gekommen war. Er war noch nicht bereit, der Realität ins Gesicht zu blicken. Also würde er dem Rest der Welt noch nichts davon erzählen.

Andererseits war er sich nicht ganz sicher, ob er insgeheim *nicht doch* dazu bereit war.

Bei dem Gedanken zuckte er innerlich zusammen, doch jetzt gab es kein Zurück mehr.

Verdammt, Bristol würde seine Frau werden. Falls sie die Sache tatsächlich zu Ende brächten – denn er war sich immer noch nicht sicher, ob sie es wirklich durchziehen würden –, dann würden sie *heiraten*. Das bedeutete, sie mussten sich ihre Gefühle gestehen und das Ehegelübde ablegen.

Und sie würden miteinander schlafen.

Er erstarrte erneut, gerade als Ronin mit besorgtem Blick auf ihn zukam. Verdammt. Er und Bristol würden Sex haben. Im Bett oder außerhalb. Völlig egal. Sie würden eins werden. Haut auf Haut. Er würde in ihr sein. Sie ficken. Mit ihr Liebe machen. Eben all die Dinge, die verheiratete Paare miteinander taten.

Oh, verdammt.

Er hatte sie geküsst, doch nicht wie sonst auf die Stirn, die Schläfe oder die Wange, sondern auf die Lippen, als wolle er ihren Pakt mit einem Kuss besiegeln. Und nun verlor er völlig den Verstand.

»Also schön, du wirst mir jetzt erzählen, was los ist«,

forderte Ronin. »So langsam machst du mir wirklich Angst.«

Marcus schüttelte den Kopf. »Nicht doch, mach dir keine Sorgen. Mir geht nur gerade viel im Kopf herum, obwohl ich mich eigentlich auf das Projekt konzentrieren sollte.«

Ronin starrte ihn an. »In Ordnung, wenn du dir wirklich sicher bist.« Als Marcus nickte, fuhr er fort: »Also gut, dann lass uns über das Projekt sprechen. Ich glaube, das wird eine Menge Spaß machen. Aber du hast die Leitung.«

»Nun, die Uni hat sich an mich gewandt, also gebe ich mein Bestes.« Marcus war wissenschaftlicher Bibliothekar und Spezialist für bestimmte Forschungsthemen. Vor Kurzem hatte die örtliche Universität eine gewaltige Förderung erhalten und brauchte einen Profi, der sie auf der akademischen Seite unterstützen konnte.

Es wartete ein Berg an Recherche, Dokumentation und anderer Aufgaben auf ihn, die in letzter Zeit zu kurz gekommen waren. Da Fördermittel momentan für die meisten Institutionen keine Priorität hatten, verbrachte er einen Großteil seiner Arbeit damit, nach winzigen Zuschüssen zu graben oder Dienst am Schalter und in der Leihstelle zu schieben. Er liebte beide Aspekte seines Jobs, doch er war dankbar, sich nun vermehrt wieder der wissenschaftlichen Recherche widmen zu können.

Ronin übernahm bei diesem speziellen Projekt beide Bereiche und arbeitete eng mit ihm zusammen. Obwohl sein Freund in letzter Zeit viel Zeit in der Leihstelle verbrachte.

Die Bibliothek hatte kürzlich viele Fördermittel verloren, was drastische Einsparungen nach sich gezogen hatte. Für viele Politiker war dies bloß ein Ort, an dem alte Bücher gehortet wurden, doch die Realität sah anders aus. Unzählige Menschen nutzten die Computer der Einrichtung, vor allem jene aus Gegenden ohne stabilen Internetzugang. Nicht jeder konnte sich schnelles Breitband leisten, doch das Internet war inzwischen zu einer Notwendigkeit geworden, da die Schulen heutzutage fast nur noch auf Tablets und digitales Lernen setzten. Also strömten ständig Leute herein, um zu recherchieren, in einen Roman zu versinken oder ein Sachbuch zu lesen. Ob Hörbücher, Filme, CDs – die Bibliothek bot von allem etwas, und doch schien es nie genug zu sein.

Marcus liebte seinen Job, auch wenn ihm dabei manchmal der Schädel brummte. Doch bei diesem speziellen Projekt durfte er mit Menschen zusammenarbeiten, sich in bestimmte Themen vertiefen und sogar an wissenschaftlichen Publikationen mitschreiben. Schon als kleiner Junge hatte er leidenschaftlich gern gelesen. Einige seiner Mitschüler hatten ihn als Bücherwurm bezeichnet. Seinen ersten Bibliotheksausweis hatte er sich besorgt, da konnte er kaum den Schalter erreichen. Sein Vater hatte ihn hochheben müssen, und Marcus hatte übers ganze Gesicht gestrahlt, als er das Dokument unterschrieben hatte.

Im Gegensatz zu Bristol hatte er nie große Träume gehegt. Obwohl sie häufig darüber scherzten, betrachtete er die Welt lieber durch die Seiten eines Buches, statt sich mit der Vorstellung auseinanderzusetzen, inmitten von Touristenschwärmen umherreisen zu müssen. Bristol hingegen war vom Fernweh getrieben worden. Sie hatte die Welt nicht nur gesehen, sondern hatte für Könige und Königinnen, Herzöge und Herzoginnen gespielt.

Marcus unterdrückte ein Knurren bei dem Gedanken an einen bestimmten Herzog, der etwas zu zudringlich geworden war. Als er damals von dem Vorfall erfuhr, hätte er fast seine gesamten Ersparnisse in ein Flugticket nach

London investiert, um dem Kerl seine Faust ins Gesicht zu rammen. Allerdings war er sich nicht sicher, ob der Angriff womöglich seine Enthauptung nach sich gezogen hätte. Trotz seines Fachwissens als Bibliothekar kannte er sich mit den Gesetzen in Bezug auf das britische Königshaus nicht aus.

Um ehrlich zu sein, hatte er angenommen, dass einer der Montgomerys dem Kerl zuerst eine Abreibung verpassen würde – oder sogar Bristol selbst. Er wusste nur zu gut, dass sie wütend auf ihn wurde, wenn er überreagierte.

»Die Übelkeit scheint verflogen zu sein«, bemerkte Ronin, als er sich wieder an den Türrahmen lehnte. »Aber du wirkst ein bisschen verloren. Willst du darüber reden?«

»Nein, ich will mich einfach auf die Arbeit konzentrieren. Wollen wir das Projekt kurz durchgehen? Schließlich werden wir zusammen daran arbeiten.«

»Ich dachte schon, du würdest mich nie fragen.« Ronin trat einen Schritt ins Büro und runzelte die Stirn. »Aber wenn dir irgendetwas auf der Seele brennt, bin ich für dich da. Ich weiß, du hast Bristol, einige enge Freunde und eine wunderbare Familie, aber du musst das nicht allein durchstehen. Wenn du also reden willst, musst du es nur sagen. Ich bin ein guter Zuhörer.«

Marcus schenkte seinem Freund ein sanftes Lächeln. »Danke, Mann. Ich weiß, dass ich mich an dich wenden kann.«

Ronin grinste. »Gut. Dann lass uns jetzt über wissenschaftliche Fakten reden.«

Marcus lachte und schlug das Buch auf. Das leise Rascheln der Seiten war Musik in seinen Ohren.

Marcus arbeitete noch einige Stunden weiter. Etwa eine halbe Stunde nach Feierabend erhob er sich schließlich von seinem viel zu kleinen Bürostuhl und machte sich auf den Heimweg. Er mied die verkehrsreiche Innenstadt von Boulder und nahm stattdessen die Nebenstraßen. Hätte er im Universitätsviertel gewohnt, hätte er sich wahrscheinlich vor Verzweiflung die Haare gerauft. Die Stadt wuchs rasant, genau wie der Rest von Colorado. Die Immobilienpreise waren in die Höhe geschnellt, und eine Wohnung zu finden war nahezu unmöglich. Seit der Legalisierung von Cannabis schien das halbe Land hierherzuströmen, und der Immobilienmarkt war völlig außer Kontrolle geraten.

Zum Glück war Marcus der Besitzer seines Hauses und er hatte nicht vor, es in nächster Zeit zu verkaufen. Die Vorstellung, jetzt in die Stadt zu ziehen und zu versuchen, sich hier eine Existenz aufzubauen, war beängstigend. Er bezweifelte, dass er sich das Leben in dem Bundesstaat, in dem er geboren und aufgewachsen war, dann überhaupt noch leisten könnte.

Er schüttelte den Kopf, als er in die Garage fuhr. Dann musste er lachen, als er sah, dass seine Mutter die Haustür öffnete.

Er stellte den Motor ab, schnappte sich seine Tasche und stieg aus. »Offenbar fühlst du dich hier ganz wie zu Hause, nicht wahr?«, fragte Marcus, während er die Treppe hinaufging und seine Mutter auf die Wange küsste.

»Natürlich. Du kannst von Glück reden, dass ich nicht gleich die Montgomerys mitgebracht habe, um eine nette kleine Party zu feiern«, erwiderte sie und zwinkerte ihm zu.

Sofort überkam ihn das schlechte Gewissen. Er hatte sie nicht direkt belogen, denn er und Bristol waren tatsächlich verlobt. Nur weil er selbst noch immer nicht begriff, wie sie in diese Situation geraten waren, wie das Ganze funktionieren sollte oder was genau er dabei empfand, machte es die Sache nicht weniger real.

»Eins nach dem anderen, in Ordnung?« Er bemühte sich um einen gelassenen Tonfall, doch innerlich war er alles andere als ruhig.

»Natürlich, Schatz«, stimmte seine Mutter zu und tätschelte ihm die Wange. »Aber ich koche gerade das Abendessen, also wirst du dich mit meiner Gesellschaft abfinden müssen.«

Er grinste. »Du kochst mir in meinem eigenen Haus das Abendessen? Der Gedanke gefällt mir. Obwohl ich das Hähnchen aus dem Gefrierfach genommen habe.«

»Du hast eine einzige Hähnchenbrust herausgenommen. Außerdem hattest du noch Gemüse im Kühlschrank«, konterte seine Mutter. »Ich verstehe zwar, dass das eine gesunde Mahlzeit ist, aber es ist deprimierend, dass du sie für dich allein kochen wolltest. Warum ist Bristol nicht hier?«

Über den Kopf seiner Mutter hinweg warf er einen Blick auf seinen Vater, der nur die Augenbrauen in die Höhe zog. Offenbar war das Verhör noch nicht vorbei. Aber er konnte es ihnen nicht verübeln. Für sie war die Nachricht von der Verlobung aus dem Nichts gekommen.

»Bristol hat selbst einiges zu erledigen. Außerdem ist heute ein Werktag.«

»Das ist wahr«, lenkte seine Mutter ein. »Es wird so schön sein, wenn wir alle offiziell eine große Familie sind.« Sie klatschte in die Hände und ging in die Küche.

Marcus begegnete dem Blick seines Vaters, der den Kopf schüttelte. »Sie hatte eigentlich vor, ihre Lasagne zu machen, aber da ich nicht mehr so viel Pasta essen darf wie früher, gibt es heute die Zucchini-Variante.«

Bei den Worten begann Marcus' Magen zu knurren.

»Ich liebe ihre Gemüselasagne.« Er hielt kurz inne. »Nun, sie besteht nicht nur aus Gemüse, sondern enthält immerhin Hähnchenhackfleisch.«

»Ich vermisse rotes Fleisch«, sagte sein Vater und rieb sich den Bauch. »Mindestens genauso sehr wie deine Mutter.« Keiner von beiden sprach laut aus, *warum* sie kein rotes Fleisch mehr essen durfte.

In diesem Moment kam seine Mutter zurück. »Ich vermisse Steak. Ein richtiges, blutiges Steak. Aber Zucchini-Lasagne mit Hähnchenhackfleisch ist auch nicht schlecht. Wir wissen doch alle, dass vor allem meine Soße den Unterschied macht.« Sie klatschte in die Hände. »Marcus, komm und hilf mir, den Tisch zu decken. Dann essen wir und du berichtest uns von deinem Tag. Und danach kannst du uns vielleicht die Geschichte erzählen, wie es dazu kam, dass du dich mit deiner besten Freundin verlobt hast.«

Marcus vergrub die Hände in den Taschen seiner Hose und wandte den Blick von seinem Vater ab.

»Ich finde, Bristol sollte dabei sein, wenn ich diese Geschichte erzähle.«

Seine Mutter runzelte die Stirn. »In Ordnung. Aber du sollst wissen, dass ich mich für euch beide freue. Ich habe immer gewusst, dass ihr beide gemeinsam Großes erreichen könnt – egal ob als beste Freunde oder als mehr. Es macht mich einfach froh zu sehen, dass du dich endlich dazu entschlossen hast, deinem Herzen zu folgen.«

Mit diesen Worten ging sie zurück in die Küche.

Marcus schluckte einen Kloß im Hals hinunter und machte sich dann daran, den Tisch zu decken. Folgte er seinem Herzen? Er wusste es nicht.

Er wusste nur, dass sie schon immer da gewesen war. Er konnte sich an keine Zeit erinnern, in der sie keine Rolle in seinem Leben gespielt hätte. Bristol brachte ihn zum

Lächeln, sie forderte seinen Verstand heraus und spornte ihn an. Während andere sich dadurch vielleicht unter Druck gesetzt gefühlt hätten, war er ihr dankbar.

Marcus war von Natur aus kein besonders lockerer Typ, doch er bewunderte ihre Entschlossenheit. Sie wusste genau, wohin sie wollte, und er liebte es, ihr entweder folgen oder seinen eigenen Weg einschlagen zu können. Sie hatte ihn nie zu etwas gedrängt, und sie hatte ihn ganz sicher nicht dazu genötigt, mit ihr zusammen zu sein.

Er musste tief in sich gehen und seine Emotionen ordnen. Nur dann wäre er in der Lage, die richtigen Entscheidungen zu treffen. Das galt für sie beide. Doch genau davor graute ihm. Er hatte Angst, dass sie ihm entgleiten würde, wenn sie ihre Gefühle zu genau unter die Lupe nähmen. Er hatte sie schon einmal beinahe verloren. Als sie ihr neues Leben begonnen hatte, hatte er lange befürchtet, dass sie niemals zurückblicken würde. Dass sie einfach davonfliegen und als heller Stern strahlen würde. Und genau das hatte sie verdient. Sie hatte sich den Arsch aufgerissen. Es waren ihr unbändiger Fleiß, ihre eiserne Entschlossenheit und dieses gottgegebene Talent, die sie auf die Bühne katapultiert hatten, auf der sie nun stand.

Als sie damals zu ihm gekommen war und ihm den Pakt vorgeschlagen hatte, hatte er ihren Vorschlag nicht ablehnen können. Er wollte es auch gar nicht.

Denn er hatte sie nicht verlieren wollen.

Zum Glück ließ seine Mutter ihn beim Abendessen etwas vom Haken und gestattete ihm, das Gespräch auf seine Arbeit zu lenken. Doch dann bemerkte sie, dass er wahrscheinlich ein größeres Haus brauchen würde. Natürlich ging sie davon aus, dass Bristol bei ihm einziehen würde, doch er wusste es nicht.

Im Grunde hatte er keine Ahnung, worauf er sich da

eingelassen hatte, doch er musste einen klaren Kopf bekommen. Bisher war ihm das noch nicht gelungen. Während der letzten Nacht hatte er kaum ein Auge zugetan und heute hatte er den ganzen Tag gearbeitet. Irgendwie musste er seine Gedanken sortieren und herausfinden, wie es nun weitergehen sollte. Eine Ehe war eine große Verantwortung. Bevor er den nächsten Schritt wagte, musste er sich im Klaren über seine Gefühle für Bristol werden.

Und das würde gar nicht so leicht werden.

Seine Eltern verabschiedeten sich glücklicherweise, noch bevor seine Mutter den Abwasch machen konnte. Marcus hasste es, wenn sie in seinem Haus den Putzlappen schwang. Natürlich war er dankbar für ihre Hilfe, aber seine Mutter sollte nicht auch noch aufräumen müssen, nachdem sie buchstäblich in sein Haus eingebrochen war, um für ihn das Abendessen zu kochen.

Marcus nutzte die Stille, um nachzudenken. Für eine Weile hing er seinen Gedanken nach, bevor er in sein Arbeitszimmer ging und nach seiner Gitarre griff. Bristol und er waren aus vielerlei Gründen so eng befreundet, wobei die Liebe zur Musik einer davon war. Obwohl er gern musizierte, war sein Talent in keiner Weise mit dem von Bristol zu vergleichen. Dennoch lag es ihm im Blut. Sein Vater spielte sowohl Klavier als auch Gitarre und beherrschte beide Instrumente meisterlich. Im College hatte er sogar in einer Band gespielt.

Die alten Freunde seines Vaters schauten immer noch regelmäßig vorbei. Dann spielten sie ein paar Sets und jammten gemeinsam, wobei Bristol und Marcus natürlich nicht fehlen durften. Manchmal packte Bristol sogar ihr Cello aus und schlug Rock- und Bluestöne an, die rein gar nichts mit den klassischen Stücken zu tun hatten, die sie normalerweise anstimmte.

Dann lachte sie, und Marcus begann mitzusingen. Er genoss es einfach, sie in solchen Momenten an seiner Seite zu haben – denn sie war ein Teil von ihm.

Das war sie schon immer gewesen.

Er setzte sich auf seinen Hocker und schlug eine bewährte Melodie an, die ihm half, den Kopf freizubekommen. Wenn er diesen Weg weiterverfolgte, dann würden er und Bristol tatsächlich heiraten.

Liebte er sie?

Ja. Zweifellos. Sie war seine beste Freundin, und er liebte sie. Er würde buchstäblich alles für sie tun. Sie passten so gut zusammen. In seinem ganzen Leben hatte er nie einen anderen Menschen wie sie getroffen. Sie war einzigartig.

Dass er nie die Art von ernsthafter Beziehung gehabt hatte, die man in seinem Alter eigentlich haben sollte, lag nicht an Bristol. Auf keinen Fall. Zwar war einigen seiner Ex-Freundinnen seine enge Bindung zu Bristol ein Dorn im Auge gewesen, aber solange er in einer festen Beziehung war, hatte er sich niemals unreinen Gedanken über sie hingegeben – oder wie auch immer man das nennen wollte. Das wäre schlichtweg falsch gewesen.

In seine Beziehungen hatte er sich immer voll und ganz eingebracht, sie hatten einfach nicht funktioniert.

Obwohl er das Alleinsein genoss, hasste er es, einsam zu sein. Das war ein Unterschied, den nicht jeder verstand. Bristol hatte es immer begriffen. Selbst wenn sie ihn wieder einmal herumkommandierte, wusste sie immer, wann sie ihm seinen Freiraum lassen musste.

Nicht einmal seine Schwestern wussten das.

Einige seiner Ex-Freundinnen hatten Bristol gemocht und ihre Gesellschaft genossen. Manche freundeten sich sogar mit ihr an. Die einzige Frau, die Bristol je missbilligt hatte, war diejenige, die nur mit ihm zusammen gewesen war, um bei ihm einziehen zu können. Sie hatte sich die Miete für ihre Wohnung sparen wollen und hatte kalkuliert, dass sie sich bei ihm einnisten und von ihm aushalten lassen konnte. Oh, er hatte hinter ihre Fassade geblickt und ihre wahren Motive durchschaut, aber Bristol war diejenige gewesen, die ihm deshalb die Leviten gelesen hatte.

Da er die Einsamkeit gescheut und die Frau tatsächlich gerngehabt hatte, hatte er sich darauf eingelassen. Am Ende hatte es nicht funktioniert, doch das hatte weder an mangelnder gegenseitiger Sympathie noch an Bristols Vorbehalten gelegen.

Er wechselte die Akkorde und summte vor sich hin, während er sich fragte, was er tun sollte.

Er würde sich nicht leichtfertig in eine Beziehung mit Bristol stürzen. Ebenso wenig wollte er seine Mutter weiter belügen und sie damit verletzen. Doch wenn sie sich tatsächlich darauf einließen, wäre es keine Lüge mehr.

Sollte er diesen Schritt gehen, würde er sich voll und ganz darauf einlassen. Ein Zurück gäbe es dann nicht mehr. Sie würden nicht umeinander herumtänzeln oder sich aus Angst vor der Verpflichtung gegenseitig wehtun.

Immerhin hatte er sich vor zehn Jahren mit Haut und Haaren auf diesen Pakt eingelassen. Er würde sich niemals in eine Situation drängen lassen, die ihnen beiden schaden könnte.

Vielleicht könnte es wirklich funktionieren. Was, wenn sie füreinander die Richtigen waren? Womöglich war das ihre Chance auf das Glück.

Er liebte Bristol. Er liebte jede ihrer Facetten, selbst die Macken, die ihn bisweilen in den Wahnsinn trieben. Einfach, weil sie es war. Sie war das Licht seines Lebens. Das hatte er sogar seiner Familie gegenüber laut ausgesprochen. Seine Schwestern hatten ihn daraufhin mit seltsamen Blicken beäugt, während seine Mutter regelrecht gestrahlt hatte.

Als seine Mutter so schwer erkrankte, dass er schon glaubte, sich für immer von ihr verabschieden zu müssen, war er zusammengebrochen. In seiner Verzweiflung hatte er sich an Bristol gewendet. Sie hatte ihm Halt geboten.

Als Liam mit familiären Problemen zu kämpfen hatte, war Bristol hilfesuchend zu Marcus geeilt. Und als Ethan verletzt im Krankenhaus lag, war sie ebenfalls zu ihm geflüchtet. Sie waren schon immer füreinander da gewesen. Warum sollten sie sich also nicht auf eine romantische Art lieben können? Die anderen waren längst davon überzeugt, dass sie in Liebe zueinander vergingen.

Er hatte jedoch keine Ahnung, ob sie dazu wirklich fähig wären. Die ganze Zeit über war er davon ausgegangen, dass es ein kolossaler Fehler wäre, diese Grenze zu überschreiten. Sollte es schiefgehen, würde ihre Freundschaft sich nie wieder davon erholen. Was würde geschehen, wenn er es wagte, diese Grenze einzureißen? Wenn er der Versuchung endlich nachgab, die er so lange tief in sich vergraben hatte?

Letztendlich konnte er es nicht wissen.

Was, wenn sie etwas Besseres verdiente als ihn?

Was, wenn *er* etwas Besseres verdiente?

Oder was, wenn sie genau das füreinander waren, was sie beide verdient hatten?

Er kannte die Antworten auf diese Fragen nicht. Doch während er seine Finger über die Saiten gleiten ließ und seine Gedanken immer wieder zu Bristol zurückkehrten, wurde ihm eines klar: Er wollte nicht mehr nur eine Freundschaft mit ihr. Natürlich hatte ihm diese viel bedeutet, doch da nagte noch etwas anderes an ihm. Der

Verdacht, dass die Sorge um seine Mutter vielleicht nur die perfekte Ausrede war, um sich endlich seine Gefühle einzugestehen.

Also würde er alles auf eine Karte setzen.

Selbst wenn er noch keine Ahnung hatte, was das für sie beide bedeutete.

KAPITEL FÜNF

»Oh mein Gott. Warum muss ich erst von deinem Bruder erfahren, dass du verlobt bist?«

Bristol schloss die Augen und wusste genau, welchen Bruder sie später kastrieren musste.

Natürlich war es Aaron. Ihre älteren Brüder mochten zwar so tun, als seien sie die großen Aufpasser, die ihre Nase ständig in ihre Angelegenheiten steckten, aber das hier trug eindeutig Aarons Handschrift. Er stand ihr altersmäßig am nächsten. Ihr kleiner Bruder hatte sich schon immer gern in ihr Leben eingemischt. Und er war zufällig mit Zia befreundet.

Dieser Mistkerl.

»Hallo Zia.«

»Komm mir nicht mit *Hallo*. Du hast dich mit Marcus verlobt. *Deinem* Marcus. Und du hast dir nicht einmal die Mühe gemacht, mich anzurufen? Oder mir zumindest eine Nachricht zu schicken? Du hättest eine Brieftaube senden können.«

»Ich hatte viel um die Ohren«, sagte Bristol und verzog das Gesicht. Sie war unendlich dankbar, dass Zia sie nicht per Videoanruf kontaktiert hatte. Es war ihr lieber, wenn ihre Ex-Freundin, mit der sie inzwischen eine enge Freundschaft verband, sie nicht sehen konnte. Obwohl diese wunderschön war und Bristol ihren Anblick für gewöhnlich genoss, hätte Zia jede emotionale Regung in Bristols Gesicht deuten können. Da Bristol momentan keinen blassen Schimmer hatte, was sie eigentlich fühlte, würde Zia die Wahrheit vermutlich vor ihr begreifen. Und auf die Kettenreaktion, die diese Erkenntnis auslösen würde, war Bristol beim besten Willen nicht vorbereitet.

»Ich freue mich so für dich! Es wird aber auch Zeit, dass du endlich die Liebe deines Lebens heiratest. Natürlich bin ich für dein Make-up zuständig.«

»Wie bitte?«

Die Liebe meines Lebens?

Ausgeschlossen. Oder etwa doch nicht? Keine Frage, sie liebte Marcus. Sie wollte ihn für den Rest ihres Lebens an ihrer Seite wissen und wusste, dass es ihm genauso ging. Aber die Liebe ihres Lebens?

Das war die alles entscheidende Frage, nicht wahr?

Genau deshalb musste sie nachdenken und Pläne schmieden. Denn eines stand fest: Sie würde ihn heiraten. Und wenn dieser Funke Hoffnung in ihrem Inneren bedeutete, dass sie ihn nicht nur als Freund liebte, dann musste sie sich damit auseinandersetzen.

Sie würde ihrer beider Leben nicht völlig auf den Kopf stellen, nur weil sie sich bisher nie ernsthaft Gedanken über das Thema Liebe gemacht hatte.

»Ich werde dich schminken und frisieren. Das versteht sich doch von selbst, nicht wahr? Ich werde es dir nicht in Rechnung stellen. Betrachte es als einen Teil meines Hochzeitsgeschenks an dich.«

Da Zia eine ehemalige YouTuberin war, die inzwischen

ihre eigene Kosmetiklinie hatte und ihre Karriere stetig vorantrieb, war das ein großzügiges Geschenk. Dennoch blieb ihr Verstand an den Worten »die Liebe ihres Lebens« hängen.

Sie konnte Zia schlecht fragen, was sie damit meinte. Oh Gott, sie ging das Ganze vollkommen falsch an. Doch nun gab es kein Zurück mehr.

Insgeheim wollte sie das auch gar nicht. Also würde sie ihre Gedanken am besten aufschreiben oder musste einen anderen Weg finden, um sich Klarheit zu verschaffen.

Im Moment drehte sie sich nur im Kreis, und das würde zu nichts führen.

»Bist du noch dran? Muss ich in den nächsten Flieger nach Hause steigen? Denn das werde ich tun. Oh, ich kann es kaum erwarten. Du hast dieses Glück verdient, Süße. Du und Marcus, ihr seid unglaublich zusammen.«

Bristol schloss die Augen und atmete tief durch. »Du musst nicht herkommen. Bleib, wo du bist, und mach dein Ding.«

»Ich *liebe* London tatsächlich.« In Zias Stimme schwang ein seltsamer Unterton mit, doch Bristol bohrte nicht nach. Wären die Rollen vertauscht gewesen, hätte Zia ihr zweifellos auf den Zahn gefühlt, doch Bristol wusste, dass sie bei ihrer Freundin behutsam vorgehen musste, wenn sie herausfinden wollte, was los war. Also ließ sie die Sache auf sich beruhen.

Vorerst.

»Es ist eine fantastische Stadt«, pflichtete Bristol ihr bei. »Ich kann immer noch nicht fassen, dass du jetzt wirklich dort lebst.«

»Das stimmt. Ich liebe sie. Sie atmet förmlich Kreativität, weißt du? Aber genug von mir. Lass uns über dich reden, die zukünftige Mrs. Marcus Stearn.«

Bristol leckte sich über die Lippen, die sich plötzlich staubtrocken anfühlten. »Wow, bisher hatte ich den Namen noch gar nicht laut ausgesprochen.«

Zia stieß ein Lachen aus, dessen melodischer Klang Bristol so vertraut war.

Als die beiden noch zusammen waren, hatten sie viel miteinander gelacht. Am Ende hatten sie jedoch erkannt, dass sie als Freundinnen besser miteinander zurechtkamen denn als Liebespaar. Bristol war damit völlig im Reinen. Sie brauchte mehr Freundinnen in ihrem Leben. Als sie die Erfolgsleiter emporgestiegen war, hatte sie einige Gefährtinnen verloren, andere hatten nicht gewusst, wie sie mit ihrem Ruhm umgehen sollten. Um Geld zu bitten war eine Sache, es zu erwarten eine andere. Sie gab ihren Freunden trotzdem Geld. In dieser Hinsicht war sie unerbittlich.

Der Einzige, der in all den Jahren nie wirklich um etwas gebeten hatte, war Marcus. *Ihr zukünftiger Ehemann.* Heilige Scheiße.

Plötzlich schoss ihr die Erinnerung an diesen Kuss durch den Kopf, und sie stieß unwillkürlich ein leises Seufzen aus.

»Das habe ich gehört«, meldete Zia sich zu Wort. »Denkst du gerade an ihn? Oh, ich bin ganz aufgeregt. Ich habe immer gewusst, dass ihr beide wie füreinander geschaffen seid.«

»Wie bitte?«

»Ich habe es dir früher schon gesagt«, erklärte Zia. »Ihr zwei passt super zusammen.«

»Oh. Ja, ich denke schon.«

»Nun, ich hoffe doch, dass du es nicht nur denkst. Immerhin wirst du den Mann heiraten.« Zia hielt inne. »Was ist los? Irgendetwas übersehe ich doch.«

»Gar nichts«, antwortete Bristol hastig. »Du übersiehst nichts. Ganz ehrlich.«

»Okay. Jetzt weiß ich, dass du lügst.«

»Ich lüge nicht.« Bristol war nicht überrascht, dass Zia sie nicht schon früher der Lüge bezichtigt hatte. Genau genommen hatte sie nicht einmal gelogen, schließlich hatte sie selbst keine Ahnung, was sie fühlen oder denken sollte. Also gab sie nur ausweichende Antworten.

Sie würde ihren besten Freund heiraten. Vielleicht nicht aus den herkömmlichen Motiven, aber wenn sie sich nur oft genug einredete, dass ihre Beweggründe die richtigen waren, würde es sich vielleicht irgendwann auch so anfühlen.

»Es tut mir leid, dass ich dich nicht angerufen habe«, fügte sie hinzu. »Es ging alles so schnell. Ich war von der Situation völlig überrumpelt.«

Das war eine maßlose Untertreibung. Oder etwa doch nicht? Immerhin kam dieser Pakt nicht aus dem Nichts. Zehn Jahre war es her, seit sie sich dieses Versprechen gegeben hatten. So völlig unvorbereitet konnte es sie also gar nicht getroffen haben.

Vielleicht war es sogar genau das, was Marcus wollte. Oder er wollte einfach keinen Rückzieher machen. War es möglich, dass er sie auf eine Weise lieben konnte, wie sie glaubte, ihn lieben zu können?

»Ich muss jetzt Schluss machen, die Proben warten. Doch ich verspreche dir, wir reden später noch darüber, in Ordnung?«

»Natürlich«, erwiderte Zia und hielt kurz inne. »Und dann schenkst du mir reinen Wein ein? Im Moment klingst du nämlich so, als würde dir etwas auf der Seele brennen.«

»Ich bin nur gerade mitten in den Proben. Außerdem

hat sich schlagartig alles verändert. Im Augenblick weiß ich einfach nicht, wo mir der Kopf steht.«

»Also gut«, lenkte Zia ein. »Ich bin für dich da, wenn du mich brauchst. Versprochen.«

Bristol verzog die Lippen zu einem Lächeln, obwohl Zia es nicht sehen konnte. Dann verabschiedete sie sich von ihrer Freundin und beendete das Gespräch.

Sie schaltete ihr Handy auf stumm, denn sie musste sich tatsächlich aufs Musizieren konzentrieren. Also ging sie in ihr Arbeitszimmer, wo ihr Cello auf sie wartete. Sie ließ die Schultern kreisen und streckte sich. Ihr Handwerk verlangte ihrem Körper einiges ab. Zwar war sie nicht zu zierlich für das Cello, aber als junges Mädchen wäre es ihr wahrscheinlich leichter gefallen, wenn sie ein paar Zentimeter größer gewesen wäre.

Trotzdem hatte sie das Instrument bezwungen und beherrschte es inzwischen meisterlich.

Sie setzte sich auf den Stuhl, umschloss das Cello mit den Oberschenkeln und bettete die Schnecke an ihre Schulter. Sie griff nach dem Bogen, brachte ihre Finger in Position und atmete noch einmal tief durch, bevor sie den Bogen langsam über die Saiten gleiten ließ.

Note für Note erfüllte Musik die Luft, als Bristol sich in der Melodie verlor und ihren ganz eigenen Rhythmus fand. Auf dem Griffbrett ihres Cellos gab es keine Bünde, keine optischen Orientierungspunkte. Sie ließ sich einzig und allein von ihrem Gehör und ihrem Fingerspitzengefühl leiten. Die Tonleitern und Noten hatte sie längst verinnerlicht. Sie waren so tief in ihr verwurzelt wie der *Schwan* von Camille Saint-Saëns.

Nach den ersten Aufwärmübungen tauchte sie langsam in die Musik ein und ließ sich von den Noten mitreißen.

Als Kind hatte sie zum ersten Mal Yo-Yo Ma gelauscht.

Sein Cellospiel hatte sie damals so tief berührt, dass ihr Tränen über die Wangen gelaufen waren. Er hatte das *Prélude* der *Cello-Suite Nr. 1 in G-Dur* gespielt, und sie hatte sich sofort in das Stück verliebt.

Daraufhin hatte Bristol unbedingt das Cellospielen erlernen wollen. Obwohl der Unterricht nicht billig war, hatte ihre Mutter sie angemeldet. Ihre Familie war wunderbar und hatte schon immer Mittel und Wege gefunden, um jedem von ihnen das Beste zu bieten. So hatten ihre Eltern auch Liam bei der Schauspielerei unterstützt, Ethan in Computer-Camps geschickt und Aaron Kurse ermöglicht, in denen er die unglaubliche Kunst der Glasbläserei erlernt hatte.

Jedes Mitglied ihrer Familie nutzte seine Hände auf unverwechselbare Weise, um etwas zu erschaffen, sei es durch Naturwissenschaften, Mathematik, Kunst oder Worte. Sie alle ließen ihre Seele in den Schaffensprozess mit einfließen.

Bristol selbst hatte die nächste Yo-Yo Ma werden wollen, doch sie hatte immer gewusst, dass sein Genie unvergleichlich war. Sie war in seiner Musik aufgeblüht, doch dann hatte sie ihre Leidenschaft für Jacqueline du Pré entdeckt, die sie als Cello spielende Frau tief beeindruckt hatte. Im Folgenden hatte sie von Beatrice Harrison, Caroline Dale und Sharon Robinson erfahren, allesamt berühmte Cellistinnen.

Doch Jacqueline du Pré wurde häufig in einem Atemzug mit Yo-Yo Ma genannt, also hatte Bristol immer den beiden nachgeeifert.

Letztendlich war sie einfach Bristol Montgomery, die Cellistin. Ihr Name stand inzwischen für sich selbst.

Sie gab sich diesen Gedanken hin, während sie den Raum mit Musik erfüllte. Für Bristol machte genau das eine

Übungseinheit aus. Eine Tournee stand bevor und sie musste ein neues Album aufnehmen, doch in Augenblicken wie diesen gab es nur sie und ihr Instrument.

Und natürlich kreisten ihre Gedanken auch um Marcus. Wie könnte es auch anders sein? Er war ein Teil von ihr.

Bristol liebte ihr Handwerk und genoss die Auftritte, aber sie verabscheute den Stress, den ihre Arbeit zuweilen mit sich brachte.

Marcus hatte immer Verständnis für sie und besaß die Gabe, die Anspannung von ihr abfallen zu lassen. Wann immer er sie während einer Tournee besuchte, konnte sie durchatmen und sich ganz auf ihre Zweisamkeit konzentrieren, ohne sich von den Anforderungen der anderen aus der Ruhe bringen zu lassen.

Während sie sich diesen Gedanken hingab, wurde ihr klar, dass ihre Beziehung vielleicht schon immer über eine bloße Freundschaft hinausgegangen war.

Sicher, Marcus war ihr Fels in der Brandung, aber steckte vielleicht mehr hinter dieser Vertrautheit?

Bisher hatte sie es nicht gewagt, mehr in ihm zu sehen.

Sie hatte Marcus in eine bestimmte Schublade verbannt, um der Welt zu beweisen, dass eine rein platonische Beziehung zu einem Mann kein Problem für sie darstellte.

So hatte es zumindest für sie begonnen.

Sie hatte sich selbst davon überzeugt, dass sie Marcus nicht begehren wollte, und sich nie sinnlichen Fantasien über ihn hingegeben. Das wäre schlichtweg falsch gewesen. Denn dann hätte sie sich vor aller Welt eingestehen müssen, dass Männer und Frauen eben doch nicht einfach nur Freunde sein konnten.

Wie lange hatte sie die Fassade jedoch aufrechterhalten, ohne diese Grenze je zu überschreiten?

Jetzt hatten sie die Grenze übertreten. Sie waren *verlobt*. Allein das Gefühl seiner Lippen auf ihren hatte alles verändert.

Bei der Erinnerung an diesen Kuss stockte sie mitten im Takt. Sie musste sich zusammenreißen, doch zugleich durchströmte sie das Verlangen, ihn noch einmal zu küssen.

Mit dem Kuss hatten sie ihre Verlobung nur besiegeln wollen, doch seither verzehrte sie sich nach *mehr*. Sie hatten nicht nur einen Pakt geschlossen, sondern würden nun auch mit den Konsequenzen leben, denn sie waren beide viel zu dickköpfig, um jetzt noch einen Rückzieher zu machen. Das lag nun einmal in ihrer Natur. Und nun hatten sie ihr Leben auf den Kopf gestellt.

Schon ihr damaliger Freund Colin hatte sie immer wieder beschuldigt, hinter seinem Rücken mit Marcus zu schlafen. Zugleich hatte Colin behauptet, es sei ihm gleichgültig, mit wem sie sich vergnügte, solange sie immer wieder zu ihm nach Hause kam.

Sie hätte wissen müssen, dass seine Worte nur heiße Luft waren, denn der Kerl hatte sie nach Strich und Faden betrogen.

Colin war ein arrogantes Arschloch und ein egozentrischer Idiot, wie er im Buche stand. Allein die Tatsache, dass sie zu Beginn ihrer Karriere so viel wertvolle Energie an ihn verschwendet hatte, war ihr zuwider. Leider war sie auch heute noch hin und wieder gezwungen, mit ihm zusammenzuarbeiten.

Ihre Karrieren waren in gewisser Hinsicht miteinander verzahnt. Ihr Musiklabel drängte sie sogar dazu, ein Duett mit ihm aufzunehmen. Bristol widerstrebte das zutiefst, doch sie war vertraglich gebunden und hatte deshalb keine andere Wahl.

Sie stieß einen Seufzer aus, legte den Bogen beiseite und ließ ihre verspannten Schultern kreisen.

Ein Wiedersehen mit Colin war leider unvermeidlich. Verdammt.

Der Mann hatte ihre Beziehung zu Marcus nie verstanden. Im Moment verstand Bristol sie zwar selbst nicht, doch das war ihr gutes Recht. Ihrem Ex-Freund stand es jedoch nicht zu, darüber zu urteilen.

Zia hingegen hatte immer gewusst, dass Marcus und sie nur eine tiefe Freundschaft verband. Zumindest war es damals so gewesen. Dennoch hatte Zia stets geahnt, dass unter der Oberfläche mehr lauern könnte. Bristol hatte diese Möglichkeit immer beiseitegeschoben, doch das war allein ihr Problem. Selbst jetzt wirkte Zia nicht sonderlich schockiert über die Verlobung, obwohl niemand je angenommen hatte, dass sie ein Paar waren. Oder etwa doch? Viele hatten Scherze gemacht und sich Anspielungen erlaubt, doch sie hatten nicht wirklich geglaubt, dass sie zusammen waren.

War das alles eine Farce?

Vielleicht war *sie* die Farce.

Sie wurde jäh aus ihren Gedanken gerissen, als es an der Tür klingelte. Sofort zog sich ihr der Magen zusammen. Was, wenn es Marcus war? Was, wenn er gekommen war, um mit ihr zu reden? Was, wenn sie sich noch einmal küssen würden?

Sie sprang auf, stellte ihr Cello sicher an seinen Platz zurück und eilte zur Tür. Sie trug lediglich eine legere Yogahose, ein Trägerhemd und darunter einen Sport-BH. Für ihre Übungseinheit war das ein passendes und bequemes Outfit, aber es war nicht unbedingt die Kleidung, in der sie ihrem Verlobten gegenübertreten wollte.

Oh mein Gott, sie war mit Marcus verlobt.

Je öfter sie die Worte in Gedanken wiederholte, desto weniger hatte sie das Gefühl, dass das alles nur ein Spiel war. So langsam fühlte es sich verdammt real an. Und nun zerbrach sie sich tatsächlich den Kopf über ihre äußere Erscheinung. Dabei hatte Marcus sich noch nie darum geschert, was sie trug.

Eigentlich kannte er sie in jedem erdenklichen Aufzug.

Und seit gestern wusste er auch, wie sie in einem besonders knappen Outfit aussah.

Jetzt wäre er an der Reihe, sich vor ihr zu entblößen. Das würde sicher Spaß machen.

Sie wollte gerade die Tür öffnen, doch erstarrte mitten in der Bewegung.

Spaß?

Großartig, jetzt malte sie sich also aus, wie es wäre, mit Marcus im Bett zu landen.

Wie er in sie eindrang, während sie seinen Namen schrie und um mehr bettelte.

Sie presste die Oberschenkel zusammen und versuchte, die sinnlichen Bilder aus ihrem Kopf zu vertreiben.

Sollte Marcus *tatsächlich* auf der anderen Seite der Tür stehen, während sie sich verruchten Gedanken über ihn hingab, würde das Ganze ziemlich peinlich werden.

Sie spähte durch den Spion und stieß einen leisen Fluch aus.

Draußen stand nicht Marcus. Leider war es jemand, den sie nicht einfach ignorieren konnte.

Sie öffnete die Tür und starrte Colin an.

Sie hätte besser daran getan, nicht so viel an den Kerl zu denken. Es war fast so, als hätte sie ihn aus dem Nichts heraufbeschworen.

Sprich seinen Namen dreimal aus und er steht plötzlich vor dir und geht dir gehörig auf die Nerven wie Beetlejuice.

»Hallo, Colin«, sagte sie zur Begrüßung und zupfte ihr Trägerhemd zurecht, um so viel Haut wie möglich zu verdecken. Er hatte zwar schon alles von ihr gesehen, aber das war lange her. Heute hatte er kein Recht mehr dazu.

»Liebling«, erwiderte er in einem geschliffenen britischen Akzent, der an ihren Nerven zerrte. Er beugte sich vor und küsste sie auf beide Wangen.

Bristol wich zurück, doch das war ein Fehler. Colin fasste die Bewegung als Einladung auf und spazierte ins Haus.

»Wow, du hast hier nicht viel verändert, aber ich freue mich, dich zu sehen. Unser letztes Treffen liegt schon eine Weile zurück, nicht wahr?«, fragte er.

»Sicher«, erwiderte sie knapp. *Nicht lange genug*, fügte sie in Gedanken hinzu, hütete sich aber davor, die Worte laut auszusprechen. »Also, was führt dich hierher, Colin?«, wollte sie wissen. Viel lieber wäre sie zu ihren Proben zurückgekehrt.

Und zu den Gedanken an Marcus.

»Nun, ich weiß, dass unsere Agenturen über die neue Tournee gesprochen haben.«

»Ich gehe auf Solotournee«, erklärte sie.

»Und danach ist die Rede von einer gemeinsamen Tournee. Du weißt doch, wir sind für immer miteinander verbunden.«

Sie unterdrückte ein Würgen. Dasselbe hatte sie sich vorhin in Gedanken eingestanden, doch es war etwas anderes, die Worte aus seinem Mund zu hören. Nein, sie würde ihrem Agenten klarmachen, dass eine Konzertreise mit Colin für sie nicht infrage kam. Das Publikum lechzte vielleicht nach einem gemeinsamen Auftritt von ihnen, aber Bristol widerstrebte die Vorstellung zutiefst. Sie hätte sich am Anfang ihrer Karriere niemals in diesen Kerl verlieben dürfen, aber sie würde nicht noch einmal seinem Charme erliegen.

»Nein, bei mir steht eine Solotournee an, und was danach kommt, weiß ich noch nicht.« Bis auf die Tatsache, dass sie bald heiraten würde. Der Gedanke versetzte ihr einen Stich. Vielleicht wollte sie ja mehr Zeit mit dem Menschen verbringen, mit dem sie ihr Leben teilen würde, statt ständig durch die Weltgeschichte zu tingeln und zu arbeiten.

»Aber danach wirst du mich brauchen, Liebling.«

»Nein«, konterte sie. »Das werde ich ganz sicher nicht.«

»Wie dem auch sei. Unsere Agenten werden alles regeln.« Er verdrehte die Augen. Sie hasste dieses Gehabe. Er wischte ihre Einwände einfach beiseite, sobald ihm ihre Meinung nicht in den Kram passte. »Es spielt keine Rolle. Wir werden das Kind schon schaukeln. Denn du und ich, Liebling? Selbst wenn wir einander nicht mehr in unseren Herzen tragen, werden unsere Seelen für immer miteinander verbunden sein.«

Bristol schüttelte den Kopf. »Das ist doch nicht zu fassen.«

»Was denn? Unsere Musik haucht der Welt Leben ein. Ohne uns wäre sie ein weitaus düsterer Ort. Alles wäre grau, wenn wir unser Licht nicht strahlen lassen.«

Wow. Heute trug er besonders dick auf. Aber das war sie von Colin gewohnt.

»Also, Liebling, warum begrüßt du mich nicht so, wie du es früher getan hast?«

Sie hätte wissen müssen, dass so etwas kommen würde. Ganz ohne Zweifel.

Doch während sie noch überlegte, wie sie diesen schwülstigen Poeten sowohl aus ihren Gedanken als auch aus ihrem Haus verbannen konnte, presste er plötzlich seine Lippen auf ihre. Schockiert riss sie die Augen auf, als er mit der Zunge in ihren Mund eindrang und seine Arme um sie schlang. Eine Hand ließ er an ihren Hintern wandern, während er die andere in ihre Haare schob und an ihren Strähnen zog. Sie stieß ihn von sich und versuchte, ihm in die Zunge zu beißen, doch er küsste sie nur noch stürmischer.

Für gewöhnlich bekam Colin, was er wollte.

Obwohl Bristol sich weigerte, Angst zu empfinden, machte sie sich dennoch bereit, ihm das Knie in den Schritt zu rammen.

Plötzlich ertönte eine Stimme aus dem Flur. In diesem Moment wusste Bristol, dass die Sache entweder eskalieren oder sehr schnell vorbei sein würde.

»Was zum Teufel ist hier los?«, fragte Marcus.

Colin erstarrte.

Genau wie Bristol.

Sie hoffte inständig, dass sie nicht gerade alles vermasselt hatte. Schon wieder.

KAPITEL SECHS

Marcus schluckte einen Kloß im Hals hinunter, während er versuchte, der Szene, die sich vor ihm abspielte, einen Sinn abzugewinnen.

Dieser Mistkerl Colin hatte seine Arme um Bristol geschlungen und die Finger in ihr Haar gekrallt, während seine andere Hand an ihrem Hintern ruhte.

Er hatte seine Lippen auf ihre gepresst, als hätte er ein Recht, sie zu küssen. Als sei sie sein Eigentum.

Marcus hatte plötzlich den unbändigen Drang, jemanden zu schlagen. Doch genau wegen dieser Wut, die in ihm brodelte und zu explodieren drohte, zwang er sich zur Ruhe.

Nur weil er Colin nicht leiden konnte, bedeutete das nicht, dass er dem Kerl einen Kinnhaken verpassen musste. Marcus hatte sich in seinem ganzen Leben noch nie geprügelt. Er war kein Mann, der gern die Fäuste sprechen ließ, doch in diesem Moment war er kurz davor, sich selbst zu vergessen.

Er wusste, dass Colin und Bristol eine gemeinsame

Vergangenheit hatten, daher sollte er sich von dem Anblick nicht so in Rage bringen lassen.

Doch er war sich immer noch nicht darüber im Klaren, was er überhaupt für seine beste Freundin empfand, die nun auch seine Verlobte war. Er wusste, dass er sich nicht von dieser Eifersucht und der Wut übermannen lassen durfte.

Aber wenn er ehrlich war, war er auf Colin schon immer eifersüchtig gewesen. Der Mann kannte Bristol auf eine Weise, die ihm selbst verschlossen bleiben würde. Er war ihr auf eine Weise nahe gewesen, von der Marcus es sich selbst jahrelang untersagt hatte, sie auch nur in Erwägung zu ziehen.

Doch das spielte jetzt keine Rolle mehr. Bristol war seine Verlobte. Und er würde nicht zulassen, dass Colin seine Vergangenheit mit Bristol ausnutzte oder sich aufführte, als hätte er ein Recht, hier zu sein.

Es war eine Genugtuung zu wissen, dass Bristol den Kerl inzwischen ebenso sehr hasste wie Marcus selbst. Dieser Gedanke wärmte ihn mehr, als jede Form von Eifersucht es jemals könnte.

»Marcus«, keuchte Bristol und riss sich von Colin los.

Marcus entging nicht, dass sie etwas mehr Kraft aufwenden musste, als es normal gewesen wäre, um sich aus Colins Umklammerung zu befreien.

»Bristol. Ich dachte, jetzt wäre vielleicht ein günstiger Moment für unser Gespräch. Passt das für dich?« Er hielt kurz inne. »Colin.«

Na also. Er blieb vollkommen beherrscht und war weit davon entfernt, die Kontrolle zu verlieren.

Colin reckte das Kinn. »Marcus, mit dir habe ich nicht gerechnet.«

Was bildete der Typ sich eigentlich ein? Bristols und

seine Pläne gingen Colin einen feuchten Dreck an. Arschloch. An der Art, wie Bristol ihre Augen zu schmalen Schlitzen verengte, erkannte Marcus, dass sie in etwa dasselbe dachte wie er. Gut. Dieser Scheißkerl musste verschwinden. Und zwar sofort.

Noch besser wäre es, wenn er Bristol nie wieder küssen würde.

»Bristol und ich haben einige Dinge zu besprechen«, erklärte Marcus. »Ich wusste gar nicht, dass du im Land bist.«

Bristol blickte zwischen den beiden Männern hin und her. Dabei gab Marcus sich alle Mühe, um nicht wie das besitzergreifende Arschloch zu wirken, als das Colin sich gern profilierte.

Denn auch wenn Marcus nun gewissermaßen einen Anspruch auf sie hatte, war er doch kein territorialer Neandertaler. Zumindest redete er sich das ein. Doch als er einen Blick auf Colins Hand warf, die immer noch an Bristols Hüfte lag, drohte der Höhlenmensch in ihm an die Oberfläche zu gelangen.

Bristol schnaubte. »Offenbar ist er hier, um zu proben oder über eine gemeinsame Tournee zu reden.« Sie verdrehte demonstrativ die Augen und kam auf Marcus zu. Colin streckte den Arm nach ihr aus, als sei er des physischen Kontakts beraubt worden.

Marcus hatte eine ziemlich genaue Vorstellung davon, wie es sich anfühlte, ihre Berührung zu vermissen.

»Nun, du weißt doch selbst, dass eine gemeinsame Tournee wirklich gut für uns wäre, Liebling«, erwiderte Colin.

Marcus zog überrascht die Augenbrauen in die Höhe. Soweit er wusste, wollte Bristol nur noch mit Colin auf Tournee gehen, wenn es unbedingt nötig wäre. Ihre Trennung war alles andere als freundschaftlich abgelaufen, und Marcus wusste, dass sie den Mistkerl hasste. Allerdings hatte der Arsch gerade seine Lippen auf ihre gepresst.

Vielleicht war es an der Zeit, dass er doch rohe Gewalt anwendete.

»Meine eigene Tournee steht vor der Tür. Außerdem arbeite ich an meinem eigenen Album. Ich bin schlichtweg zu beschäftigt für gemeinsame Tourneen«, erklärte sie. Sie stieß den Atem aus und wandte sich Marcus zu. »Hey«, sagte sie und schmiegte sich an ihn. Er legte einen Arm um ihre Schultern und drückte sie an sich. Schon vor ihrer Verlobung hatten sie sich derart innig umarmt. Doch seit sie beschlossen hatten, ihr Versprechen einzulösen, das sie sich vor all den Jahren gegeben hatten, schien jede Berührung mehr Gewicht zu haben.

Leider wusste Marcus nicht recht, wie er damit umgehen sollte.

»Nun, unsere Agenten sind auf jeden Fall vorbereitet«, konterte Colin. »Du weißt sicher, was das Beste für deine Karriere ist.«

Marcus hasste diesen Mistkerl.

»Allerdings«, entgegnete Bristol. »Ich weiß sehr wohl, was gut für meine Karriere ist. Wie dem auch sei, ich muss mich jetzt wieder auf die Proben konzentrieren.« Sie wandte sich Marcus zu. »Also, worüber wolltest du reden?«

Für einen Moment glaubte Marcus, sie wolle ihn ebenfalls hinauskomplimentieren, und das gefiel ihm ganz und gar nicht. Doch sie hatte ihre Hand immer noch um seine Taille gelegt und ihre Finger in seine Gürtelschlaufe gehakt. Vielleicht musste er ja doch nicht gehen.

Verdammt, er verabscheute Spielchen. Und Colin schien ständig irgendwelche Spielchen zu treiben. Im Gegensatz dazu waren Bristol und Marcus ehrlich zueinander. Zumindest so ehrlich wie möglich, immerhin hatte Marcus seine Gefühle für Bristol lange unter Verschluss gehalten. Nun dachte er an nichts anderes mehr.

Er hatte ein Recht darauf, sie zu berühren. Und sie hatte das Recht, ihn zu berühren.

Weil sie verdammt noch mal verlobt waren. Er konnte es immer noch nicht ganz fassen, aber nun gab es kein Zurück mehr. Und ehrlich gesagt wollte er das auch gar nicht.

»Wir müssen noch ein paar Dinge besprechen, also dachte ich, ich schaue mal vorbei«, antwortete Marcus und bemühte sich um einen lässigen Tonfall.

»Ach wirklich?«, warf Colin ein. »Ich bin ganz Ohr.«

Marcus hasste diesen britischen Akzent abgrundtief.

»Colin, hör auf, dich wie ein Arschloch aufzuführen«, blaffte Bristol, und Marcus musste sich ein Grinsen verkneifen. Er liebte es, wenn sie für sich selbst einstand. Er sah keine Notwendigkeit, für sie in die Bresche zu springen. Wahrscheinlich würde sie ihm ohnehin den Marsch blasen, wenn er versuchte, den Retter zu spielen. Falls sie ihn jedoch brauchte, würde er für sie da sein. Wie er es schon immer getan hatte.

»Arschloch?«, entrüstete sich Colin. »Ich frage ja nur. Ich bin einfach neugierig.«

Bristol sah zu Marcus auf und schenkte ihm ein zuckersüßes Lächeln.

Marcus war sich nicht sicher, ob ihm dieser Ausdruck behagte.

»Colin, mein Verlobter und ich müssen noch einige Pläne schmieden«, flötete sie. »So eine Verlobung zieht natürlich einen ganzen Berg an Terminen nach sich. Aber das verstehst du doch sicher, oder? Du scheinst Details ja zu lieben.«

Marcus straffte unwillkürlich die Schultern. Trotzdem musste er an sich halten, um bei dem Wort *Verlobter* nicht sichtlich zusammenzuzucken. Der Begriff machte ihm zwar keine Angst, aber er traf ihn dennoch unvorbereitet.

Colin warf sofort einen Blick auf Bristols Hand. Diesmal machte Marcus sich nicht einmal die Mühe, seine Reaktion zu unterdrücken. Doch schon bald würde er dieses Problem aus der Welt geschafft haben, zumindest, sofern alles nach Plan verlief. Nicht dass er wirklich einen Plan hatte, was ihn und Bristol betraf, aber er arbeitete daran. Oder er hoffte es zumindest.

»Verlobter? Ich dachte, er sei nur dein kleiner Freund.«

Noch bevor Marcus bemerkte, was er da tat, trat er mit geballten Fäusten einen Schritt auf den Kerl zu.

Plötzlich schob Bristol sich zwischen die beiden und legte eine Hand an Marcus' Brust. Das gefiel ihm nicht. Sicher, er hatte nichts gegen die Berührung einzuwenden, aber es behagte ihm nicht, dass sie sich in die Schusslinie begab.

»Okay, das reicht. Mir ist klar, dass du glaubst, mit deiner hinterhältigen Art alles zu bekommen, was du willst, aber du hältst jetzt die Klappe. Marcus ist mein Verlobter und mein Freund. Dass du dich wie das letzte Arschloch aufführst, wird daran nichts ändern.«

Ja, es gab viele Gründe, warum er seine beste Freundin liebte, und dies war einer davon.

»Schon gut, schon gut«, lenkte Colin ein. »Kein Grund, gleich so herablassend zu sein. Ich schätze, dann sind wohl Glückwünsche angebracht. Bei unserem nächsten Treffen gebe ich einen aus.«

»Erwarte nicht, dass das in absehbarer Zeit passieren wird«, presste Marcus zwischen zusammengebissenen Zähnen hervor.

»Der Punkt geht an dich, Mr. Verlobter. Wie auch immer, herzlichen Glückwunsch. Dann mache ich mich jetzt wieder auf den Weg. Unsere Agenten werden sicher bald die Pläne für unsere Tournee ausarbeiten. Ich kann es kaum erwarten.«

»Das kannst du vergessen, Colin«, entgegnete Bristol.

»Man kann nie wissen. Also, bis dann.«

Er streckte die Arme aus, als wolle er Bristol zum Abschied umarmen, doch sie presste sich demonstrativ enger an Marcus.

Marcus bedachte den Kerl derweil mit einem finsteren Blick und zog herausfordernd eine Augenbraue in die Höhe. Colin zuckte nur mit den Schultern und verließ das Haus.

Sofort schloss Marcus die Tür hinter ihm. Er presste beide Handflächen gegen das Holz, schloss die Augen und atmete tief durch die Nase ein und durch den Mund wieder aus.

Er hasste den Kerl schon seit dem Tag, an dem er den arroganten Schnösel zum ersten Mal getroffen hatte. Das war bei jener Geburtstagsparty vor zehn Jahren gewesen, die für Marcus alles verändert hatte. Die Angst, seine beste Freundin zu verlieren, war so groß gewesen, dass er sich auf diesen Pakt mit ihr eingelassen hatte. Niemals hätte er geglaubt, dass er sich jemals erfüllen würde. Warum sollte sie ausgerechnet ihn heiraten wollen? Er war ein einfacher Bibliothekar in einer Großstadt, die er kaum verließ. Bristol hingegen bereiste die ganze Welt. Und viele Orte hatte sie mit Colin gesehen.

Plötzlich bäumte sich diese hässliche Eifersucht wieder in ihm auf. Er schien sich dem Gefühl einfach nicht entziehen zu können.

»Marcus?«, fragte Bristol mit sanftem, fast zögerlichem Tonfall, als sie ihm eine Hand an den Rücken legte. »Es tut mir so leid. Ich habe ihn nicht eingeladen, ganz ehrlich. Ich wollte nur in Ruhe üben, und dann stand er plötzlich vor der Tür und hat mir den Tag ruiniert. Er hat sich aufgeführt wie ein besitzergreifendes Arschloch, obwohl wir schon seit Jahren getrennt sind. Ich will nichts mehr mit dem Kerl zu tun haben. Es tut mir wirklich leid, dass er sich dir gegenüber derart respektlos verhalten hat.«

Marcus war nicht imstande, sich zu ihr umzudrehen. »Nicht nur mir gegenüber. Dich behandelt er genauso respektlos, und zwar ständig. Ich begreife einfach nicht, warum du dich überhaupt noch mit diesem Kerl abgeben musst.«

Bristol strich über seinen Rücken. Die Wärme ihrer Hand brannte regelrecht auf seiner kühlen Haut.

Er hatte keine Ahnung, was mit ihm geschah. Ein eiskalter Schauer jagte durch seinen Körper, obwohl er gleichzeitig innerlich in Flammen zu stehen schien. Lag das an ihrer Berührung? Oder an der unterdrückten Wut? Er wusste es nicht. Vielleicht sollte er sich Sorgen machen.

Vielleicht tat er das sogar schon.

»Ich hasse ihn«, presste Marcus hervor.

Als Bristol seinen Rücken tätschelte, zwang er sich, sie anzusehen.

»Ich hasse ihn auch«, sagte sie, »aber ich muss trotzdem hin und wieder mit ihm zusammenarbeiten.«

»Meiner Meinung nach bist du brillant genug, talentiert genug und erfolgreich genug, um nicht auf ihn angewiesen zu sein.«

»Manchmal habe ich keine andere Wahl. Aber fürs Erste spielt das keine Rolle. Er ist weg. Im Moment gibt es nur dich und mich.« Bei den Worten stieg ihr die Röte in die Wangen.

Marcus verspürte den Drang, sie zu berühren, und

streckte eine Hand nach ihr aus. Als er seine Finger über ihre Haut gleiten ließ, leckte Bristol sich die Lippen. Bei dem Anblick konnte er sich nicht länger zurückhalten. Er beugte sich vor und ließ seine Lippen zärtlich über die ihren gleiten. Sie schnappte nach Luft, doch er vertiefte den Kuss.

Der bloße Gedanke, dass Colins Lippen auf ihren gelegen hatten, war ihm zuwider. Es machte ihn wütend, dass überhaupt ein anderer Mann sie geküsst hatte. Doch er konnte nichts dagegen tun, also verdrängte er diese Bilder aus seinem Kopf und küsste sie noch leidenschaftlicher.

Bristol söhnte, während sie ihre Hände unter sein Hemd schob und sie an seine nackte Haut presste. Die Hitze ihrer Berührung entfachte ein Feuer in seinem Inneren. Marcus küsste sie weiter, ließ seine Zunge mit ihrer tanzen und biss ihr zärtlich in die Unterlippe.

Schwer atmend löste er sich schließlich von ihr.

Sie starrte ihn mit großen Augen an. »Hi.«

»Hi. Das musste ich einfach tun«, gestand er.

»Wirklich?« Sie hielt inne. »Du meinst, weil wir uns daran gewöhnen müssen?«

Die Worte versetzten ihm einen leichten Stich im Herzen, doch er schob das Gefühl sofort beiseite. Sie war genauso verwirrt wie er. Marcus wusste nicht einmal, was wirklich zwischen ihnen vor sich ging. Momentan versteckten sie sich hinter der Fassade ihrer vorgetäuschten Verlobung, die nicht einmal vorgetäuscht war. Doch darunter brodelte etwas zwischen ihnen, das sie abwechselnd ignorierten und ans Licht zerrten. Dieses ständige Hin und Her bewies nur, dass keiner von ihnen wusste, wie sie damit umgehen sollten. Irgendwie würden sie jedoch einen Weg finden, um sich über ihre Gefühle Klarheit zu verschaffen.

»Ich denke, wir sollten es in Zukunft sogar häufiger tun«, antwortete Marcus. »Nur um herauszufinden, was uns all die Jahre eigentlich gefehlt hat«, erklärte er so aufrichtig, wie er es in diesem Moment nur sein konnte. Als sie ihm direkt in die Augen blickte und langsam nickte, kam er zu dem Schluss, dass er wohl das Richtige gesagt hatte. Entweder das oder er griff verzweifelt ins Leere.

»Die Sache mit Colin tut mir leid«, murmelte sie.

Erneut wallte Wut in ihm auf, doch Marcus schüttelte den Kopf. »Hör auf, dich für diesen Kerl zu entschuldigen. Es ist nicht deine Schuld. Ich hasse ihn einfach.«

»Das hast du bereits erwähnt«, erwiderte sie. »Wie dem auch sei, da nun sowohl meine Freunde als auch meine Familie und sogar Colin Bescheid wissen, ist diese Verlobung wohl endgültig offiziell. Wir schlagen gemeinsam dieses nächste Kapitel in unserem Leben auf. So wie wir es einander versprochen haben.«

Er biss sich auf die Zunge, denn er fürchtete sich davor, das Falsche zu sagen. Im Moment war er sich über seine Gefühle nicht im Klaren und er wollte sie nicht verletzen. Zum einen musste er seine eigenen Emotionen ordnen und zum anderen musste er herausfinden, was sie für ihn empfand.

Von seiner Familie hatte er gelernt, dass eine gesunde Beziehung nur gedeihen konnte, wenn beide Partner offen und ehrlich miteinander kommunizierten. Bristol und er schienen sich damit allerdings schwerzutun, was zum Teil daran lag, dass es ihm meist die Sprache verschlug.

»Ich habe etwas für dich«, sagte er stattdessen.

Überrascht hob sie die Augenbrauen. »Was denn?«

»Im Grunde ist es passend, dass Colin auf deine Hand gestarrt hat. Er hat gesehen, dass dort etwas fehlt, als du ihm von unserer Verlobung erzählt hast.«

Unwillkürlich vergrub Bristol ihre linke Hand in der rechten und senkte den Blick, während sie sich mit dem Daumen über den Ringfinger strich. »Es ging alles so schnell.«

Marcus schüttelte den Kopf. »Wir hatten zehn Jahre Zeit, um uns darauf vorzubereiten. Aber wir haben es so lange ignoriert, dass es sich anfühlte, als käme es aus heiterem Himmel. Doch war dem wirklich so?«

Er streckte die Hand aus. In seiner Handfläche ruhte eine kleine Samtschatulle.

Bristol starrte darauf und blinzelte. »Oh. Ich habe nicht ... Ich meine, ich weiß warum. Aber ... okay.«

Er seufzte. »Lass es mich richtig machen.« Er sank auf ein Knie, woraufhin Bristol erschrocken nach Luft schnappte.

»Das musst du nicht tun«, hauchte sie. »Wir sind bereits verlobt, Marcus. Du musst niemals vor mir auf die Knie gehen.«

Als er herausfordernd die Augenbrauen in die Höhe zog, stieg ihr die Röte in die Wangen.

»Schon gut«, fügte Bristol hastig hinzu. »Darüber können wir später noch reden.«

»Ja, das werden wir«, stimmte er zu. »Und wenn ich um deine Hand bitte, dann weil ich es richtig machen und mich nicht mit einem ›Okay, dann lass es uns durchziehen‹ begnügen will.«

»Einverstanden«, hauchte sie.

»Bristol? Willst du auch weiterhin meine beste Freundin sein? Und mit mir dieses nächste Kapitel in unserem Leben aufschlagen?«

»Ich ... Sag jetzt bitte nichts weiter, okay?«

Er runzelte die Stirn. »Wie bitte?«

»Lass uns gemeinsam herausfinden, wer wir füreinander sind, aber mach mir keine Versprechungen oder sprich Gefühle aus, die du noch gar nicht empfindest. Genauso wenig, wie ich es kann. Obwohl ich diejenige bin, die den Stein ins Rollen gebracht hat, geht alles so furchtbar schnell.«

»In Ordnung«, lenkte Marcus ein. »Den Gefallen kann ich dir gern tun. Denn du wirst immer meine beste Freundin sein, Bristol. Egal was passiert.«

Mit diesen Worten nahm er den Ring aus der Schachtel und schob ihn ihr an den Finger.

Sie bestaunte die antike Fassung und verzog die Lippen zu einem Lächeln. »Ich liebe ihn.«

»Ich wusste, dass er dir gefallen würde.« Er erhob sich, strich ihr eine Haarsträhne hinters Ohr und küsste sie erneut. »Es wird sich schon alles fügen«, sagte er leise.

»Solange du an meiner Seite bist, werden wir das Kind schon schaukeln. Es ist nicht so, dass ich Angst hätte, allein in die Zukunft zu gehen. Das ist es nicht.«

»Ich weiß«, murmelte er.

»Ich liebe dich, Marcus. Ich will dich unter keinen Umständen verletzen.«

Marcus fehlten die Worte, also sagte er nichts mehr. Stattdessen presste er seinen Mund auf ihren und küsste sie erneut.

Sie gingen diese Beziehung völlig verkehrt herum an. Doch je mehr er darüber nachdachte, desto bewusster wurde ihm, dass er nichts anderes wollte.

Dennoch hatte er Angst davor, es zu sehr zu wollen.

KAPITEL SIEBEN

»Ich werde heiraten«, sagte Bristol zu ihrem Spiegelbild. »Ich bin nicht verrückt.«

Kurz darauf stieß sie ein Schnauben aus und musste sich eingestehen, dass sie vielleicht doch ein wenig wahnsinnig war. Eine Verlobung, die auf einem Pakt beruhte, war durchaus unkonventionell. Aber nicht vollkommen abwegig.

Diese Ehe könnte funktionieren.

Schließlich liebte sie Marcus. Sie *mochte* ihn. Sie genoss seine Gesellschaft. Er war bereits ihr bester Freund.

Und sie musste sich eingestehen, dass sie sich zu ihm hingezogen fühlte. Immerhin hatte sie nicht nur einmal von ihm geträumt.

Also schön, sie war scharf auf ihren Verlobten.

Das war doch gut.

Sie wollte wissen, wie es sich anfühlte, wenn er mit seinen Händen ihren Körper erkundete, und wie es wäre, ihn tief in sich zu spüren.

Sie schloss die Augen, wohl wissend, dass sie hochrot

angelaufen war, während sie versuchte, ihre Atmung zu beruhigen.

Bevor sie noch tiefer in ihre Gedanken versinken konnte, riss das Klingeln der Haustür sie zurück in die Realität. Heute würde ein guter Tag werden, denn sie würde den nächsten Schritt in dieser ganzen Verlobungsgeschichte wagen.

Die Mädels kamen zu Besuch, und Bristols Beziehung zu Marcus würde sicher aufs Tapet kommen.

Gott sei Dank. Sie musste es sich endlich von der Seele reden.

Sie strich ihr Sommerkleid glatt und vergewisserte sich, dass ihre Frisur zumindest einigermaßen saß. Dann eilte sie zur Haustür.

Ohne durch den Spion zu spähen, riss sie die Tür auf und erstarrte.

»Zia?«, keuchte Bristol. »Ich dachte, du seist in London. Ich habe dir doch gesagt, dass du nicht herkommen musst. Warum bist du hier?«

Ihre Ex-Freundin, die heute ihre enge Freundin war, sah so umwerfend und elegant aus wie immer. Sie schlenderte ins Haus und verdrehte die Augen. »Du glaubst doch nicht wirklich, dass eine meiner besten Freundinnen sich aus heiterem Himmel mit *ihrem* besten Freund verloben kann, ohne dass ich ihr sofort einen Besuch abstatte?«

»Ich kann dir kaum folgen«, sagte Bristol lachend.

Zia schlang ihre Arme um Bristol, drückte sie fest an sich und gab ihr einen flüchtigen Kuss auf die Lippen. »Ich habe dich vermisst, kleines Mädchen.«

»Wir sind gleich alt. Ich bin nicht dein kleines Mädchen«, entgegnete Bristol und erwiderte die Umarmung. »Gerade warst du noch in London.«

»Und jetzt bin ich hier«, sagte Zia, während ein trauriger Ausdruck über ihr Gesicht huschte.

»Ist etwas passiert?«, wollte Bristol wissen.

»Nein. Mir geht es gut«, versicherte Zia ihr. »Aber ich habe mich entschieden, noch etwas länger in den USA zu bleiben.«

»Oh nein. Muss ich ihm in den Hintern treten?«

»Du musst nichts dergleichen tun. Doch du musst mir alles berichten. Ich kann es kaum erwarten, jedes pikante Detail über Marcus zu hören.«

»Alles werde ich dir nicht erzählen«, wandte Bristol ein.

»Moment mal! Warum sind wir dann überhaupt hier?«, ertönte Ardens Stimme von der Eingangstür.

Bristol wirbelte herum und begrüßte Liams Frau mit einem Lächeln. »Hallo, du.«

»Ich meine es ernst«, beharrte Arden mit einem breiten Grinsen. Sie stützte sich auf einen Stock, auf den sie hin und wieder angewiesen war.

Bristol eilte zu ihr und half ihr beim Eintreten. »Ich meine es auch ernst. Solltest du dich nicht besser setzen? Geht es dir gut?«

»Es ist alles in Ordnung. Heute ist nur einer dieser Tage, an denen die Schmerzen etwas stärker sind«, erklärte Arden. »Liam hat mich hergefahren, aber ich habe ihm verboten mitzukommen. Ich wollte nicht, dass er dich sofort ins Kreuzverhör nimmt. Vor allem weil du dich so beharrlich vor der Familie versteckt hast. Ich dachte mir, dass es dafür einen guten Grund gibt.«

Zia nahm Arden schnell eine Tüte mit Köstlichkeiten aus der Hand und stellte sich vor. »Hallo, ich bin übrigens Zia.«

»Ich habe Fotos von dir gesehen. Bristol hat mir schon

viel von dir erzählt. Herzlichen Glückwunsch zur neuen Kollektion.«

»Danke. Und dir gratuliere ich dazu, dass du dir einen der Montgomery-Männer geangelt hast.«

Arden lachte, während Bristol die Augen verdrehte.

»Ach, hör schön auf«, murmelte Bristol und wandte sich wieder Arden zu. »Setz dich. Und Arden, setz dich hin. Liam bringt mich um, wenn ich zulasse, dass du dich hier verausgabst.«

»Ihr seid solche Spielverderber«, protestierte Arden. »Es geht mir gut. Den Stock hätte ich heute eigentlich gar nicht gebraucht. Ich wollte nur auf Nummer sicher gehen, weil ich Jasper nicht mitgebracht habe. Er ist normalerweise meine Stütze.«

Jasper war ihr weißer Siberian Husky und der niedlichste Hund, dem Bristol je begegnet war.

»Du hättest ihn mitbringen können«, erwiderte Bristol. »Du weißt doch, wie vernarrt ich in ihn bin.«

»Ich weiß, aber Liam wollte mit ihm heute einen ›Männertag‹ verbringen«, antwortete Arden und verdrehte die Augen. »Ich schwöre, dieser Hund wird mich irgendwann für Liam verlassen. Natürlich könnte ich es ihm nicht übel nehmen, aber ich vermisse ihn jetzt schon.«

Bristol lächelte. »Er liebt dich.«

»Das stimmt«, pflichtete Arden ihr bei. »Wie dem auch sei, ich habe sowohl Wein als auch die Zutaten für eine Wurst- und Käseplatte mitgebracht, wie gewünscht. Wir wollten sie doch gemeinsam zusammenstellen, nicht wahr?«

»Oh, das ist mein Lieblingsteil«, antwortete Bristol. »Ich dachte mir, wir könnten alles zusammen anrichten. Ich habe selbst noch einige Sachen gekauft und nehme an, dass Holland auch noch etwas mitbringt.«

»Wenn man vom Teufel spricht …«, warf Zia mit einem Grinsen ein.

Genau in diesem Moment trat Holland, Ethans und Lincolns Partnerin, mit vollgepackten Armen durch die Tür. »Ich habe tatsächlich alle möglichen Zutaten für eine Aufschnittplatte dabei. Und mein Schongarer ist randvoll mit Fleischbällchen.«

Bristol musste lachen. »Auf dich ist Verlass. Es wundert mich nicht, dass du an die Bällchen gedacht hast.«

Zia zwinkerte. »Mich auch nicht, schließlich hast du gleich zwei Paar davon zu Hause, du Glückliche.«

Bristol schauderte sichtlich. »Okay, genug mit den Anspielungen. Ich will wirklich nicht über die Eier meines Bruders reden.«

»Ganz genau. Und da das andere Paar Eier meinem Cousin gehört, sollten wir das Thema nicht weiter vertiefen.«

Bristol wandte sich der Frau an Hollands Seite zu und verzog die Lippen zu einem Grinsen.

»Madison, wie schön, dass du auch gekommen bist.«

Madison lächelte schüchtern und wirkte leicht befangen. »Danke für die Einladung. Lincoln ist der Meinung, ich solle mehr unter Leute gehen. Und da er nun offiziell zum Montgomery-Clan gehört, sagte er, ich hätte eine fertige Familie, die nur auf mich wartet. Natürlich will ich mich euch nicht aufdrängen, aber es ist ein schönes Gefühl, nicht mehr nur meine eigene Familie zu haben.«

»Du warst schon immer willkommen«, versicherte Bristol ihr. »Schon damals, als Lincoln und Ethan noch kein Paar waren.«

»Ich weiß, aber ich fand es immer ein wenig seltsam, zu jedem einzelnen Montgomery-Treffen zu erscheinen«, gestand Madison.

»Davon gibt es wahrlich genug«, warf Holland ein. »Da ich die Neue im Bunde bin, bin ich immer noch dabei, mir einen Überblick zu verschaffen.«

»Ich bin gefühlt nur eine Minute länger Mitglied des Montgomery-Clans als du«, bemerkte Arden trocken. »Wir können also alle zusammen versuchen, uns zurechtzufinden.«

»Das klingt gut«, stimmte Madison zu, woraufhin alle schallend lachten.

»Kennt ihr eigentlich alle schon Zia?«, fragte Bristol, während sie die Frauen in die Küche lotste, wo sie für Arden einen Stuhl hervorzog.

Nachdem sich alle einander vorgestellt hatten, meldete Zia sich zu Wort. »Also schön, lasst uns gemeinsam diese Wurst- und Käseplatte anrichten und uns ein Glas Wein einschenken. Währenddessen kann Bristol uns erzählen, wie zum Teufel es dazu kam, dass sie nun ihren Marcus heiratet.«

Alle wandten sich Zia zu, die nur lächelte und mit den Schultern zuckte. »Was ist denn? Ich dachte, ich komme gleich auf das Offensichtliche zu sprechen. Das ist doch der Elefant im Raum, nicht wahr? Oder habe ich etwa noch mehr verpasst?«

»Nicht dass ich wüsste«, sagte Holland und tippte sich ans Kinn. »Ich bin mir sicher, wir können noch mehr zutage befördern, aber lasst uns zuerst über die Verlobung sprechen. Denn … oh mein Gott. Du und Marcus? Wie zum Henker ist das passiert?«

Arden klatschte aufgeregt in die Hände. »Bitte spann uns nicht länger auf die Folter. Wir wollen alles wissen. Wie lange seid ihr schon zusammen? Wann hat es zwischen euch gefunkt? Ich meine, wir alle haben die Chemie zwischen euch gespürt, aber wir wollten nicht voreilig etwas hineininterpretieren.«

»Ich habe euch gar nicht so oft zusammen erlebt, aber selbst mir ist aufgefallen, dass zwischen euch die Funken sprühen«, sagte Madison und fuhr sich mit der Hand durchs Haar. »Ich freue mich so für euch.«

Bristol zwang sich zu einem Lächeln, während ihr der kalte Schweiß auf der Stirn stand. »Äh, vielleicht sollten wir zuerst die Platte anrichten. Ich glaube, ich brauche auch erst mal ein Glas Wein.«

Die Frauen starrten sie nur an, dann machten sie sich wieder an die Arbeit und lenkten das Gespräch auf Ardens und Liams bevorstehende Lesereise. Niemand verlor ein Wort darüber, dass Bristol nun endlich heiraten würde.

Endlich?

Hm. Eigentlich hatte sie dieses eine Wort tunlichst vermeiden wollen, selbst in Gedanken. Oder vielleicht doch nicht?

Die Vorstellung von Marcus und ihr als Paar jagte ihr nervöse Schauer über den Rücken.

Und verlockende dazu.

Es waren Empfindungen, die sie sich bisher niemals zu fühlen erlaubt hatte.

Sie verdrängte diese Gedanken jedoch sofort, da sie befürchtete, die anderen könnten ihr ansehen, was in ihrem Kopf vorging. Während alle sich an die Arbeit machten, entkorkte Madison den Wein gekonnt wie ein Profi. Bristol hatte die Frau schon immer gemocht, doch in diesem Moment hatte sie das Gefühl, dass Madison über kurz oder lang zu ihren besten Freundinnen zählen würde.

Holland und Arden richteten derweil die Käseplatte an und drapierten alles kunstvoll, während Bristol die restlichen Sachen aus dem Kühlschrank nahm.

Hollands Fleischbällchen sahen köstlich aus. Wie nicht

anders zu erwarten, zog der Anblick weitere Hoden-Witze nach sich.

»Im Ernst, wie viele Sprüche über Eier wollt ihr heute denn noch reißen?«, fragte Holland.

»Keine Ahnung«, antwortete Zia. »So viele, wie ich in den Mund bekomme.« Mit einem Zwinkern steckte sie sich prompt ein Fleischbällchen in den Mund.

Bristol schnaubte, wobei ihr fast der Wein aus der Nase lief. Hastig griff sie nach ihrem Wasser. »Okay, das reicht jetzt.«

»Du meinst, es reicht, weil es an der Zeit ist, uns zu erzählen, was zwischen dir und Marcus passiert ist?«, fragte Arden und beugte sich vor.

»Äh, nun, du warst doch dabei. An meinem Geburtstag«, stammelte Bristol. »Marcus und ich werden heiraten. Wir schlagen gemeinsam das nächste Kapitel in unserem Leben auf.«

Die Frauen tauschten Blicke aus, bevor sie sich wieder Bristol zuwandten.

»Das sagt uns eigentlich nicht viel.« Arden neigte den Kopf und fixierte Bristol mit einem eindringlichen Blick. »Wir wollen dich nicht drängen.« Sie hielt inne. »Wie dem auch sei, ihr beide scheint glücklich zu sein, wenn auch ein wenig schockiert. Immerhin kam eure Verlobung scheinbar aus dem Nichts. Vielleicht auch nicht. Auf jeden Fall werden wir dir keine Einzelheiten aus der Nase ziehen, wenn du das nicht willst.«

»Glaubt mir«, warf Holland ein, »ich hatte schon eine Beziehung, in der mein Partner glaubte, alles über mich wissen zu müssen. Ich bin euch dankbar, dass ihr mich nie mit unangenehmen und indiskreten Fragen gelöchert habt.«

Zia hob eine Hand. »Ich scheue mich nicht, nach Details

zu fragen.« Ein Lachen ging durch die Runde und die angespannte Stimmung lockerte sich spürbar. »Aber wir werden nicht herumstochern und dich fragen, wie es dazu kam. Es scheint wirklich etwas Persönliches zu sein.«

»Aber wir stehen hinter dir«, fügte Madison mit einem Lächeln hinzu. »Im Ernst. Marcus ist so ein netter Kerl. Ich kenne ihn zwar noch nicht so lange wie die anderen hier, aber er scheint jemand zu sein, der immer für andere da ist. Er hat einen tollen Job, liebt dich und bringt dich zum Lächeln. Ich freue mich wirklich, dass ihr euch gefunden habt.«

Bristol bemühte sich um ein Lächeln, obwohl ihre Wangen bereits schmerzten, während ein kalter Schauer sie durchflutete. Sie konnte den Ursprung des Gefühls jedoch nicht einordnen. War es Scham? Schuld? Nein, das war nicht möglich. Ihre Verlobung war nicht vorgetäuscht. Marcus und sie hatten nicht gelogen. Sie zäumten nur einfach das Pferd von hinten auf.

Vielleicht lag es daran. Womöglich verlor sie auch einfach nur den Verstand.

»Wir wussten es einfach«, sagte sie und hoffte, so aufrichtig wie möglich zu klingen. »Es war mein Geburtstag, und wir sahen uns an und … wir wussten es. Und jetzt heiraten wir.«

Ein Seufzen ging durch die Runde, während die Augen ihrer Freundinnen sich mit Tränen füllten. Bristol wusste jedoch, dass sie früher oder später noch weitere Fragen haben würden. Ihr selbst erging es nicht anders. Wären die Rollen vertauscht gewesen, wäre sie die Erste, die nachhaken würde. Sie steckte ihre Nase ständig in die Angelegenheiten anderer und tat ihr Bestes, um den Menschen in ihrem Umfeld zu ihrem Glück zu verhelfen. Aber da sie nun selbst betroffen war, brauchte sie etwas Zeit.

Sie hätte sich dafür ohrfeigen können, dass sie selbst so aufdringlich gewesen war. Auch wenn die Leute ihr im Nachhinein immer versichert hatten, dass sie ihre Anteilnahme zu schätzen wussten.

Im Nachhinein und so.

»Jetzt zeig uns endlich den Ring«, sagte Zia. Als Bristol ihren Freundinnen ihre Hand entgegenstreckte, musste sie unwillkürlich lächeln. Je mehr die Frauen vor Aufregung kreischten, desto mehr führten sie Bristol die Realität ihrer Verlobung vor Augen.

Bristol nippte an ihrem Wein und unterhielt sich noch eine Weile mit ihren Freundinnen, bevor diese sich schließlich verabschiedeten und sie mit ihren Gedanken allein zurückließen.

Ohne darüber nachzudenken, fischte sie ihr Handy aus der Tasche und wählte Marcus' Nummer.

»Hey«, sagte sie zur Begrüßung, sobald er das Gespräch annahm.

»Hey«, erwiderte er.

»Die Mädels sind gerade gegangen.«

Für einen Moment herrschte Stille am anderen Ende der Leitung. »Ich bin noch bei den Jungs«, sagte Marcus schließlich. »Aber ich habe mich gerade ins Nebenzimmer zurückgezogen, damit sie mich nicht hören können. Ist bei dir alles okay?«

Er kannte sie wirklich in- und auswendig. Tränen stiegen ihr in die Augen, doch sie schluckte den Kloß in ihrem Hals hinunter. Sie sehnte sich nach seiner Stimme und nach seiner Nähe. Vielleicht war das egoistisch von ihr, aber sie konnte nichts dagegen tun. Wenn es um Marcus ging, war sie machtlos gegen das Verlangen. »Ich habe das Gefühl, wir würden alle belügen, obwohl wir das gar nicht tun. Verstehst du, was ich meine?«

Marcus lachte leise. Sofort hatte sie das Gefühl, auf einer Wellenlänge mit ihm zu sein. Es war erstaunlich, dass er sie nur mit einem Lachen derart beruhigen konnte. »Ich verstehe dich. Ich glaube nur, wir müssen erst einmal herausfinden, wer wir füreinander sind, bevor wir alle einweihen. Verstehst du?«

Sie spürte, wie die Anspannung schlagartig von ihr abfiel, auch wenn der Klang seiner Stimme etwas in ihr auslöste, das alles andere als beruhigend war. »Auf jeden Fall. Ich habe mich nicht verändert, genauso wenig wie du. Wir sind immer noch Bristol und Marcus. Die zwei, die miteinander streiten, lachen und sich gegenseitig aufziehen. Du warst schon immer ein Teil meines Lebens. Mit dieser Verlobung bekräftigen wir nur, dass wir auch in Zukunft zusammenbleiben werden.«

»Das ist wahr.«

Als er nichts weiter sagte, runzelte sie die Stirn. »Was ist los?«

»Glaubst du, es wäre einfacher, wenn wir allen erzählen, wie diese Verlobung zustande gekommen ist?«, fragte er.

Sie biss sich auf die Unterlippe. »In gewisser Hinsicht vielleicht schon. Aber es könnte auch schmerzhaft sein. Ich weiß es nicht. Ich bin nicht gut in solchen Dingen.«

»Du bist gut in allem, was du tust, Bristol.«

»Haha. Wir wissen beide, dass das nicht stimmt«, entgegnete sie. »Im Moment habe ich nicht das Gefühl, als hätte ich es im Griff.«

»Dann lass uns einfach einen Schritt nach dem anderen

gehen. Du und ich. Ich habe eine Idee, wie wir es angehen könnten.«

»Und die wäre?«

»Wir haben unzählige Male zusammen zu Abend gegessen, haben Filme geschaut und sind gemeinsam verreist. Wir haben buchstäblich die halbe Welt an der Seite des anderen gesehen, aber ich habe dich noch nie zu einem echten Rendezvous ausgeführt. Und wenn wir uns wirklich darauf einlassen und dieses neue Kapitel gemeinsam aufschlagen wollen, dann sollten wir uns voll und ganz einbringen. Du und ich. Wir gehen zusammen aus.«

Sie erstarrte, und ein elektrisierendes Prickeln durchfuhr sie. »Unsere erste Verabredung?«

Er räusperte sich. »Wir sind schließlich verlobt. Da können wir genauso gut herausfinden, was zum Teufel wir da eigentlich treiben.«

Ein Lachen entfuhr ihr. Wer hätte gedacht, dass sie inmitten dieses Ansturms aus widersprüchlichen Gefühlen noch lachen konnte? Marcus offenbar schon. »Ich bin froh, dass du so denkst. Denn ich habe absolut keine Ahnung, was ich hier tue.«

Marcus senkte die Stimme, als er erwiderte: »Wir heiraten, das steht fest. Aber vielleicht ist die Hochzeit nicht die Antwort auf das, was zwischen uns passiert.«

Sie erstarrte. »Heiraten ist nicht die richtige Antwort?«

»Nein, so habe ich das nicht gemeint. Heiraten ist die richtige Antwort. Schließlich wollen wir das beide.« Er hielt inne.

Bristol wagte es nicht, etwas zu erwidern, und für einen Moment herrschte Schweigen.

»Also, wohin führt uns unsere erste Verabredung?«, fragte sie schließlich.

»Na, dann lass uns mal überlegen«, sagte er. »Ich weiß,

was du gern isst und wo du dich wohlfühlst. Sollen wir in eines unserer Lieblingsrestaurants gehen oder etwas Neues ausprobieren?«

Bristol dachte darüber nach und suchte nach der richtigen Antwort. Sie hatten zwar ihre Stammplätze, aber die hatten sie immer als Freunde besucht. Sollten sie nun auf dem alten Fundament aufbauen oder wäre es besser, bei null anzufangen?

Da sie befürchtete, einen Fehler zu machen, entschied sie sich für etwas, was ihr vertraut war. »Lass uns in das thailändische Restaurant gehen, das wir so lieben.«

Sie konnte das Lächeln in Marcus' Stimme hören, als er erwiderte: »Eine gute Wahl. Du weißt genau, dass ich für deren Suppe sterben würde.«

»Und du bestellst sie jedes Mal derart scharf, dass uns beiden die Tränen kommen. Doch sie ist zweifellos die beste Suppe weit und breit.«

»Siehst du?«, erwiderte Marcus. »Wir sind bereits auf dem richtigen Weg.«

»Die ganze Heiratsgeschichte war meine Idee, weißt du? Und trotzdem bist du am Ende derjenige, der mich beruhigt. Es ist jedes Mal dasselbe.«

»Das ist nicht wahr«, widersprach er. »Ich rege mich auch hin und wieder auf.«

»Doch im Gegensatz zu dir verliere ich immer gleich die Nerven. Du bist immer stoisch und beherrscht.«

»So bin ich nun mal. Der ewige Fels in der Brandung«, neckte er sie.

»Trottel.«

»Nicht doch, ›Streber‹ trifft es schon eher. Du tätest gut daran, die korrekte Bezeichnung zu wählen.«

Sie lachte, und eine wohlige Wärme durchströmte sie. Dies war der Marcus, den sie kannte und liebte. Ihr vertrauter Anker. An den anderen Marcus, der ihr Schmetterlinge im Bauch bescherte und verruchte, verwirrende Gedanken in ihr heraufbeschwor, war sie hingegen nicht gewöhnt. Der Marcus, der sie küsste und berührte und in ihr das Verlangen nach mehr geweckt hatte.

Jetzt gab es kein Zurück mehr. Doch sie wollte sich auch nicht mehr beherrschen, denn diese Gefühle würden nicht verblassen. Sie hatte sie so lange unterdrückt und sich eingeredet, es sei falsch, so zum empfinden – und doch war sie hier.

An seiner Seite.

Bei ihm.

Eine Versuchung, die ihren Ursprung in gegenseitigem Vertrauen und erwachender Leidenschaft hatte.

»Viel Spaß mit den Jungs«, sagte Bristol schließlich.

»Wir fangen gerade erst an. Bisher haben deine Brüder mich noch nicht ins Kreuzverhör genommen, aber das kommt sicher noch.«

»Richte ihnen aus, dass ich ihnen die Hölle heißmache, wenn sie es versuchen«, erwiderte sie.

»Nein, so läuft das nicht. Du weißt, dass meine Schwestern dich ebenfalls ausquetschen wollen.«

Bristol zuckte zusammen, als ein Anflug von Angst sie überkam. »Ich weiß. Genau das macht mir Sorgen.«

Marcus lachte. Der Idiot. »Sie beißen nicht. Zumindest nicht oft. Deine Brüder hingegen …«

»Ich werde es mit ihnen aufnehmen.«

»Nein, ich schlage meine Schlachten selbst. Außerdem ist es egal, was andere denken oder sagen. Du weißt doch, dass es am Ende nur um dich und mich geht, nicht wahr? Wir werden das durchziehen und *uns* finden. Du und ich.«

»Du und ich«, wiederholte sie.

Nachdem sie sich voneinander verabschiedet und das

Gespräch beendet hatten, saß Bristol eine Weile schweigend da und fragte sich, ob sie gerade im Begriff war, einen weiteren Fehler zu begehen. Langsam schien sie eine Expertin darin zu sein. Dies war weder eine Fantasie noch irgendein Rollenspiel. Hier ging es um das echte Leben, um echte Gefühle und … die Realität.

Die Tatsache, dass sie bisher keinen Rückzieher gemacht hatte, bedeutete, dass sie bereit war, sich darauf einzulassen. Sie brannte darauf zu wissen, wie es sich anfühlte, mit Marcus zusammen zu sein.

Dass sie den Pakt als eine Art Vorwand nutzte, um diesen Weg weiterzugehen, verriet ihr eines: Sie steckte bereits viel tiefer in ihrer ganz persönlichen Version von *Alice im Wunderland*, als sie sich eingestehen wollte.

Es gab kein Zurück mehr – für keinen von beiden.

Jene Teile von ihr, die sie zu ignorieren versuchte, waren damit einverstanden.

Und der Rest von ihr?

Das war die alles entscheidende Frage, nicht wahr?

KAPITEL ACHT

Marcus beendete das Gespräch und blickte auf, als Aaron den Raum betrat und sich gegen den Türrahmen lehnte. »War das Bristol?«, fragte er.

Sie hatten sich bei Ethan und Lincoln zu einem Männerabend getroffen, wobei Marcus wusste, dass dieses Treffen vorrangig dazu diente, um ihn ins Verhör zu nehmen. Das störte ihn jedoch nicht. Wäre Bristol mit einem anderen Mann zusammen gewesen, wäre er selbst mit von der Partie gewesen.

Dass allein die Vorstellung von einem anderen Mann an Bristols Seite Wut und Eifersucht in ihm auslöste, verriet ihm, dass er seine Gefühle in den Griff bekommen musste. Ihm war bewusst, dass er schon lange mit sich haderte – lange bevor er ihrem Pakt zugestimmt hatte und lange bevor er ihr erneut einen Heiratsantrag gemacht hatte.

Denn tief im Inneren hatte er sie immer gewollt, auch wenn er sich das Gegenteil einzureden versuchte.

Und genau damit musste er sich nun auseinandersetzen.

Auch wenn er nicht wusste, wie er das anstellen sollte.

»Ja, es war Bristol«, antwortete Marcus und riss sich aus seinen Gedanken.

»Und?«, fragte Aaron und tippte scheinbar betont ungeduldig mit dem Fuß auf den Boden.

Marcus hob eine Augenbraue. »Was meinst du mit ›und‹? Es geht ihr gut. Die Mädchen sind gerade erst gegangen, auch wenn ich dachte, sie würden länger bleiben.«

»Sie haben sich viel früher getroffen als wir. Außerdem glaube ich nicht, dass Holland direkt nach Hause kommt und uns Gesellschaft leistet. Sie hat noch einiges in ihrem Laden zu erledigen.«

Da Holland mit Ethan und Lincoln zusammenlebte, war dies genau genommen auch ihr Haus. Sie besaß einen kleinen Laden an Boulders belebter Hauptstraße, in dem sie Werke lokaler Künstler und originellen Schnickschnack verkaufte. Das Geschäft lief gut.

Marcus hatte dort in den vergangenen Monaten nicht nur einige Dinge für sein eigenes Haus erstanden, sondern auch diverse Geschenke gekauft. Für den Hochzeitstag seiner Eltern hatte er sogar ein besonders schönes Stück ergattert, das er noch einpacken musste. Zumindest würde er es versuchen. Wahrscheinlich würde er es am Ende ohnehin in den Laden bringen, damit Holland ihm dabei helfen konnte.

Marcus runzelte die Stirn. »Ah, das war mir wohl entgangen.«

»Dann hast du also gar nicht mit Bristol darüber gesprochen?« In Aarons Tonfall schwang ein seltsamer Unterton mit, der Marcus nervös machte. Aaron war ein guter Kerl und ein noch besserer Bruder, aber sein Beschützerinstinkt war derart ausgeprägt, dass er Marcus manchmal an sich selbst erinnerte.

Und das war nicht unbedingt eine positive Eigenschaft.

»Möchtest du mich etwas Bestimmtes fragen? Du benimmst dich nämlich gerade so, als läge dir etwas auf dem Herzen.« Marcus hielt sich zwar meistens zurück, aber er wollte Aarons Anspielungen nicht widerspruchslos hinnehmen. Er mochte Aaron. Sehr sogar. Der Mann war fürsorglich, humorvoll und konnte mit seiner Schlagfertigkeit jeden zum Lachen bringen, selbst wenn derjenige einen beschissenen Tag hinter sich hatte. Aber er war eben auch genauso fürsorglich wie der Rest der verdammten Montgomerys. Genau wie Marcus selbst, wenn es um die Leute ging, die ihm am Herzen lagen – zu denen auch die Montgomerys zählten. »Hast du mir etwas zu sagen?«

»Du machst mir langsam Sorgen«, erwiderte Aaron nur.

Marcus runzelte die Stirn und verstaute sein Handy in seiner Hosentasche. »Ach wirklich?«

»Du bist ohnehin nicht der Gesprächigste von allen, aber ich kann immer noch nicht ganz glauben, dass du mit meiner Schwester zusammen bist – nein, ›zusammen‹ ist nicht das richtige Wort. ›Verlobt mit ihr‹ trifft es wohl besser. Habt ihr uns die ganze Zeit belogen? Habt ihr eure Beziehung vor uns verheimlicht? Ich habe keine Ahnung, was ich davon halten soll.«

Und genau deshalb zögerte Marcus noch immer, den anderen die Wahrheit über seine Beziehung zu Bristol zu erzählen. Außerdem war es sein Problem, mit dem er allein fertigwerden musste. Sie beide mussten das unter sich klären. Ohne Außenstehende. Niemand musste wissen, wie genau ihre Beziehung zustande gekommen war, denn diese steckte noch in den Kinderschuhen. Sie mussten selbst einen Weg finden. Und wenn alle sich einmischten und sie mit Fragen bedrängten, würde das sicher nicht helfen.

»Mir ist bewusst, dass du ihr Bruder bist, aber ich glaube nicht, dass ich dir jedes Detail über meine Beziehung zu deiner Schwester erzählen muss.«

Aaron zog ruckartig die Augenbrauen in die Höhe. »Weißt du, es überrascht mich, dass du dich so aus der Affäre ziehst. Eigentlich hätte ich gedacht, dass du mit der Sprache rausrücken würdest, da Bristol immer so verschlossen ist, wenn es um ihr Privatleben geht. Aber sie ist trotzdem meine Schwester, also glaube ich durchaus, dass du mir eine Erklärung schuldig bist.«

Liam tauchte plötzlich hinter Aaron auf, legte ihm eine Hand auf die Schulter und drückte sie leicht. Aaron zuckte unwillkürlich zusammen. Marcus bemühte sich, nicht allzu schadenfroh zu wirken, was ihm zumindest halbwegs gelang. »Hör auf, Marcus zu verhören. Heute ist Männerabend. Also führ dich nicht wie ein Idiot auf.«

Aaron ließ jedoch nicht locker. »Ich will doch nur wissen, wie es dazu kam, dass du dich mit unserer kleinen Schwester verlobt hast.«

»Sie ist *unsere* kleine Schwester«, meldete Ethan sich zu Wort und baute sich neben Aaron auf. Alle Montgomery-Jungs waren in etwa gleich groß und muskulös. Wenn man bedachte, dass die meisten von ihnen den Großteil ihres Arbeitstages am Schreibtisch verbrachten, war Marcus jedes Mal aufs Neue von ihrer massiven Statur beeindruckt. Es ergab durchaus Sinn, dass ihr Männerabend heute mit einem gemeinsamen Workout startete. Falls ihnen der Sinn danach stand, würden sie später ein Bier trinken.

Ethan und Lincoln hatten ein Fitnessstudio im Keller ihres Hauses untergebracht. Dabei handelte es sich nicht nur um einen kleinen Raum mit einem einzelnen Boxsack und einem klapprigen Laufband. Nein, sie hatten keine Kosten und Mühen gescheut. Dank Lincolns erstklassigem Job konnte er es sich leisten, sein Geld für die beiden Lieben seines Lebens auszugeben, auch wenn es ihnen manchmal fast schon unangenehm war, wie sehr er sie verwöhnte.

»Ganz genau, denn du bist und bleibst unser Nesthäkchen«, stimmte Liam zu.

Aaron verdrehte die Augen. »Aber sie ist die Kleinste. Ich hasse es, der Jüngste zu sein.«

»Ich fürchte, an deinem Platz in der Montgomery-Hierarchie hat sich während der letzten zwanzig Jahre nichts geändert«, bemerkte Lincoln mit einem Kopfschütteln.

Marcus grinste und erhob sich von seinem Platz am Schreibtisch. »Da ich selbst der Jüngste in meiner Familie bin, kann ich dich gut verstehen«, sagte er.

Aarons Augen leuchteten auf. »Stimmt, ich vergesse ständig, dass du ebenfalls das Nesthäkchen bist. Aber du hast drei ältere Schwestern.«

»Und sie lassen mir rein gar nichts durchgehen«, erwiderte Marcus. »Obwohl meine Mutter behauptet, sie hätten mich verwöhnt und verhätschelt.«

»Siehst du, das ist einleuchtend«, sagte Liam und drückte Aaron erneut die Schulter. »Aaron ist nämlich auch verwöhnt und verhätschelt.«

»Fickt euch, ihr Galgenvögel.«

»Galgenvögel? Wie kommst du denn darauf?«, fragte Liam.

Aaron schnaubte. »Ich sehe mir eben gern Westernfilme an. Na und?«

»Wisst ihr, ich spiele mit dem Gedanken, einen Western-Thriller zu schreiben«, verkündete Liam.

Marcus runzelte die Stirn. »Schreibst du nicht schon

eine Abenteuer-Serie, in der dein Held in fast jedem Band nur knapp dem Tod entrinnt?«

»Ja, aber ich habe schon länger den Drang, eine zweite Reihe in Angriff zu nehmen.«

»Wirklich?«, fragte Marcus interessiert und grinste. Er liebte Liams Bücher und war insgeheim ein riesiger Fan. Allerdings musste niemand außer Bristol von seiner Schwäche für Liams Romane wissen.

»Ich vergesse immer, dass du regelrecht süchtig nach seinen Romanen bist«, frotzelte Aaron lachend.

Marcus zuckte mit den Schultern. »Wenn man bedenkt, dass bei mir ein Gemälde von Lincoln hängt, ich einige deiner Glasornamente besitze und Ethan meinen Computer zusammengebaut hat, habe ich wohl eine ganze Sammlung von Montgomery-Kreationen zu Hause.«

»Na, dann ist es ja ein Glück, dass du in die Familie einheiratest«, bemerkte Liam trocken. »Dann bekommst du endlich den Familienrabatt.«

»Moment mal, es gibt einen Rabatt?«, fragte Aaron, während ihm die Kinnlade herunterfiel. »Du lässt mich für deine verdammten Bücher bezahlen.«

»Natürlich tue ich das«, erwiderte Liam lachend. »Du bekommst nichts umsonst. Schließlich bist du bereits verwöhnt und verhätschelt.«

»Ich hasse euch alle.«

»Wie du meinst, aber ich weiß, dass du uns liebst«, sagte Ethan und wandte sich dann Marcus zu. »Okay, bist du bereit? Heute steht Krafttraining auf dem Plan.«

»Was soll das überhaupt für ein Männerabend sein?«, brummte Aaron. »Sollten wir uns nicht irgendein Spiel im Fernsehen anschauen und Hähnchenflügel essen?« Trotz des Einwands schien er sich auf das Training zu freuen.

»Das machen wir beim nächsten Mal«, antwortete

Lincoln. »Ich glaube nicht, dass wir uns mit frittiertem Essen vollstopfen sollten, bevor wir sämtliche Hochzeiten hinter uns gebracht haben. Andernfalls platzen die Jungs aus ihren Smokings.«

»Hey, ich sehe von allen noch am besten aus«, tönte Aaron und strich sich über die Brust. »Findet ihr nicht?«

»Nein«, antworteten alle im Chor, woraufhin Aaron ihnen den Mittelfinger zeigte.

»Aber im Ernst, wir wollten Gewichte heben, weil wir alle etwas für die Fitness tun müssen. Bei unseren vollen Terminplänen ist es gar nicht so leicht, Zeit und einen geeigneten Trainingspartner zu finden. Beim nächsten Mal gibt es dann wieder Hähnchenflügel, Junkfood und literweise Bier.« Liam sah die anderen an. »Natürlich spricht nichts gegen ein Bier nach dem Training. Nur so nebenbei bemerkt.«

»Dann lasst uns loslegen«, sagte Marcus und ließ die Schultern kreisen. »Ich hätte gute Lust, auf etwas einzuschlagen«, fügte er hinzu und fragte sich im nächsten Moment, warum ihm das herausgerutscht war.

Liam zog fragend eine Augenbraue in die Höhe. »Sollte das wegen unserer geliebten kleinen Schwester sein, dann müssen wir dich wohl mal kurz nach draußen bitten. Wir werden dir zeigen, was es bedeutet, mit einer Montgomery verheiratet zu sein.«

»Ich habe keine Ahnung, was das bedeuten soll«, erwiderte Marcus trocken.

Lincoln schenkte ihm ein Lächeln. »Es bedeutet nur, dass sie dich zu Tode nerven werden, bis sie herausgefunden haben, was genau zwischen euch beiden vor sich geht. Keine Sorge, sie sind nicht gewalttätig.«

»Weißt du, ich bin praktisch Teil dieser Familie, seit ich

sechs bin«, erklärte Marcus. »Und ich habe trotzdem immer noch Angst vor den Montgomerys.«

Lincoln lachte. »Ich verstehe genau, was du meinst. Zwar habe ich etwas länger gebraucht, um dazuzugehören, aber auf einen Außenstehenden wirken sie zuweilen wie eine Sekte.«

»Einer von uns. Einer von uns«, skandierten die drei Montgomery-Brüder im Chor und lachten dann schallend über ihren Scherz.

Liam schüttelte amüsiert den Kopf. »Es muss doch noch irgendeine andere Sekte geben, die nicht ständig diesen Spruch klopft.«

Ethan zuckte mit den Schultern. »Sicher, aber ich bin nicht wirklich in der Stimmung, mich der Donner Party anzuschließen.«

Marcus lachte. »Die Donner Party war doch keine Sekte, oder doch?«

»Als jemand, der sich mit dem Okkulten befasst …«, begann Aaron und hielt ihnen einen Vortrag über Sekten, deren Anführer und das Getränkepulver Kool-Aid.

Marcus kniff sich in die Nasenwurzel und machte sich auf den Weg in den Keller.

Die Jungs hoben Gewichte, während Marcus und Aaron zudem am Boxsack trainierten. Sie lachten, unterhielten sich über die Arbeit, über Kunst und das kommende Spiel. Doch das Thema Frauen sprachen sie bewusst nicht an.

Da ihre Gespräche sich in letzter Zeit hauptsächlich um das weibliche Geschlecht gedreht hatten, nahm Marcus an, dass sie sich wegen Bristol zurückhielten.

Er war dankbar für die vorübergehende Atempause, denn die anderen wussten alle nicht so recht, wie sie seine Beziehung zu Bristol einschätzen sollten. »Hey, nächstes Mal solltest du deinen Freund Ronin mitbringen«, schlug

Liam vor, als sie nach dem Training die Gewichte wegräumten.

Marcus runzelte die Stirn. »Vielleicht. Er geht nicht gern unter Leute.«

»Keine Sorge, wir werden ihn nicht gleich zwingen, mit uns zu trainieren«, erwiderte Liam. »Aber vielleicht hat er ja Lust, sich mit uns irgendwo ein Spiel anzusehen.«

»Ja, das könnte ihm gefallen. Er ist ein netter Kerl, aber manchmal habe ich das Gefühl, er versteckt sich lieber hinter seinen Bücherregalen.«

»Das tust du auch hin und wieder«, entgegnete Liam. »Aber Bristol holt dich immer wieder hervor.«

Marcus schwieg und wartete darauf, dass Liam fortfuhr, doch das tat er nicht.

»Willst du mich denn gar nichts fragen?«, platzte es aus Marcus heraus.

»Ich weiß nicht, ob es da etwas zu fragen gibt. Ich vertraue meiner Schwester. Und ich vertraue dir.«

Einen Moment lang schwiegen beide. Marcus war in diesem Augenblick dankbar, dass die anderen in der Küche waren und das Abendessen vorbereiteten.

»Aber wenn du ihr wehtust, mache ich dich fertig. Und damit meine ich nicht, dass ich dich nur in einem meiner Romane zu Tode kommen lasse. Obwohl das gar nicht so abwegig wäre. Wir scherzen oft darüber, dass sie unser Nesthäkchen ist, aber sie ist nun einmal unsere kleine Schwester. Sie lässt der Welt so viel von sich zuteilwerden – nicht nur ihre Musik, sondern auch ihre Seele. Sie braucht einen sicheren Hafen, zu dem sie immer wieder zurückkehren kann. Du warst immer dieser Hafen für sie. Wenn du das zerstörst und ihr in irgendeiner Weise wehtust – sei es physisch oder mental –, dann war's das. Ich habe keine Ahnung, wie eure Beziehung begonnen hat, aber mir ist nicht entgangen, mit wie viel Zuneigung ihr einander anseht. Da ist etwas Echtes zwischen euch, deshalb werde ich kein Wort darüber verlieren, dass ihr uns nicht schon früher davon erzählt habt. Denn das ging uns nichts an. Ich weiß nur, dass sie schon immer zu dir gehört hat, genauso wie du schon immer zu ihr gehört hast. Also, vermassle es nicht.«

Marcus schluckte schwer.

»Sie ist meine beste Freundin, Liam«, sagte er. Mehr brachte er nicht hervor.

»Ich weiß. Genau wie Arden meine ist.«

In diesem Moment kamen die anderen zurück in den Raum, und das Gespräch war beendet. Marcus griff nach seinem Wasserglas statt nach dem Bier, auf das er plötzlich keine Lust mehr hatte. Als sie begannen, sich wieder über Sport zu unterhalten, musste Ethan doch noch etwas einwerfen.

»Alles klar, ich habe zwar nur einen Teil von dem mitbekommen, was Liam gesagt hat, aber ich würde gern noch etwas hinzufügen«, verkündete Ethan, woraufhin Lincoln sich in die Nasenwurzel kniff.

»Oh Gott, bitte nicht.«

»Keine Sorge, Liebe meines Lebens«, erwiderte Ethan. »Ich werde mich schon nicht wie ein Arschloch aufführen.«

Als Aaron demonstrativ in seine Faust hustete, zeigte Ethan seinem Bruder den Mittelfinger.

»Ich will dich eigentlich nur in der Familie willkommen heißen.« Mit diesen Worten hob Ethan sein Glas.

Marcus schluckte erneut und nickte den anderen Männern zu. »Danke.«

»Und wenn du unsere Schwester aufs Kreuz legst, machen wir dich fertig«, fügte Ethan hinzu.

Ethan zog eine derart unschuldige Miene, dass Marcus

unwillkürlich in schallendes Gelächter ausbrach. Die anderen stimmten mit ein.

Lincoln stöhnte und vergrub das Gesicht in den Händen. »Ist das euer Ernst?«, murmelte er in seine Handflächen.

»Allerdings.«

»Zu mir wart ihr nicht so gemein, als ich ein Teil dieser Familie wurde«, meinte Lincoln und ließ die Hände sinken.

»Nun, du hast ihnen Ethan vom Hals geschafft«, erklärte Marcus mit betont ausdrucksloser Miene. »Bristol hingegen ist ihre geliebte kleine Schwester, schon vergessen?«

Ethan stand der Mund offen. »Ich kann nicht glauben, was ich da höre«, sagte er und prustete dann ebenfalls los.

Aaron blickte zwischen ihnen hin und her und schüttelte den Kopf. »Wisst ihr, ich bin zwar der Jüngste, aber ich hätte nie vermutet, dass ausgerechnet ich als Letzter übrig sein würde.«

Marcus runzelte die Stirn. »Wie meinst du das?«

»Ich bin der letzte unverheiratete Montgomery«, erklärte Aaron. »Was soll Boulder bloß ohne uns anfangen? Scheinbar muss ich nun die Last allein schultern und die Welt daran erinnern, dass es immer noch einen jungen, sexy Montgomery gibt, der zu haben ist.«

Marcus schnaubte. »Ich könnte mir vorstellen, dass die Welt schon immer wusste, dass du jederzeit zu haben bist.«

»Ich bin mir nicht sicher, ob das eine Beleidigung sein sollte, aber ich nehme es als Kompliment. Meine Ausdauer ist legendär.«

»Bitte benutze nie wieder das Wort ›Ausdauer‹ in diesem Zusammenhang«, warf Liam kopfschüttelnd ein.

»Im Ernst. Nie wieder«, stimmte Ethan zu und erschauderte sichtlich.

»Hey. Ich sage ja nur, dass in dem letzten Roman, den ich gelesen habe, ›Ausdauer‹ ein wichtiger Aspekt war.«

»Hör schon auf damit«, murrte Lincoln.

»Und für jemanden, der so viele Liebesromane verschlingt wie du, verstehst du verdammt wenig von Frauen«, stichelte Ethan.

»Du etwa schon?«, konterte Lincoln und sah seinen Partner an.

Ethan grinste. »Holland ist jedenfalls davon überzeugt.«

»Wenn du meinst«, erwiderte Lincoln.

»Dein Ton gefällt mir nicht, Mister.«

»Du kannst mir ja später die Leviten lesen«, schnurrte Lincoln fast.

Marcus schloss die Augen und unterdrückte ein Lachen.

Sicher, die Jungs hatten Drohungen ausgesprochen, aber sie waren alle gutmütig gewesen. Niemand bohrte weiter nach, fast so, als hätten sie schon immer gewusst, dass ihre Beziehung unvermeidlich gewesen war. Waren Bristols und seine Vereinigung unvermeidlich? Er wollte es gern glauben. Hin und wieder nagte jedoch Unsicherheit an ihm. Vor allem weil er sich bisher nie erlaubt hatte, darüber nachzudenken.

Doch er würde es nicht vermasseln. Das durfte er einfach nicht. Und das lag nicht nur an den Männern in diesem Raum und dem, was sie mit ihm anstellen würden, falls er versagte. Nein, er würde das nicht vermasseln, weil er Bristol wollte. Da war es – er hatte es endlich ausgesprochen. Er wollte sie. Er wollte herausfinden, wer sie gemeinsam sein konnten und was geschah, wenn sie den nächsten Schritt wagten. Falls sie ihn wagten.

Morgen würde er sie zum Essen ausführen und mit ihr

zusammen sein. Und auch wenn sie diese Beziehung vielleicht von hinten aufzäumten, würde sie funktionieren.

Er würde nicht zulassen, dass er sie wegen seiner Unsicherheiten verletzte. Er würde den Montgomerys keinen Grund geben, Rache an ihm zu üben.

Denn die Montgomerys waren seine Familie und eine Konstante in seinem Leben. Genau diese Art von Anker hatte er auch immer für Bristol sein wollen.

Und deshalb würde er ihr Beständigkeit bieten. Koste es, was es wolle.

KAPITEL NEUN

Was zieht man zu einer ersten offiziellen Verabredung mit seinem Verlobten an, wenn dieser gleichzeitig der beste Freund ist und seit vierundzwanzig Jahren zum eigenen Leben gehört?

»Jedenfalls nicht das, was du gerade trägst, Bristol Montgomery«, tadelte sie sich selbst.

Sie streifte ihr Oberteil ab, bis sie nur noch in schwarzer Hose und BH dastand, und fragte sich ernsthaft, wann genau sie eigentlich den Verstand verloren hatte. Wahrscheinlich vor etwa zehn Jahren, als sie ihren besten Freund und Vertrauten aus heiterem Himmel gefragt hatte, ob er sie heiraten wolle.

Und die Tatsache, dass sie ständig Selbstgespräche führte, bedeutete wohl, dass sie an einem Punkt angelangt war, an dem ihre geistige Gesundheit nicht mehr zu retten war. Doch das war durchaus legitim, denn Künstler durften den Verstand verlieren. Es half ihnen beim Schaffensprozess und war vorteilhaft für ihre Kunst.

Und wenn ihr bei diesem Gedanken flau im Magen wurde, konnte sie sich das nicht verübeln.

Was soll ich anziehen, was soll ich anziehen?

Sie zog ihre Hose aus, sodass sie nun nur noch mit einem Spitzen-BH und einem passenden Slip bekleidet war. Das Ensemble war neu und gehörte in die Kategorie »Nimm-mich-auf-der-Stelle«. Bristol hatte keine Ahnung, ob es heute Abend zum Einsatz kommen würde.

Würde sie mit Marcus schlafen? Sie wusste es nicht. Der Gedanke jagte ihr jedoch einen Schauer durch den Körper und ließ ihren Magen Purzelbäume schlagen. Ganz zu schweigen von ihrer Muschi, die sofort feucht wurde.

Da der Marcus aus ihren Träumen äußerst geschickt mit seinen Händen, seinem Mund und seinem massiven Schwanz war, hoffte sie, dass das Original ihm in nichts nachstand.

Sie sollte allerdings den Ausdruck »massiver Schwanz« aus ihrem Kopf verbannen, denn außerhalb ihrer Fantasie klang er irgendwie seltsam.

Auf keinen Fall würde sie es ihm gegenüber laut aussprechen.

Sie sah jedoch förmlich vor sich, wie ihr die Worte im unpassendsten Moment einfach herausrutschten. Sie würde vor Scham im Erdboden versinken.

»Genug davon«, ermahnte sie sich.

Zufällig trug sie also ein sexy Höschen und einen atemberaubenden BH. Sie hatte ein Faible für schöne Wäsche. Sie wusste zwar nicht, was der Abend bringen würde, und hatte noch keine Ahnung, was sie anziehen würde, aber sie mochte das Gefühl, darunter perfekt gekleidet zu sein.

Hatte sie das volle Körperpflegeprogramm absolviert? Absolut. Ihre Beine waren rasiert und ihr Haar war seidig und wellig. Einzig das Make-up war noch nicht fertig, da sie es eigentlich auf ihr Outfit hatte abstimmen wollen. Doch sie wusste noch nicht, was sie anziehen sollte. Also eilte sie rasch ins Badezimmer und trug etwas Lidschatten auf.

Sonst hatte sie alles erledigt, doch allmählich beschlich sie die Sorge, dass sie am Ende nur in ihrer lavendelfarbenen Wäsche dastehen würde.

Ihre Brüste kamen in dem BH perfekt zur Geltung, und ein Blick über die Schulter bestätigte ihr, dass auch ihr Hintern toll aussah.

Ob Marcus das heute zu Gesicht bekommen würde? Wer wusste das schon?

Immerhin war dies nur die erste Verabredung. Normalerweise landete sie nicht gleich am ersten Abend mit jemandem im Bett. Tatsächlich war sie sich ziemlich sicher, dass sie das noch nie getan hatte.

Sie runzelte die Stirn und dachte nach. Nein, niemals. Aber sie würde mit Marcus ausgehen. Er war nicht irgendjemand.

Bisher hatte sie alles darangesetzt, den Gedanken an ihren besten Freund in diesem Zusammenhang auszublenden, doch nun blieb ihr nichts anderes übrig. Sie tuschte ihre Wimpern und versuchte, tief durchzuatmen. Würde sie heute Nacht mit Marcus schlafen? Sie wusste es nicht. Sie hatte überhaupt keine Ahnung, wie dieses Treffen verlaufen würde.

Sie wollte ihn. Sie begehrte ihn wirklich. Und genau das jagte ihr eine Heidenangst ein. Bis heute hatte sie sich geweigert, dieses Gefühl überhaupt zuzulassen. Und jetzt, da die Möglichkeit im Raum stand, würde sie wahrscheinlich keinen klaren Gedanken mehr fassen können.

Aber hier ging es um Marcus. Er raubte ihr ständig den Atem, selbst wenn sie es bisher nicht wirklich wahrhaben wollte.

Die Vorstellung, heute Abend mit Marcus zu schlafen?

Sie zwang sich, die jahrelange Geschichte ihrer Freundschaft für einen Moment auszublenden. Sie musste das hier wie eine echte Verabredung angehen. Und sie liebte Verabredungen.

Sie genoss die Annäherung, die flüchtigen Berührungen, das Lachen. Sie mochte das Kribbeln im Bauch, wenn sie einfach nur durchatmete und im Hier und Jetzt lebte.

Sie war nicht gerade ein Naturtalent, wenn es um Rendezvous ging, und auch bei Beziehungen hatte sie noch einiges zu lernen. Aber sie gab sich Mühe. Ihre Arbeit führte sie oft ins Ausland, und die Proben vereinnahmten sie manchmal völlig. Nun ja, eigentlich die meiste Zeit über.

Sie gab ihr Bestes, um für ihren Partner da zu sein, doch hin und wieder musste sie sich auf sich selbst konzentrieren. Es hatte viele Therapiestunden und noch mehr Zeit im Kreis ihrer Familie gebraucht, bis sie begriffen hatte, dass das vollkommen in Ordnung war. Marcus hatte das immer verstanden. Und die Tatsache, dass sie nach all den Jahren eine Chance auf eine Beziehung mit ihm hatte? Das musste doch Schicksal sein.

Sie atmete tief durch und schminkte sich fertig, bevor sie zu ihrem Kleiderschrank zurückkehrte. Dieser war voller Kleider, Schuhe und Taschen. Das meiste davon brauchte sie für die Arbeit. Häufig spielte sie vor Würdenträgern, Adligen und anderen Leuten, die von ihr ein makelloses, vornehmes Auftreten erwarteten. Dabei hätte sie manchmal am liebsten ihre Haare auf ihrem Kopf zusammengebunden und es dabei bewenden lassen.

Durch ihre Auftritte und dank Zias Hilfe hatte sie gelernt, sich zu frisieren und zu schminken. Und sie kleidete sich, wie man es von einer weltberühmten Cellistin erwarten würde.

Manchmal stand ihr jedoch einfach nicht der Sinn nach Perfektion.

Heute Abend führte ihr Weg sie in ihr Lieblings-Thai-Restaurant. Der Laden war nicht übermäßig elegant, aber weit entfernt von einer gewöhnlichen Imbissbude.

Die Speisen wurden in hübschen kleinen weißen Porzellanschälchen serviert und aus den Lautsprechern drang leise Musik. Keine Fahrstuhlmusik oder irgendwelche Popsongs, sondern sanfte, melodische Klänge.

Die Kellner trugen gestärkte Uniformen und auf den Tischen lagen weiße Tischdecken.

Marcus und sie besuchten das Restaurant, wenn sie etwas feiern wollten, und manchmal auch nur, wenn sie einen schlechten Tag hinter sich hatten.

Mit dem Bezahlen wechselten sie sich ab, obwohl Bristol sehr wohl bewusst war, dass sie mehr verdiente als er.

Bisher war Geld nie ein Thema zwischen ihnen gewesen, doch wenn sie nun tatsächlich heirateten, würden sie darüber reden müssen.

Und darüber, wo sie leben würden und wie viele Kinder sie wollten.

Bristols Herz raste plötzlich. Sie beugte sich vor und stützte die Hände auf die Knie. *Ganz ruhig, kein Grund zur Panik.*

Sie warf einen Blick auf den Ring an ihrem Finger, auf die antike Fassung und das massive Herz. Doch das Schmuckstück war nur der Anfang. Bisher hatten sie weder über die Details gesprochen noch über die Logistik des Ganzen. Dafür war jedoch der heutige Abend da.

Sie hatten einen Pakt geschlossen und ihr Wort gehalten. Doch der Ring, der nun ihren Finger zierte, war erst der Anfang. Der heutige Abend bot ihnen die Chance, der

Versuchung endlich nachzugeben und gemeinsam in eine Zukunft zu blicken, die bisher jenseits ihrer kühnsten Vorstellungen gelegen hatte.

Es war eine Sache, die Worte auszusprechen, die ihr nach wie vor den Atem raubten, und allen zu erzählen, dass sie nun verlobt waren. Doch es war etwas völlig anderes, sich wahrhaftig auf ihre Gefühle einzulassen. Sie mussten sicherstellen, dass sie als Einheit aus dem Ganzen hervorgingen, und ergründen, was sie füreinander bedeuteten. Und auch, was auf einer körperlichen Ebene zwischen ihnen geschehen würde.

Bristol schlüpfte in ein hübsches rotes Kleid mit Blumenmuster. Das Dekolleté war gerade so tief, dass sie sich sexy und zugleich behaglich fühlte. Der ausgestellte Schnitt erinnerte sie an ein Wickelkleid.

Sie mochte das Kleid, weil es lässig oder elegant wirken konnte, je nachdem welche Schuhe und welchen Schmuck sie trug.

Heute entschied sie sich für die goldene Mitte; ein wenig Glitzer an den Ohren und eine schlichte Kette mit rechteckigem Anhänger, der die Blicke unweigerlich auf ihre Halspartie lenkte – und auf ihre Brüste.

Sie wollte für Marcus gut aussehen.

Für ihren Verlobten. Ihren Freund.

Und den Mann, der sie nervös machte. Dieses Gefühl hatte sie noch nie in seiner Gegenwart erlebt.

Das musste doch etwas bedeuten. Sie wusste es einfach.

Sie atmete noch einmal tief durch und wollte gerade nach ihrem Handy greifen, um die Uhrzeit zu überprüfen, als es an der Tür klingelte.

Sie erstarrte und ihre Hände begannen zu zittern. Erst als sie den Atem ausstieß, wurde ihr bewusst, dass sie die Luft angehalten hatte.

Das musste er sein.

Das war er – einer dieser Momente, in dem sich alles verändern konnte.

Eigentlich sollte sie sich inzwischen daran gewöhnt haben, doch sie glaubte nicht, dass das überhaupt möglich war.

Dann wurde die Tür geöffnet, und ihr Mund war so trocken, dass ihr die Zunge am Gaumen klebte.

Marcus stand vor ihr. Er trug eine schwarze Hose, Lederschuhe und ein schwarzes Hemd, dessen Ärmel er bis zu den Ellbogen hochgekrempelt hatte. Der Anblick seiner muskulösen Unterarme löste ein unanständiges Prickeln in ihr aus. Sie konnte nichts dagegen tun. Die Art, wie seine Venen hervortraten, wann immer er die Muskeln anspannte, war verdammt sexy. Bisher war ihr nicht bewusst gewesen, dass sie einen Unterarm-Fetisch besaß.

Das war doch gut zu wissen, nicht wahr?

»Du siehst umwerfend aus«, sagte Marcus in einem tiefen, heiseren Tonfall, der ihr gefährlich werden könnte.

Unwillkürlich leckte sie sich die Lippen, eine Geste, die sie in seiner Gegenwart viel zu häufig machte. Doch sie lenkte seinen Blick direkt auf ihren Mund.

»Dasselbe habe ich gerade über deine Unterarme gedacht.« Sie schloss die Augen und stöhnte. »Ich meinte über dich. Aber eben auch deine Unterarme.«

Als sie die Augen wieder öffnete, sah sie, wie er seine Hände zu Fäusten ballte. Das machte den Anblick nur noch verlockender.

Oh Gott, sie hatte das Gefühl, jeden Moment in Ohnmacht zu fallen.

»Meine Unterarme?«, fragte er mit einem amüsierten Tonfall, in dem zugleich ein dunkler, scharfer Unterton mitschwang.

»Ja. Mir ist gerade klar geworden, dass ich offenbar ein Faible für Unterarme habe.«

Er warf den Kopf in den Nacken und lachte schallend, woraufhin die Anspannung augenblicklich von ihr abfiel. Das war ihr Marcus. Sie konnte völlig ehrlich zu ihm sein, auch wenn sie sich selbst noch etwas vormachte. Wie sollte sie ihn auch belügen, wenn sie die Antworten selbst noch nicht kannte.

»Ich habe uns im Thai-Restaurant schon mal auf die Liste setzen lassen, für den Fall, dass es voll wird«, erklärte Marcus. »Der Typ am Telefon war völlig begeistert, dass wir kommen. Er sorgt dafür, dass wir unseren Tisch bekommen.«

»Ist es möglich, dass wir zu oft dort essen gehen, wenn die Angestellten eines Restaurants ohne Reservierungssystem uns schon beim Namen kennen?«, fragte sie und schnappte sich ihre Handtasche. Marcus schloss die Tür hinter ihr und vergewisserte sich, dass sie verriegelt war. Es war eine beiläufige Geste, die ihnen jedoch zur Gewohnheit geworden war. Sie beide fühlten sich im Zuhause des anderen heimisch und passten wie selbstverständlich aufeinander auf.

Das vermittelte ihr ein Gefühl von Frieden und Geborgenheit. Auch wenn ihr Pakt gerade alles auf den Kopf gestellt hatte.

»Ich habe einfach nur Lust auf diese verdammte Suppe«, antwortete Marcus. »Mir ist es nur recht, wenn wir nicht auf einen Tisch warten müssen.«

Marcus ergriff ihre Hand und verschränkte seine Finger mit ihren. Als Bristol sie drückte, durchströmte sie augenblicklich wieder dieses Gefühl, zu Hause zu sein. Sie hatte keinen Grund, nervös zu sein. Schließlich hatten sie schon häufig in diesem Restaurant gegessen.

Sie war unendlich froh, dass sie für ihre erste Verabredung einen vertrauten Ort gewählt hatten, statt ein neues Restaurant auszuprobieren. Alles andere in ihrem Leben war bereits aus dem Gleichgewicht geraten, daher war sie dankbar für diese Beständigkeit.

Denn sie selbst war gerade alles andere als gefasst.

»Was wirst du bestellen?«, fragte Marcus, als er ihr beim Einsteigen in den Wagen half. Er schloss die Tür hinter ihr und umrundete die Vorderseite. Bristol schüttelte den Kopf.

Er war schon immer derart aufmerksam gewesen, schon vor der Verlobung. Na also, die Situation war ganz und gar nicht unangenehm. Kein Grund, nervös zu sein.

Er setzte sich hinters Steuer. Sobald ihr sein Duft in die Nase stieg, verhärteten ihre Brustwarzen sich.

Na schön, offenbar war doch alles anders.

»Ich weiß noch nicht genau, wahrscheinlich irgendein Wok-Gericht. Allerdings hätte ich auch Lust auf ihre Frühlingsrollen. Vielleicht nehme ich beides. Ich bin am Verhungern.« Sie hielt inne. »Ich habe heute noch nichts gegessen.«

Marcus startete den Motor und warf ihr einen finsteren Blick zu.

»Warum achtest du nicht besser auf dich?«, wollte er wissen.

»Ich hatte viel zu tun und war nervös, okay? Lass es gut sein.«

»Nein, das tue ich nicht«, entgegnete Marcus. »Du musst besser auf dich aufpassen. Wenn du Mahlzeiten auslässt, fühlst du dich schwach und wirst mürrisch.«

»Du bist gerade der Mürrische«, konterte sie und schloss die Augen. »Tut mir leid. Dies ist ein Rendezvous. Ich sollte wahrscheinlich nicht so unhöflich sein.«

»Dann wärst du nicht du selbst«, frotzelte er.

Sie warf ihm einen finsteren Blick zu, nur um zu sehen, dass er ein amüsiertes Funkeln in den Augen hatte. Als sie ihm den Mittelfinger zeigte, prustete er los.

»Siehst du? Jetzt zeigst du mir schon den Mittelfinger. Das fühlt sich doch schon ganz nach einem Rendezvous an.«

»Sind wir vielleicht zu unbeholfen?«, fragte sie. »Kann es sein, dass wir uns ziemlich dumm anstellen?«

Er streckte die Hand aus und legte sie auf ihr Knie. Als er leicht zudrückte, schnappte sie nach Luft. Ihr Höschen wurde feucht, während ihr Mund wie ausgetrocknet war.

»Oh, okay, dann ziehen wir es also durch«, hauchte sie.

Als sie an einer roten Ampel hielten, warf er einen Blick auf die Stelle, wo seine Hand auf ihrer nackten Haut ruhte. Ihr Kleid war ein Stück hochgerutscht. Ein Schauer durchströmte ihren Oberschenkel und breitete sich in ihrem ganzen Körper aus. Sie verspürte den Impuls, ihre Beine fest zusammenzupressen, um seine Hand gefangen zu halten und ihn anzuflehen, nur ein kleines Stück höher zu wandern.

Meine Güte, sie kam sich vor wie ein Flittchen.

»Wir machen das schon, Bristol. Hör auf, dir unnötig den Kopf zu zerbrechen.«

»Ich wäre nicht ich, wenn ich mir nicht zu viele Gedanken machen würde.«

»Das ist wahr«, erwiderte er, woraufhin sie ihm erneut einen finsteren Blick zuwarf. Er streichelte ihr Knie, bevor er sich wieder der Straße zuwandte und seine Hand zurückzog. Die plötzliche Leere auf ihrer Haut fühlte sich fast wie ein Verlust an, doch sie ignorierte das Gefühl.

Doch als er erneut nach ihr griff, seine Finger fest mit ihren verflocht und ihr Verlobungsring im fahlen Schein der

Straßenlaternen aufblitzte, entwich ihr ein erleichterter Seufzer.

Sie hatten sich auch früher immer berührt und Händchen gehalten, allerdings war die körperliche Nähe stets platonischer Natur gewesen.

Doch damit war es nun vorbei.

Tief im Inneren wusste sie, dass ihr Versprechen nur ein Vorwand war. Zumindest aus ihrer Sicht. Sie hatte keine Ahnung, was in ihm vorging, doch sie würde es herausfinden. Aber zuerst würde sie sich einfach fallen lassen.

Wenigstens ein bisschen.

Sie hoffte inständig, dass die Situation nicht unangenehm werden würde.

Als sie schließlich an ihrem Lieblingstisch saßen und der Besitzer herbeieilte, um sie zu begrüßen, war sie ein einziges Nervenbündel. Sie war kaum in der Lage, still zu sitzen.

Marcus war in ihren Augen schon immer attraktiv gewesen, doch bisher hatte eine unsichtbare Barriere ihre Gefühle in Schach gehalten.

Da diese Mauer nun eingestürzt war, raubte er ihr den Atem und sie verzehrte sich nach mehr.

Offenbar brachte er sie um den Verstand und sie war machtlos dagegen. Mit jeder Berührung, jedem Atemzug und jeder Liebkosung trieb er sie in den Wahnsinn.

Und das schon bei ihrer ersten Verabredung.

»Täuschen mich meine Augen, oder ist das ein Verlobungsring?«, fragte der Besitzer und betrachtete Bristols Hand.

Sie erstarrte, dann begegnete sie Marcus' Blick. Einen Moment lang glaubte sie, einen Anflug von Sorge in seinen Augen zu erkennen, doch dann breitete sich ein so strahlendes Lächeln auf seinem Gesicht aus, dass es sie bis ins Mark erschütterte.

Sie liebte sein Lächeln.

»Seit unserem Besuch ist einiges passiert«, erklärte Marcus ruhig.

Bristol war dankbar, dass er das Wort ergriffen hatte, denn sie war im Moment alles andere als gelassen.

»Endlich. Ich wusste schon immer, dass Sie beide perfekt zusammenpassen. Hm, Sie haben immer so getan, als seien Sie nur Freunde. Ich wusste, da musste mehr dahinterstecken. Das Abendessen geht heute auf mich.«

»Oh nein, bitte nicht. Danke, aber das müssen Sie nicht tun«, sagte Bristol hastig.

»Nichts da. Ich lade Sie ein.« Er wirbelte herum und rief in den Raum: »Meine Lieblingsgäste haben sich endlich verlobt. Bald gibt es Nachwuchs und Glück und noch mehr Familienmitglieder, die zum Essen hierherkommen.«

Bristol wusste, dass sie von Kopf bis Fuß rot anlief. Marcus senkte den Kopf, während seine Schultern bebten.

Lachte er etwa, weil alle sie anstarrten und applaudierten? Oder amüsierte er sich darüber, dass sie die Farbe einer Tomate annahm?

Sie hatte keine Ahnung, aber sie würde es ihm später heimzahlen.

Der Besitzer verabschiedete sich, nachdem der Koch eine Auswahl an Frühlingsrollen, *Gai Tod* und *Nam Sod* an den Tisch gebracht hatte.

Marcus bestellte eine scharf-saure *Tom Yam Gung*, während sie sich für eine *Tom Kha Gai* entschied. Für den Hauptgang gönnten sie sich Lachs in einer *Chu Chee* Currysoße und gebratenes Basilikum-Hähnchen zum Teilen. Beide beschlossen, auf ein weiteres Curry zu verzichten, da die Vorspeisen bereits reichlich waren. Allerdings waren die

Reste aus diesem Restaurant stets köstlich. Allein bei dem Gedanken knurrte ihr der Magen.

Sie stöhnte vor Wonne, als sie einen Löffel Suppe nahm. Marcus beobachtete sie amüsiert und schüttelte den Kopf.

»Was ist?«, fragte sie.

»Du überraschst mich immer wieder mit deiner Leidenschaft fürs Essen.«

Sie legte ihren Löffel beiseite und neigte den Kopf. »Wie meinst du das?«

»Ich meine, dass du immer jeden Bissen genießt. Obwohl ich dich gerade noch anknurren musste, weil du heute noch nichts gegessen hast.«

»Ich mache das gerade mehr als wett«, erwiderte sie und tätschelte sich den Bauch. »Eigentlich bin ich schon von den Vorspeisen und der Suppe fast satt, aber du weißt ja, dass ich trotzdem mindestens die Hälfte meiner Hauptspeise verdrücken werde.«

»Und etwas von meiner. Ich würde wahrscheinlich alles aufessen, aber ich weiß, wie sehr du Reste liebst.«

Sie verengte die Augen. »Du magst Reste genauso gern wie ich.«

»Das ist wahr. Meistens schauen wir Filme und stopfen uns währenddessen mit Resten voll. Und am Ende bestellen wir dann noch etwas vom Lieferservice.«

»Wow, wir sind wirklich Vielfraße.«

»Wir schlemmen nicht allzu oft.«

»Oft genug.«

Sie grinsten sich an und widmeten sich dann wieder ihrer köstlichen Mahlzeit, während sie miteinander lachten und scherzten.

»Das hier ist schön«, bemerkte sie nach einer Weile und hoffte, dass sie das Richtige sagte.

Marcus hielt inne und legte den Kopf schief. »Warum? Dachtest du etwa, es würde nicht schön sein?«

»Ich hatte Angst, es würde unangenehm und seltsam werden.«

»Wir sind immer irgendwie seltsam«, erwiderte er. »Das macht uns doch aus.«

»Ich will einfach nicht, dass sich etwas ändert.« Sie schloss die Augen. »Das war dumm von mir.« Sie schlug die Lider auf und sah ihn an. »Ich will nicht, dass *wir* uns ändern. Zumindest nicht das Fundament, auf dem wir unsere Freundschaft aufgebaut haben.«

»Dann werden wir dafür sorgen, dass das nicht passiert.«

»Okay.«

Er streckte die Hand über den Tisch aus und ergriff ihre, um mit dem Daumen über ihre Finger zu streichen. »Wir könnten mit einem Frage-und-Antwortspiel beginnen«, schlug er vor.

»Wie meinst du das?«

»Was sind, ganz spontan, deiner Meinung nach die wichtigsten Dinge, die man über jemanden wissen sollte, mit dem man eine Ehe eingeht? Fangen wir damit an. Alles andere wissen wir bereits voneinander. Wir kennen unsere Lieblingsfarben, unsere Schlafgewohnheiten, wissen, welche Wagen wir zuerst gefahren und für wen wir geschwärmt haben. Wir wissen alles über unsere Ex-Partner. Schließlich sind wir gemeinsam durch Höhen und Tiefen gegangen. Also lass uns darüber reden, was wir uns wünschen. Wie stellen wir uns unsere gemeinsame Zukunft vor?«

»Das ist eine wirklich gute Idee«, pflichtete Bristol ihm bei. »Wahrscheinlich sollte ich mir Notizen machen.«

Er drückte sanft ihre Hand, woraufhin sie einen leisen

Seufzer ausstieß. Sie liebte diese Geste. »Wir brauchen kein Notizbuch. Obwohl, ich bin mir sicher, dass du später alles aufschreiben wirst.«

»Du kennst mich einfach zu gut.«

»In Ordnung. Also, unsere Zukunft. Du und ich. Was willst du wissen?«

»Ist es für dich ein Problem, wenn ich deinen Nachnamen nicht annehme?«, platzte sie heraus. Sie hatte keine Ahnung, warum ausgerechnet das ihr erster Gedanke war, doch nun hatte sie ihn ausgesprochen.

Marcus nickte. »Beruflich bist du Bristol Montgomery. Und ich weiß, dass deine Familie an diesem Namen hängt. In dieser Hinsicht seid ihr wie ein Clan. Du hast ihn dir sogar tätowieren lassen.«

»Nur die Montgomery-Iris, nicht den Namen selbst«, korrigierte sie ihn. »Du warst dabei, als ich mir die Tätowierung habe stechen lassen.«

»Ich erinnere mich. An deiner Hüfte. Genau dort, wo normalerweise der Saum deines Höschens sitzt.« Seine Augen verdunkelten sich, und sie musste schlucken.

»Weißt du, sobald wir verheiratet sind, solltest du dir das Motiv ebenfalls stechen lassen. Jeder, der in die Familie einheiratet, bekommt es.«

»Wie bei einer Sekte«, murmelte er.

»Wir sind keine Sekte.«

»Ruf deinen Vater an, du bist in einer Sekte«, witzelte Marcus in Anspielung auf einen Podcast namens *My Favorite Murder*.

»Du hast dir vielleicht drei Folgen angehört und reißt mehr Witze darüber als ich«, konterte sie.

Er zuckte mit den Schultern.

»Da hast du wohl recht. Aber im Ernst: Du musst meinen Namen nicht annehmen. Zumindest nicht offiziell, wenn du es beruflich schon nicht tust. Es sei denn, du willst ihn offiziell annehmen und den Namen Montgomery in der Öffentlichkeit behalten. Oder du setzt einen Bindestrich zwischen beide Namen. Ganz wie du willst. Ein Name bedeutet ja keinen Besitzanspruch. Du bleibst du selbst, ich bleibe ich selbst, und gemeinsam finden wir heraus, wer wir als Einheit sind.«

»Da hast du recht. Beruflich kann ich ihn unmöglich ändern. Aber ich könnte ihn als Künstlernamen behalten. Fast so wie Liam, der unter einem Pseudonym schreibt.«

»Wohl wahr«, stimmte Marcus zu.

»Und Arden, Holland und sogar Lincoln haben alle ihre Namen geändert. Ich weiß auch nicht.«

»Ich weiß, dass einer der Ehemänner deiner Cousine seinen Namen für sie geändert hat, doch das werde ich nicht tun«, sagte Marcus lachend.

»Deine Mutter würde mich eigenhändig umbringen, wenn ich dich dazu drängen würde. Nein, vielleicht nehme ich einfach einen Doppelnamen.«

»Vielleicht mache ich das ja auch«, entgegnete Marcus.

Bristol hielt inne und grinste. »Wirklich?«

»Welchen Namen würdest du unseren Kindern geben wollen? Wenn sie einen Doppelnamen tragen, wäre es doch vielleicht einfacher, wenn ich denselben Nachnamen habe.«

Sie erstarrte und blinzelte. »Ich weiß es nicht. Ich denke, das müssen wir entscheiden, wenn es so weit ist.«

Für einen Moment herrschte Schweigen.

»Du wolltest doch schon immer Kinder, Bristol«, stellte Marcus fest.

»Du auch«, erwiderte sie.

Sie schluckte schwer und bemerkte, dass er ebenfalls schlucken musste.

»Also stehen Kinder zur Debatte?«, fragte er mit gedämpfter Stimme.

»Ja. Kinder stehen zur Debatte.«

Und von da an arbeiteten sie sich durch ihre Listen, als sei es das Normalste der Welt. Dabei trafen sie wichtige Entscheidungen und sprachen über Themen, die jede andere Beziehung aus dem Gleichgewicht bringen würden.

Doch mit Marcus? Da war alles anders. Sie konnte erleichtert aufatmen, als sie erkannte, dass er sich die gleichen Gedanken machte.

Es gab kein Zurück mehr. Gemeinsam würden sie nach vorn blicken.

Irgendwie.

KAPITEL ZEHN

Marcus fuhr sich mit der Hand übers Gesicht und hoffte inständig, dass ihm bald klar werden würde, was er als Nächstes tun sollte. Der Abend mit Bristol war schlichtweg großartig. Sogar lebensbejahend. Zwischen ihnen passte einfach alles.

Er wusste, dass seine kreative, brillante und wunderschöne Freundin – oder vielmehr seine Verlobte – erst einmal ihre mentalen Listen abarbeiten musste, bevor sie sich voll und ganz auf das Wesentliche einlassen konnte. Die Vorstellung, dass sie beide ausloten konnten, wie ihre Gedanken, Bedürfnisse und Wünsche langfristig ineinandergriffen, bedeutete ihm alles.

Über die ausschlaggebenden Themen hatten sie gesprochen. Er wusste, dass es ihr gutgetan hatte, sich Klarheit zu verschaffen. Um ehrlich zu sein, ging es ihm nicht anders. Doch nun saßen sie in ihrer Einfahrt im Wagen und es herrschte betretenes Schweigen. Sie saß auf dem Beifahrersitz und mied seinen Blick.

Sie sagte kein Wort.

Auch er gab keinen Ton von sich.

Verdammt.

Es war definitiv nicht die beste Art, den Abend schweigend zu beenden. Falls er überhaupt schon enden sollte. Würde sie ihn wie früher hereinbitten? Allerdings wusste er, dass es nicht bei einem freundschaftlichen Beisammensein bleiben würde, wenn er jetzt die Schwelle überschritt. Und wenn er jetzt einfach nach Hause fuhr? Verdammt. Er war hin- und hergerissen.

»Ich weiß nicht, ob ich dich auf einen Drink hereinbitten soll. Soll ich so tun, als sei es nur auf einen Kaffee? Oder begleitest du mich einfach zur Tür und ich mache es mir allein gemütlich?«, plapperte Bristol drauflos, wobei ihre Überlegungen wie Fragen klangen. Marcus war fast erleichtert. Hätte er zuerst das Wort ergriffen, wäre er ebenfalls ins Straucheln geraten.

»Ich glaube nicht, dass wir schon alles besprochen haben«, sagte er gedehnt.

»Ja, wie müssen noch reden. Reden ist gut«, erwiderte sie.

Marcus beugte sich zu ihr herüber und löste ihren Sicherheitsgurt. Dabei streifte er mit dem Handrücken ihren Oberschenkel. Sie stieß ein Keuchen aus, das ihm direkt in die Lenden schoss. Er schluckte schwer und begegnete ihrem Blick.

»Heute Abend muss gar nichts passieren«, hauchte er.

»Aber was, wenn doch?«, fragte sie. Ihre Stimme war kaum mehr als ein Flüstern.

Bristol leckte sich die Lippen. Wie immer, wenn sie das tat, fiel sein Blick auf ihren Mund. Er verspürte das Verlangen, sie zu berühren und sie zu schmecken.

»Lass uns reingehen.«

»Ich ... okay.«

Sie stiegen aus, und er wartete am Wagen, um ihr die

Hand zu reichen. Wortlos schob sie ihre Hand in seine, dann gingen sie auf ihre Haustür zu. Obwohl er einen eigenen Schlüssel besaß, ließ er sie die Tür aufschließen. In diesem Moment fühlte es sich falsch an, das Haus einfach so zu betreten.

Die ganze Dynamik zwischen ihnen hatte sich geändert – sowohl in der Nähe des anderen als auch getrennt voneinander. Auf keinen Fall wollte er sie unter Druck setzen.

Gleichzeitig war er es leid, die Gedanken und Sehnsüchte zu ignorieren, die er schon so lange mit sich herumtrug. Er konnte sich nicht mehr belügen. Er wollte Bristol. Er verzehrte sich nach ihrem Geschmack und nach dem Gefühl ihrer Haut unter seinen Fingern. Er wollte seinen Mund auf ihren pressen und ihren Körper mit seinen Lippen erkunden. Er wollte sie unter sich sehen, während sie sich vor Lust wand und er sie mit seinen Händen verwöhnte.

Er wollte ihr zeigen, wer er wirklich war – nicht nur seinen Körper, sondern auch seine Seele. Im Gegenzug wünschte er sich, dass sie ihm alles offenbarte. Er wollte ihr Innerstes kennenlernen.

Ein anderer Teil von ihm wollte sie einfach nur hart nehmen. Er wollte sie mit seinem Schwanz zum Höhepunkt treiben und sie gegen die Wand ficken, bis sie beide zitternd in die Vergessenheit stürzten. Wie in diesem Eric-Church-Song wollte er mit ihr buchstäblich die Wände einreißen.

All das wollte er tun.

Gleichzeitig sehnte er sich danach, es sanft und langsam angehen zu lassen und jeden Zentimeter ihres Körpers zu spüren.

Er hatte keine Ahnung, was genau heute noch geschehen würde, aber er wusste, dass dies der erste Schritt war. Oder vielleicht schon der hundertste, er wusste es nicht mehr.

Doch nun waren sie hier. Es gab kein Zurück mehr. Vielleicht hatten sie nie eine andere Wahl gehabt.

Sobald die Tür hinter ihnen ins Schloss gefallen war, ging keiner von beiden in die Küche, um Kaffee zu kochen.

Er war schon unzählige Male in ihrem Haus gewesen und hatte ihr sogar beim Einrichten geholfen, denn sie hatte dasselbe für ihn getan. Immerhin hatte sie hier vier Schlafzimmer zur Verfügung. Eines davon hatte sie in ein Arbeitszimmer und ein weiteres in einen Proberaum umgewandelt. Das dritte war ein Gästezimmer für befreundete Musiker, die hin und wieder zu Besuch kamen.

Er selbst hatte schon in dem Gästezimmer geschlafen – meistens nach ein paar Drinks zu viel, wenn er nicht mehr hatte nach Hause fahren können. Im Gegenzug hatte Bristol bereits unzählige Male bei ihm übernachtet. Sie waren immer füreinander da, bedingungslos.

Er wusste nicht, was passieren würde, aber wenn er diesen nächsten Schritt nicht wagte, würden sie auf ewig hier feststecken und sich fragen, was hätte geschehen können. Die Art, wie sie ihre Beziehung definierten, mochte für Außenstehende keinen Sinn ergeben, doch für sie war sie bedeutend.

Ohne sie würde er niemals begreifen, wer sie als Einheit sein konnten.

Also, warum nicht? Warum sollte er nicht den nächsten Schritt wagen?

»Darf ich dich heute Abend küssen?«, fragte er, wohl wissend, wie wichtig ihr gegenseitiges Einverständnis war. *Konsens ist verdammt sexy*, hatte sie ihm bereits tausendmal gesagt.

Sie verzog die Lippen zu einem Lächeln, während ihre Wangen erröteten. »Ich will, dass du mich küsst, Marcus.«

Er trat einen Schritt auf sie zu. Sein Atem beschleunigte sich, als er sich über sie beugte. Sie legte den Kopf in den Nacken und blickte mit großen Augen zu ihm auf.

»Und nachdem ich dich geküsst habe, darf ich dich noch einmal küssen? Darf ich dich berühren? Dich schmecken?« Er senkte den Kopf und streifte mit den Lippen ihr Ohr. »Darf ich … dich ficken?« Er schlang seine Hände um sie, umfasste ihren Hintern und presste ihren Körper gegen seinen.

Bristol legte ihre Arme um seine Taille und krallte sich in sein Hemd. »Bitte«, hauchte sie. »Ich dachte schon, du würdest nie fragen.«

Er legte eine Hand an ihren Oberschenkel und schob ihren Rock hoch, während er die andere Hand in ihrem Haar verwob und ihren Kopf nach hinten neigte, um sie leidenschaftlich zu küssen.

Das hier war keine zärtliche Liebkosung, keine sanfte Verführung.

Nein, der Kuss war stürmisch, verheißungsvoll und voller Verlangen.

Beide atmeten schwer. Ihre Zähne prallten gegeneinander, während sie sich wie ausgehungert verschlangen.

Er löste die Hand von ihrem Hintern und schob sie in ihr Höschen, um seine Finger durch ihre Spalte gleiten zu lassen.

Bristol schrie in seinen Mund und verkrampfte sich, als er mit zwei Fingern in sie eindrang.

Er biss ihr zärtlich auf die Lippe und küsste dann die schmerzende Stelle.

»Zu viel?«, raunte er, während er seine Finger in rhythmischen Stößen in sie gleiten ließ. Er konnte spüren, wie feucht sie war, während sie ihn mit ihrem Unterleib umschloss.

»Nicht genug«, keuchte sie. »Mein Gott, das ist so viel mehr als nur ein Kuss.«

»Ich habe dir gesagt, dass ich dich berühren und ficken will.« Er zog seine Hand unter ihrem Kleid hervor und leckte sich die Finger sauber. »Dass ich dich schmecken will.«

»Meine Güte. Ich wusste gar nicht, dass du so unanständig sein kannst.«

»Es gibt eine Menge Dinge, die du noch nicht über mich weißt, Bristol Montgomery. Bist du bereit, einige davon heute zu erfahren?«

Sie begegnete seinem Blick und nickte. Ihre Pupillen waren so stark geweitet, dass ihre Augen fast schwarz zu sein schienen. »Immer.«

Im nächsten Moment stürzten sie wieder aufeinander und rissen sich gegenseitig die Kleider vom Leib. Er zerrte ihr das Kleid über den Kopf. Dass sie ihre Schuhe noch trug, war ihm in diesem Moment vollkommen gleichgültig. Sie riss an seinem Hemd, bis die Knöpfe überall herumflogen. Sie lachten, küssten sich und erkundeten sich gegenseitig mit ihren Zungen und Händen. Bristol öffnete seinen Gürtel, während er seine Schuhe abstreifte und dann aus der Hose stieg.

Er fluchte leise und bückte sich, um ein Kondom aus seiner Tasche zu fischen. Bristol zog die Augenbrauen in die Höhe.

»Bei dir gehe ich garantiert kein Risiko ein, verdammt. Außerdem weißt du, dass mein Vater mich schon mit vierzehn mit den Dingern beworfen hat«, fügte er hinzu.

Bristol lachte. »Meine Mutter war nicht anders.«

»Schluss jetzt mit dem Gerede über unsere Eltern«, sagte er und streifte sich das Kondom über.

Bristol ließ den Blick an seinem Körper hinabgleiten und beobachtete, wie er den Ansatz seiner Männlichkeit drückte und seine Hoden umfasste.

»Weißt du, ich habe die Kontur schon einmal gespürt. Und ich kann den Umriss erkennen, wenn du diese sehr sexy graue Hose trägst. Er ist ziemlich beeindruckend.«

Er grinste und beugte sich dann vor. »Ach wirklich?«

»Wirklich.«

Im nächsten Moment presste er seine Lippen wieder auf ihre und schmiegte seine harte Männlichkeit an sie. Sie stand immer noch in ihrem Spitzen-Ensemble und den hochhackigen Schuhen vor ihm. Der Anblick war verdammt sexy.

»Behalte die Schuhe an«, befahl er, dann schob er den Stoff ihres Höschens beiseite und begann erneut, sie zu erkunden. Mit dem Daumen reizte er ihre Klitoris, während er seine Finger über ihre Schamlippen gleiten ließ. Sie wölbte sich auf, drückte die Schultern gegen die Wand und presste ihren Unterleib gegen seine Hand.

Er fickte sie mit seinen Fingern und zog mit der anderen Hand die Körbchen ihres BHs nach unten, um ihre rosigen Burstwarzen mit seiner Zunge zu reizen.

Die kleinen Knospen bettelten förmlich um seine Berührung.

Also leckte er sie und saugte begierig daran.

»Wirst du für mich kommen, Bristol?«, raunte.

Bristol bebte am ganzen Körper. »Marcus«, keuchte sie. Er stieß mit seinen Fingern in sie hinein, spielte mit ihrer Klitoris und verwöhnte mit dem Mund ihre Brustwarzen.

Im nächsten Moment explodierte sie. Die Muskeln in ihrem Unterleib zogen sich um seine Finger zusammen, doch er ließ nicht nach. Er sank auf die Knie, denn er musste sie schmecken.

»Marcus!«

»Schhh, Baby. Ich werde mich um dich kümmern.«

Er vergrub sein Gesicht zwischen ihren Schenkeln und kostete die süße, berauschende Essenz ihrer Lust. Das Verlangen nach ihr war überwältigend. Als er einen Schenkel anhob und über seine Schulter legte, spürte er, wie sehr ihr anderes Bein zitterte. Er gab ihr Halt, indem er mit einer Hand ihren Oberschenkel packte und sie festhielt. Mit der anderen Hand spreizte er sie, um dann mit seiner Zunge ihre Lustperle zu verwöhnen.

»Wie kommt es, dass du das so gut kannst?«

»Alles für dich, Baby«, flüsterte er.

Sie stieß ein Lachen aus, das sogleich in einen Schrei überging, als sie seinen Namen rief. Er saugte weiter an ihrer Klitoris, während sie erneut von der Woge der Ekstase mitgerissen wurde.

Plötzlich richtete er sich auf, packte ihre Oberschenkel und hob sie hoch, wobei er sie mit dem Rücken gegen die Wand drückte.

»Marcus«, keuchte sie.

Er begegnete ihrem Blick und schluckte schwer. »Bist du bereit?«, fragte er mit tiefer Stimme, in der auch ein Hauch Sorge und zaghafte Vorsicht mitschwangen.

»Ich habe nur auf dich gewartet«, flüsterte sie und umschloss mit beiden Händen sein Gesicht. Langsam drang er Zentimeter für Zentimeter in sie ein, während er ihr tief in die Augen sah. Sie beide hielten den Atem an, als hätten sie sich viel länger nach diesem Moment gesehnt, als sie zugeben wollten.

Er dehnte sie immer weiter, bis er sich tief in ihr vergraben hatte. Ihre Schenkel bebten, als sie ihre Beine um seinen Rücken schlang. Er legte eine Hand an ihre Wange und wischte ihre Tränen fort. Er wusste, dass er ihr nicht wehgetan hatte, doch diese überwältigende Intensität des Augenblicks traf sie beide völlig unvorbereitet.

Er kannte diese Frau in- und auswendig, kannte sie bis in die Tiefen ihrer Seele. Insgeheim hatte er schon immer gewusst, dass sie auf ewig miteinander verbunden sein würden. Ganz gleich, was um sie herum geschah, sie würden immer zusammen sein. Sie hatten dafür gesorgt, dass sie sich niemals aus den Augen verlieren würden, selbst wenn das Schicksal andere Pläne gehabt hätte. Doch am Ende hatte der Weg sie zu diesem Moment geführt.

Während er tief in ihr ruhte und sie leise weinte, zwang er sich zur Reglosigkeit. Er starrte sie einfach nur an, und in diesem Moment wusste er es.

Ganz gleich, was er sich jahrelang eingeredet hatte, jeder seiner Wege hätte ihn an diesen Punkt geführt.

Diese Erkenntnis würde bis ans Ende seiner Tage in seine Seele eingebrannt sein.

Er hatte sich selbst belogen, als er sich eingeredet hatte, er würde seiner Freundin damit lediglich einen Gefallen tun.

Er liebte Bristol Montgomery. Nicht bloß als seine beste Freundin oder die andere Hälfte seiner Seele, sondern als die Frau, ohne die er niemals vollkommen wäre. Er wusste, dass sie für immer ein Teil von ihm sein würde.

Er liebte sie, und er hatte keine Ahnung, ob ihre Gefühle für ihn genauso tief gingen.

Aber genau in diesem Moment, während sie seinen Schwanz umschloss und sein Herz ausfüllte, spielte das keine Rolle.

Denn er würde einen Weg finden, sie ganz und gar für sich zu gewinnen.

Aber zuerst musste er diese Vereinigung vollenden, ihre Verbindung besiegeln und ganz bei ihr sein.

Also verdrängte er seine Zweifel und die Gedanken an die Zukunft, denn er wusste, dass er sich andernfalls nicht konzentrieren konnte. Er presste seinen Mund auf ihren und begann, sich zu bewegen.

Sie trug noch immer ihren BH, das Höschen war zur Seite geschoben und ihre Absätze gruben sich in seinen Rücken, doch das war ihm egal. Es war verdammt sinnlich. Dies war seine Bristol. Die Liebe seines Lebens.

Die einzige Liebe seines Lebens.

Die süßeste Lüge, die er sich je selbst erzählt hatte.

Das hier war kein bloßes Ficken mehr, kein flüchtiger Sex, sondern genau jene überwältigende Hingabe, die er immer gefürchtet hatte.

Sie wölbte sich ihm entgegen und ließ ihre Fingernägel über seinen Rücken gleiten. Er drang noch tiefer in sie ein, getrieben von einem unendlichen Hunger nach mehr.

»Marcus«, hauchte sie.

Ein Kuss. Ein Atemzug. Noch ein Kuss. »Mein Marcus.«

Und dann gab es kein Halten mehr. Er verlor sich vollkommen in ihr. Er hatte seinen Mund auf ihren gepresst und schluckte ihren Schrei, als sie auf den Gipfel der Lust aufflog und ihn mit sich riss.

Seine Beine zitterten, als er ein letztes Mal tief in sie stieß. Beide bäumten sich gegeneinander auf, ein verzweifeltes Drängen, als könnten sie einander nicht nahe genug sein.

Als das Beben verebbte, half er ihr behutsam auf die Beine. Er säuberte sie und führte sie ins Badezimmer, um mit ihr zu duschen und sich zu vergewissern, dass es ihr an nichts fehlte.

Denn so war er – der Mann, der sich um sie kümmerte.

Nicht aus einer lästigen Verpflichtung heraus, sondern aus einem tiefen Verlangen. Und er wusste, dass sie dasselbe für ihn tat.

Später lagen sie eng umschlungen im Bett, küssten und streichelten sich. Ihre Liebkosungen hatten die raue Dringlichkeit von vorhin verloren und waren einer süßen Zärtlichkeit gewichen, die sie jedoch genauso sehr brauchten.

Sie musste nichts mehr sagen. Reden konnten sie später noch, sie hatten Zeit.

Und als sie in seinen Armen einschlief, hielt er sie fest, während er inständig hoffte, dass sie nicht vor ihrer Verbindung davonlaufen würde.

Sein ganzes Leben lang hatte er sich eingeredet, dass Bristol Montgomery und er sich als Freunde perfekt ergänzten.

Aber sie waren nicht einfach nur Freunde.

Sie war die Frau, die er liebte und heiraten würde. Er würde alles in seiner Macht Stehende tun, um sich ihrer als würdig zu erweisen.

Er betete, dass er sie würde an sich binden können.

Denn als sie sich an ihn schmiegte, festigte sich in ihm die Gewissheit, dass er für immer mit ihr zusammen sein wollte.

Zugleich wusste er, dass er behutsam vorgehen musste. Denn er hatte Angst, dass ein Scheitern sie beide härter treffen würde, als sie sich je hätten vorstellen können.

KAPITEL ELF

»Es wird doch nicht seltsam werden, nicht wahr?«, fragte Bristol.

Marcus lehnte am Türrahmen und schenkte ihr ein träges Lächeln. Bei dem Anblick machte ihr Magen sofort einen Purzelbaum und sie presste unwillkürlich die Schenkel zusammen.

Was hatte es nur mit Männern auf sich, die mit hochgekrempelten Hemdsärmeln und einem verführerischen Lächeln in der Tür lehnten? Es war, als wüssten sie genau, dass sie mit dieser lässigen Haltung und dem verführerischen Blick reihenweise Eierstöcke zum Explodieren bringen.

Beinahe hätte sie sich auf die Fingerknöchel gebissen, um ein Stöhnen zu unterdrücken.

Mein Gott, am liebsten wäre sie auf der Stelle über ihren Bibliothekar hergefallen. Sie wollte ihm die Kleider vom Leib reißen und jeden Zentimeter seiner Haut schmecken.

Dabei spielte es keine Rolle, dass sie ihn erst vor einer Stunde vernascht hatte. Sie war bereit für Runde drei.

Dass ihre Libido in Bezug auf Marcus derart verrücktspielte, hätte sie eigentlich nicht überraschen dürfen. Schließlich hatte sie ihre Gefühle für ihn jahrelang in die hinterste Ecke ihres Bewusstseins verbannt.

Jetzt, da sie sich endlich erlaubte, ihn zu begehren, gab es kein Halten mehr. Mein Gott, sie verzehrte sich regelrecht nach ihm.

Am heutigen Tag musste sie sich jedoch mit Dingen befassen, die rein gar nichts mit dem brennenden Verlangen nach ihrem besten Freund und Verlobten zu tun hatten.

Heute Abend stand das Montgomery-Familienessen an.

Und sie hatte schreckliche Angst, dass sie es vermasseln würde.

»Es wird schon alles gut gehen«, beruhigte er sie. »Außerdem ist es deine Familie. Ich sollte eigentlich der Nervöse sein.«

Sie zog sich das Oberteil über den Kopf und ignorierte das Stöhnen, das Marcus entfuhr. Ein Lächeln umspielte ihre Lippen. Dass er den Anblick ihres Körpers so sehr genoss und knurrte, wenn sie ihn bedeckte, versüßte ihr den Tag. Sie versuchte jedoch, sich nicht zu sehr in diesem Gefühl zu verlieren, denn alles zwischen ihnen war noch so neu. Obwohl sie seinen Ring am Finger trug und sie sich ein Versprechen gegeben hatten, steckte dieser Teil ihrer Beziehung noch in den Kinderschuhen. Allein der Gedanke daran bescherte ihr Schmetterlinge im Bauch.

»Moment mal, bist du denn gar nicht nervös?«, fragte sie und riss sich aus ihren Gedanken. Sie wandte sich ihm zu.

Marcus zuckte nur mit den Schultern und drückte sich vom Türrahmen ab. »Vielleicht ein bisschen. Deine Familie kann einschüchternd sein.«

Bristol riss verwirrt die Augen auf. »Nicht für dich. Du gehörst doch praktisch dazu.«

»Nun ja, hoffen wir mal, dass sie mich nicht adoptieren wollen«, scherzte er, »denn das würde die Sache mit der Heiratsurkunde verkomplizieren.«

Ein Lächeln stahl sich auf ihre Lippen. »Du weißt doch, dass Mom und Dad dich nie adoptieren wollten. Allein schon, weil deine Eltern meine dann umbringen würden.«

»Nun übertreib mal nicht. Meine Eltern würden deine nicht umbringen, höchstens ein bisschen verstümmeln. Aber wenn deine mich adoptieren würden, würden meine Eltern wahrscheinlich verlangen, gleich mitadoptiert zu werden. Dann wären wir eine große, glückliche Familie.«

»Unsere Mütter scheinen sich jedenfalls über die Verlobung zu freuen«, bemerkte Bristol.

»Auf jeden Fall. Das ist genau das, worauf die beiden seit Jahren gewartet haben. Ich finde es toll, dass unsere Familien schon immer so eng befreundet waren.«

»Ja, im Gegensatz zu Lincolns Familie.« Sie wusste selbst nicht genau, warum sie ihren zukünftigen Schwager ausgerechnet jetzt erwähnte, aber Marcus und sie hatten schon oft über ihn gesprochen. Schließlich gehörte er inzwischen fest zum Montgomery-Clan.

Marcus schüttelte den Kopf. »Nicht seine ganze Familie. Lincolns Eltern sind nett. Sie haben schlichtweg ohne ihn ein neues Kapitel in ihrem Leben aufgeschlagen. So läuft das manchmal bei Erwachsenen. Nicht jeder verbringt sein ganzes Leben im selben Bundesstaat. Ehrlich gesagt bin ich überrascht, dass es dich nicht nach New York oder L. A. verschlagen hat.«

»Das würde ich niemals tun. Ich liebe meine Eltern und meine ganze Familie.« Sie hielt inne. »Und ich wollte auch nicht von dir getrennt sein. Du warst schon immer mein Anker.«

»Nun, ich bin dankbar, dass du zurückgekommen bist. Und ich bin verdammt froh, dass ich hier einen Job in der Bibliothek bekommen habe. Es ist schwerer, als die Leute glauben, selbst in einer Stadt dieser Größe.«

»Wir sind schließlich nicht in Denver, sondern in Boulder. Wobei ein Job in Denver auch kein Weltuntergang gewesen wäre. So weit entfernt ist es auch wieder nicht.«

»Das stimmt. Trotzdem bin ich froh, dass ich die Stelle hier bekommen habe. Vor allem weil sie genau genommen nicht an die Uni gekoppelt ist. So bleibt mir dieser ganze akademische Politzirkus erspart.«

»Als müsstest du dich in deinem Job nicht schon genug mit Politik herumschlagen.«

»Wohl wahr«, pflichtete er ihr bei. »Wie dem auch sei, wir sollten uns auf den Weg machen. Du willst doch nicht die Letzte sein.«

»Nein, denn Aaron würde uns das ewig vorhalten.«

»Dein kleiner Bruder kann manchmal ziemlich nervtötend sein, nicht wahr?«, fragte Marcus mit einem Lächeln auf den Lippen. Sie beugte sich vor und küsste diese Lippen. Es fühlte sich immer noch seltsam an. Früher hätte Bristol ihn einfach umarmt oder ihm einen Kuss auf die Wange gegeben oder unbefangen seine Hand gehalten, ohne darüber nachzudenken. Doch seit diese neue Dynamik zwischen ihnen existierte, konnte sie gar nicht mehr aufhören, ihn zu berühren. Würden sie sich in der Öffentlichkeit küssen? Während ihrer Verabredung hatten sie es getan, doch in Gegenwart ihrer Familie wäre es etwas vollkommen anderes.

»Warum ziehst du so ein Gesicht?«, fragte Marcus und strich ihr eine Haarsträhne hinters Ohr. Sie schmiegte sich an ihn, wie sie es schon immer getan hatte. Dieser Teil hatte sich zwischen ihnen nie geändert. Es waren die neuen Facetten ihrer Beziehung, die alles so kompliziert machten.

»Was, wenn es sich seltsam anfühlt? Noch seltsamer, als es ohnehin manchmal ist?«, hakte sie nach.

»Ich glaube nicht, dass es so schlimm wird«, widersprach er. »Ich habe Zeit mit den Jungs verbracht, und du mit den Mädels. Außerdem haben wir beide unserer Eltern gesehen, seit wir dieses neue Kapitel aufgeschlagen haben.«

»Ich weiß, aber dies ist das erste Mal, dass wir beide als Einheit der Familie gegenübertreten«, gab sie zu bedenken. »Ich will einfach nicht, dass die Situation unangenehm wird.«

Marcus nickte und runzelte die Stirn, während er mit der Fingerspitze über ihre Wange strich. Schon seit Jahren streichelte er sie auf diese Weise. Die Geste war nichts Neues. Doch nun konzentrierte sie sich darauf, wie diese Finger sich an ihrer Haut angefühlt hatten, als sie sich geliebt hatten. Sie erinnerte sich daran, wie er … andere Stellen ihres Körpers berührt hatte, und vergaß dabei fast das Atmen.

Vielleicht sollte sie sich auf ihren Verstand besinnen und eine Liste erstellen, um Ordnung in das Chaos zu bringen. Doch sie war machtlos, wenn es um ihn ging. Es gab nichts Logisches an dem, was sie für Marcus empfand. Viel zu lange hatte sie dieses Gefühl zu tief in sich vergraben und sich das verwehrt, wonach sie sich gesehnt hatte. Nun wusste sie weder, wie sie dieses Gefühl benennen, noch, welchen Wert sie ihm beimessen sollte.

»Ich will nicht alles ruinieren«, flüsterte sie.

»Du bist nicht allein, Bristol. Wir sind ein Team. Wir können es nicht ruinieren.«

»Ich weiß nicht. Ich habe ein Händchen dafür, Dinge zu vermasseln.«

»Das ist nicht wahr. Du bist brillant – in allem, was du tust. Vor allem wenn es darum geht, anderen beizustehen. Du hast Arden klargemacht, dass sie von Anfang an ein Teil der Montgomerys war.«

Bristol schnaubte. »Genau genommen habe ich sie in ihrem Haus überfallen und ihr erklärt, dass ich ihre Freundin sein würde, mit oder ohne Liam. Mir gefiel es nicht, dass sie sich wegen ihrer Krankheit vor uns versteckt hat. Es stand mir zwar nicht zu, mich in ihr Leben einzumischen, aber der Gedanke, dass sie sich isoliert hat, war für mich unerträglich. Wie du weißt, ist in meinem Leben immer Platz für neue Freunde, und Arden schien mir ein toller Mensch zu sein.«

»Du bist ebenfalls ein toller Mensch«, sagte Marcus. »Ihr seid Freundinnen, mit oder ohne Liam, wie du gesagt hast. Und das liegt an dir, weil du eine großartige Frau bist. Du hast ihr die Hand gereicht, selbst wenn dein Vorgehen vielleicht etwas von einer Stalkerin hatte.«

Sie stöhnte und kniff die Augen zusammen. »Ich hoffe, ich war nicht zu aufdringlich. Was meinst du?«

»Da werde ich mich auf mein Aussageverweigerungsrecht berufen und das Gespräch dann auf Holland lenken. Dein anderes Stalker-Opfer.«

»Ich bin nicht aufdringlich. *Du* bist der Stalker von uns beiden.«

»Das ergibt doch gar keinen Sinn«, entgegnete er.

»Mag sein. Wie dem auch sei. In Hollands Fall wollte ich genauso wenig, dass sie allein dasteht. Sie ist vor ihrer eigenen Hochzeit geflohen, weil ihr Verlobter ein Arschloch war.« Sie hielt inne. »Danke, dass du kein Arschloch bist.«

Er küsste sie zärtlich und ließ seine Zunge mit ihrer

tanzen, bis Bristol weiche Knie bekam. »Ich verspreche dir, niemals ein solches Arschloch zu sein. Sicher, ich bin manchmal ein Idiot, aber das lässt sich wohl kaum vermeiden.«

Sie schnaubte. »Wie du meinst. Aber ich mag Holland auch. Und ja, ich bin einfach bei ihr aufgekreuzt, um sie wissen zu lassen, dass sie außer meinem Bruder und Lincoln noch weitere Freunde hat. Für andere mag das seltsam sein, doch in meinen Augen war es das nicht.«

»So seltsam war es nun auch wieder nicht. Jedenfalls nicht im Großen und Ganzen, schließlich seid ihr inzwischen Freundinnen.«

»Und mein nächstes Projekt … ich meine, die nächste Person, der ich klarmachen werde, dass sie in der Familie willkommen ist, ist Madison.«

Marcus runzelte die Stirn. »Du willst doch nicht etwa die Kupplerin spielen, oder? Denn Lincolns Cousine braucht bei der Partnersuche keine Hilfe. Das kann sie sicher auch allein.«

Bristol zog eine Augenbraue in die Höhe. »Sagst du das etwa, weil du sie sexy findest?«

Als er ihr ein Grinsen schenkte, hätte sie fast geknurrt. »Natürlich finde ich sie sexy. Mach jetzt bloß kein Drama daraus. Wir waren uns doch beide einig, dass wir sie attraktiv finden.«

»Mag sein. Aber jetzt, da wir verlobt sind, ist das irgendwie seltsam, findest du nicht auch?«

»Ich weiß nicht. Ich fand es immer irgendwie toll, dass wir beide bisexuell sind und auf dieselben Leute standen. Aber ich kann ab jetzt gern darauf verzichten, irgendjemanden außer dir attraktiv zu finden.«

»Nun ja, eigentlich gefällt es mir, wenn wir gemeinsam über unsere Promi-Schwärmereien tratschen«, gab sie zu.

»Das hat mir schon immer das Gefühl gegeben, dass wir nicht ohne Grund beste Freunde sind.«

»Wir sind nicht nur beste Freunde, weil wir beide für Michael B. Jordan schwärmen.«

»Und Jennifer Garner. Wir dürfen nicht vergessen, dass wir tagelang *Alias* geschaut haben.«

Marcus grinste und schüttelte den Kopf. »Stimmt, diese Zeiten werden wir wohl nie vergessen. Auch wenn mir das mit der roten Perücke bis heute ein Rätsel ist.«

»Du musst es nicht verstehen«, entgegnete sie. »Es reicht, wenn du weißt, dass sie verdammt hübsch damit aussah.«

»Wie du meinst. Jetzt müssen wir aber wirklich los. Du musst mir allerdings versprechen, dass du für Madison nicht die Kupplerin spielst.«

»Warum nicht?«

»Weil du dafür kein Talent hast«, erklärte er. »Das wissen wir beide.«

»Ich habe nur einmal danebengegriffen. Ich wusste nicht, dass die beiden Cousins sind.«

»Sie hatten denselben Nachnamen«, gab er zu bedenken. »Und ich bin mir ziemlich sicher, dass du sie beide bei einem Familiengrillfest kennengelernt hast, zu dem sie die Nachbarn eingeladen hatten.«

»Ich dachte, einer von ihnen sei nur ein Nachbar. Ich fasse es nicht, dass du immer noch darauf herumreitest.«

»Ich meine ja nur«, erwiderte er im Flüsterton.

»Hör schon auf. Ich werde nicht die Kupplerin spielen, sondern Freundinnen zusammenbringen.« Sie stöhnte. »Zugegeben, das klingt auch nicht besser. Aber Madison geht mir langsam ins Netz.« Sie hielt erneut inne, während Marcus sie mit einem amüsierten Blick bedachte. »So habe ich das nicht gemeint.«

»Oh, ich stelle mir gerade bildlich vor, wie du dieses Netz aus Freunden und Bekannten spinnst«, frotzelte er.

»Ach, sei ruhig. Wie ich schon sagte, ist Madisons Familie furchtbar. Das wissen wir alle. Und da sie endlich etwas mehr Zeit mit uns verbringt, werde ich dafür sorgen, dass sie sich in unserer Familie willkommen fühlt. Als eine von uns.«

»Ich werde es nicht noch einmal sagen: Ich glaube nicht, dass ihr eine Sekte seid.«

»Das habe ich auch nicht erwartet. Und wir sind keine Sekte. Wir sind die Montgomerys.«

»Ist das etwa euer offizielles Familienmotto?«, neckte er sie.

Sie knurrte. »Jetzt müssen wir aber wirklich los.«

Bevor sie sich in Bewegung setzen konnten, hielt er noch einmal inne. »Wird Madison auch dort sein?«

»Ja, sie kommt zusammen mit Lincoln.« Bristol schenkte ihm ein zuckersüßes Lächeln und klimperte mit den Wimpern.

»Du hast mit Lincoln darüber gesprochen, nicht wahr?«

»Nein, ich habe mit Ethan gesprochen, weil er gerade in der Nähe war. Er hat mit Lincoln gesprochen.«

»Oh, welch Netz du doch spinnst«, sagte Marcus.

»Ach, hör schon auf«, erwiderte sie lachend.

Die Fahrt zum Haus ihrer Eltern war kurz. Bristol staunte immer noch darüber, dass sie es irgendwie geschafft hatten, alle so nahe beieinander zu leben. In der heutigen Zeit war das längst nicht mehr selbstverständlich.

»Ich bin so dankbar, dass unsere Familien alle noch hier leben. Liam und ich sind zwar beruflich viel herumgekommen, aber jetzt sind wir alle hier. Verstehst du, was ich meine?«

Marcus streckte die Hand aus und drückte ihr Knie.

Obwohl sich ihr Magen bei seiner Berührung augenblicklich zusammenzog, wirkte die vertraute Geste entspannend.

»Ich verstehe dich nur zu gut. Ich weiß nicht, was ich tun würde, wenn ich weit weg von meiner Familie leben müsste. In dieser Hinsicht bin ich wohl verwöhnt.«

»Es ist schon ein Wunder, dass deine drei Schwestern alle geheiratet haben und trotzdem in deiner Nähe wohnen.«

»Bei deiner Familie ist es doch genauso. Etwa neunzig Prozent deiner Cousins und Cousinen leben sogar in diesem Bundesstaat.«

»Ich glaube, mittlerweile sind es fast hundert Prozent. Einer von ihnen ist erst kürzlich wieder hierhergezogen.«

»Das ist wirklich bemerkenswert«, stellte Marcus fest.

»Wir stehen uns eben alle ziemlich nahe.« Sie hielt inne. »Aber wir sind keine Sekte.«

»Das behauptest du. Aber nun bin ich hier, kurz vor meiner feierlichen Vereidigung. Bekomme ich eigentlich eine Robe oder etwas Ähnliches?«

»Nein«, erwiderte sie. »Die Familienzugehörigkeit wird dir mit Tinte in die Haut gebrannt.«

Marcus sah sie an und lachte schallend, als er vor dem Haus ihrer Eltern parkte. »Du hast recht. Die Tatsache, dass die Mitglieder deiner Familie alle eine Tätowierung haben – die sogar diejenigen bekommen, die einheiraten –, verrät mir, dass ihr mehr mit einer Sekte gemein habt, als du wahrhaben willst.«

»Idiot«, konterte sie lachend, als sie aus dem Wagen stiegen. Marcus legte seinen Arm um ihre Taille und presste seine Lippen auf ihre, während sie sich kichernd an ihn schmiegte.

»Ihr seid trotzdem eine Sekte«, flüsterte er.

»Da seid ihr ja. Ich bin so froh, dass ihr gekommen seid«, rief ihre Mutter vom Eingang aus und klatschte freudig in die Hände. Also schön, offenbar hatten sie sich für öffentliche Zuneigungsbekundungen entschieden und gaben sich ganz natürlich.

Es war schließlich ganz natürlich. Sie würden heiraten und planten eine gemeinsame Zukunft. Außerdem küssten und berührten sie sich, als hätten sie nie etwas anderes getan. Als seien diese Liebkosungen schon immer Teil ihres Lebens gewesen.

Allerdings war Bristol immer noch nervös, während sie im Geist alle erdenklichen Szenarien durchspielte, die schiefgehen könnten. Heute Abend wollte sie diese Sorgen jedoch beiseiteschieben.

»Kommt rein. Wir sind gerade bei den Vorspeisen«, sagte ihre Mutter.

Bristol runzelte die Stirn. »Sind wir etwa die Letzten?«

Ihre Mutter zuckte nur mit den Schultern, während sie auf die beiden zuging. Sie hauchte Bristol einen Kuss auf die Wange und stellte sich dann auf die Zehenspitzen, woraufhin Marcus sich bereitwillig zu ihr hinunterbeugte, damit sie auch ihn herzlich begrüßen konnte.

»Ja, aber Aaron war schon früh hier. Ich nehme an, er wollte dir heute eine Nasenlänge voraus sein.«

»Verdammter kleiner Bruder«, murmelte Bristol.

»Du weißt doch, dass er sich für den großen Bruder hält. Keine Ahnung, woran das liegt. Wahrscheinlich ist es der klassische Kleine-Bruder-Komplex«, sagte ihre Mutter lachend.

»Und trotzdem bin ich hier derjenige, der angeblich den Mittelkind-Komplex hat?«, warf Ethan ein, als er zur Tür kam. »Kommt rein. Wir essen gerade Bruschetta und Caprese-Salat.«

»Oh, das klingt köstlich, aber ich dachte eigentlich, es gäbe Braten mit Kartoffeln«, sagte Bristol. »Mir war nicht bewusst, dass man das zusammen serviert.«

Ihre Mutter lächelte. »Ich hatte einfach Lust darauf. Allerdings gab es im Supermarkt nicht den Braten, den ich wollte, also habe ich mich für gebratenes Hähnchen entschieden, gefüllt mit Zitronen und frischen Kräutern. Dazu gibt es Kartoffelpüree, Spargel, Rosenkohl, glasierte Karotten und Kartoffelgratin.«

»Ich glaube, ich habe mich gerade in dich verliebt«, sagte Marcus mit einem breiten Grinsen. »Im Ernst, ich bin am Verhungern.«

»Dann komm rein und iss etwas Bruschetta.« Ihre Mutter warf Bristol einen strengen Blick zu. »Warum fütterst du diesen Mann eigentlich nicht? Du kennst deine Pflicht.«

Bristol widerstand dem Drang, ihrer Mutter den Mittelfinger zu zeigen, und verdrehte lediglich die Augen. »Sicher, ich glaube dir aufs Wort, dass es meine heilige Pflicht ist, dafür zu sorgen, dass mein Mann niemals hungern muss.«

»Du hast ihn ›deinen Mann‹ genannt. Das ist so aufregend.« Sie drückte Bristol einen weiteren Kuss auf die Wange, packte Marcus am Arm und zog ihn in Richtung Esszimmer.

In diesem Moment gesellte ihr Vater sich zu ihr und umarmte Bristol. »Ignoriere deine Mutter. Du weißt doch, wie gern sie dich aufzieht. Und du weißt, dass ich die Vorspeisen gemacht habe.«

»Ist das der Grund, warum sie nicht zum restlichen Menü passen?«

»Deine Mutter hatte Lust auf Tomaten, auch wenn das nicht zu den anderen Gerichten passt. Also gibt es heute eben einfach das, worauf wir gerade Lust hatten. Das steht uns doch zu, nicht wahr?«

»Und ausgerechnet heute hast du uns strikt verboten, irgendetwas zum Essen mitzubringen«, stellte sie fest.

»Das ist wahr, doch das liegt daran, dass ihr jetzt alle erwachsen seid«, erklärte ihr Vater. »Deshalb haben wir die Regeln geändert und halten die Montgomery-Abende nun auch bei jedem von euch ab statt nur bei uns zu Hause.«

»Liam ist der Nächste, nicht wahr?«

»Und dann Ethans Familie. Danach bist du mit Marcus an der Reihe, und Aaron bildet das Schlusslicht.«

»Wie immer wird das Baby der Familie vergessen«, murrte Aaron.

»Im Ernst?«, meldete Madison sich zu Wort und lachte. »Du hast dich in jedes Gespräch eingemischt, seit ich hier bin. Ich bin mir ziemlich sicher, dass bei dir nichts *vergessen* wird.«

Bristol klatschte begeistert in die Hände. »Madison! Du bist da. Und du bist offiziell meine neue Lieblingsperson. Wir müssen Aaron die Leviten lesen. Das ist die wichtigste Regel, um in unsere Sekte aufgenommen zu werden. Ich meine natürlich in unseren Clan.«

»Ich habe dir doch gesagt, dass ihr eine Sekte seid«, rief Marcus ihr von der anderen Seite des Raumes zu. Er hielt zwei Teller in der Hand, von denen er ihr einen entgegenstreckte. »Hast du Hunger?«, fragte er.

Sie lächelte und ging zu ihm, um den Teller entgegenzunehmen.

»Danke.«

»Gern geschehen.«

»Wisst ihr, mir ist klar, dass ihr das schon immer so gemacht habt, aber es ist irgendwie seltsam, das jetzt zu beobachten, wo du diesen Ring trägst«, warf Ethan ein.

Bristol wandte sich ihrem Bruder zu. »Was meinst du damit?«, fragte sie und war plötzlich verlegen. Unwillkürlich begann sie, mit dem Daumen ihren Verlobungsring um den Finger zu drehen.

»Ich meine es nicht böse«, erwiderte Ethan schnell, während seine beiden Partner ihn finster ansahen. »Wirklich nicht.«

»Ich glaube, er wollte damit nur sagen, dass es für uns alle noch ungewohnt ist, dich und Marcus so offen als Paar zu sehen«, erklärte Lincoln gewohnt charmant. »Sicher wirst du uns irgendwann erzählen, wie ihr letztlich zueinandergefunden habt, aber da du den Anstand besessen hast, dich nicht in jeden persönlichen Aspekt unserer Beziehung einzumischen, werde ich jetzt auch nicht nachbohren.«

Bristol atmete erleichtert auf und schmiegte sich an Marcus' Seite.

»Ich habe allerdings nicht gesagt, dass *ich* mich zurückhalten würde«, fügte Aaron hinzu, nur um im nächsten Moment ein ersticktes »Uff« auszustoßen, als Madison ihm mit dem Ellbogen einen Stoß in die Magengrube versetzte.

»Hör auf damit«, zischte sie.

»Du kennst mich kaum, und trotzdem tust du mir weh? Lincoln, halte deine Cousine in Schach.«

»Madison, ich erlaube dir hiermit, nach Belieben mit Aaron zu verfahren. Von mir aus kannst du ihn verprügeln. Er hat es wahrscheinlich verdient.«

Madison schenkte ihrem Cousin ein Lächeln. »Danke. Weißt du, jetzt habe ich das Gefühl, ein Teil dieser Familie zu sein.«

»Ja, das Gefühl habe ich auch«, murrte Aaron.

Lachend beobachtete Bristol das Geplänkel.

In diesem Moment traten Liam und Arden aus dem

hinteren Zimmer. Beide wirkten ein wenig zerzaust, und alle gaben ihr Bestes, nicht in schallendes Gelächter auszubrechen.

»Entschuldigt, wir waren gerade mit Jasper draußen«, erklärte Liam hastig.

Der weiße Siberian Husky nutzte den Moment und trottete schwanzwedelnd in die Runde, um sich seine Streicheleinheiten abzuholen. Er war ein äußerst braver Hund und bettelte nie am Tisch, doch Bristol war sich sicher, dass Aaron ihm später heimlich ein paar Reste zustecken würde.

Bristol würde sich zurückhalten, vor allem weil sie wusste, dass die anderen ihn füttern würden, und sie wollte ihn nicht überfordern. Dennoch liebte sie das Tier abgöttisch. Wäre sie häufiger zu Hause, würde sie sich selbst einen Hund zulegen, doch sie wusste, dass es in ihrer jetzigen Situation nicht fair gegenüber dem Tier wäre.

Womöglich war ein Hund doch denkbar, da Marcus zu Hause sein würde. Bei dem Gedanken überkam sie sofort ein schlechtes Gewissen und ihr zog sich der Magen zusammen. Was, wenn sie wieder auf Tournee ging? Würde er sie begleiten? Nein, unmöglich. Er hatte einen Vollzeitjob, den er obendrein liebte. Würde ihre Beziehung der räumlichen Trennung überhaupt standhalten?

Und was, wenn sie erst verheiratet wären und Kinder hätten? Würde sie zurückstecken und zu Hause bleiben? Oder er? Sie kannte die Antwort nicht, doch sie würden darüber reden müssen. Noch befanden sie sich in der Anfangsphase, und ganz gleich, welchen Namen sie ihrer Beziehung gaben, Bristol wusste nicht, ob sie schon bereit waren.

Marcus drückte ihre Schulter und suchte ihren Blick.

»Was ist los?«

Sie bemühte sich um eine neutrale Miene und schüttelte den Kopf. »Nichts. Ich grüble nur wieder zu viel.«

»Du weißt doch, dass dir das nicht guttut.«

»Ja, ich weiß. Ich kann nichts dagegen tun. Jetzt esse ich erst mal etwas Bruschetta und danach ärgere ich meinen kleinen Bruder. Einfach, weil ich es kann.«

»Ich habe das unbestimmte Gefühl, dass Madison das für dich übernimmt.«

»Ich wusste doch, dass ich sie mag«, erwiderte Bristol rasch und verdrängte sämtliche Gedanken an eine mögliche Katastrophe. Sie hatte panische Angst davor, was geschehen würde, wenn sie tiefer in dieses neue Kapitel ihres Lebens eintauchten und feststellten, dass sie es gar nicht hätten aufschlagen sollen.

Was, wenn es nicht funktionierte? Und was, wenn sie mit einem Kuss und einem Versprechen unwiderruflich alles zerstört hatten, was sie je verbunden hatte?

KAPITEL ZWÖLF

Nun begriff Marcus genau, was Bristol eine Woche zuvor gefühlt haben musste, als sie ihn erneut ihrer Familie präsentiert hatte.

Natürlich hatte sie ihn nicht offiziell vorgestellt, immerhin hing bei ihnen zu Hause längst ein Weihnachtsstrumpf mit seinem Namen. Doch es war das erste Mal, dass er Bristol als ihr Verlobter begleitet hatte. Auch wenn ihm die direkten Fragen erspart geblieben waren, hatte er doch das Gefühl, dass sie in einem Moment der Unachtsamkeit auf ihn hätten einprasseln können. Tatsächlich waren alle auffallend behutsam mit dem Thema umgegangen.

Das Ganze legte die Vermutung nahe, dass die Montgomerys möglicherweise ahnten, dass ihre Beziehung keinen normalen Verlauf genommen hatte.

Er hatte diese ganze Tortur irgendwie unbeschadet überstanden, weil er spürte, dass alle nur darauf warteten, was als Nächstes zwischen ihnen geschehen würde.

Womöglich bewegten sie sich ebenso auf Eierschalen wie Bristol und er.

Heute Abend ging es jedoch nicht um sie, sondern um *seine* Familie.

Er hatte keine Ahnung, wie dieses Abendessen verlaufen würde, aber er musste mit Zuversicht an die Sache herangehen.

Er sorgte sich nicht ernsthaft darum, seine Familie könne Bristol abweisend behandeln, denn das hatten sie auch in der Vergangenheit nie getan. Seine Eltern liebten sie bereits wie eine eigene Tochter, und mit seinen Schwestern verstand sie sich so blendend, als sei sie von Anfang an ein Teil der Familie gewesen.

Über die Jahre hatten seine Geschwister ihn wegen seiner Verbindung zu Bristol unerbittlich aufgezogen. Sie brannten darauf zu erfahren, wie ihre Beziehung sich entwickelt hatte, doch Marcus konnte es selbst kaum erklären. Seine Schwestern waren Bristol gegenüber nie boshaft gewesen, ebenso wenig wie die Montgomerys ihm gegenüber. Sicher, Aaron hatte sich vor ein paar Wochen wie ein Idiot aufgeführt, als er versucht hatte herauszufinden, wie ihre Beziehung begonnen hatte. Doch Marcus nahm es ihm nicht übel. Er würde die Details zwar weiterhin für sich behalten, doch er verstand Aarons Neugier nur zu gut. Schließlich hatte er die Ehemänner seiner eigenen Schwestern genauso in die Zange genommen – meistens nur zum Schein, denn er mochte die Kerle. Er hoffte, dass es diesmal genauso laufen würde. Die anderen Montgomerys hatten ihn verschont, und dafür war er dankbar.

Heute Abend drehte sich jedoch alles um die Familie Stearn.

»Ich glaube, ich muss mich übergeben«, sagte Bristol.

Marcus warf einen Blick auf Bristol, die auf dem Beifahrersitz seines Wagens saß und ihre Fäuste gegen die Knie presste. Sie trug eine graue Hose und ein Oberteil, das wie eine Mischung aus einem Langarmhemd und einem Cape wirkte. Es erinnerte ihn an ein Gleithörnchen. Als er ihr das vor einem Jahr zum ersten Mal gesagt hatte, hatte sie ihn mit einem vernichtenden Blick gestraft und war aus dem Zimmer gestürmt. Dass sie das verdammte Ding immer noch trug, verriet ihm, dass es ihr wohl gefiel. Seiner Meinung nach stand es ihr fantastisch, doch das Bild eines Gleithörnchens bekam er einfach nicht aus dem Kopf.

»Warum musst du dich übergeben?«

»Erstens, ich kenne diesen Blick. Du denkst an das Flughörnchen, wenn du mein Oberteil betrachtest. Das ist einfach unverschämt. Ich sehe darin fantastisch aus. Es verleiht mir eine Sanduhrfigur, obwohl es ein Cape ist. Das ergibt zwar keinen Sinn, aber ich liebe es trotzdem. Und deinen Schwestern gefällt es auch. Deshalb dachte ich, es sei der perfekte Glücksbringer. Also verliere bloß kein Wort über das Flughörnchen.«

Er schnaubte und schüttelte den Kopf. »Wie zum Teufel konntest du wissen, woran ich denke, ohne mich überhaupt richtig anzusehen?«, fragte er.

Sie zuckte mit den Schultern. »Du bist mein bester Freund. So etwas weiß ich einfach. Außerdem grinst du immer so verschmitzt, wenn du versuchst, dir das Lachen über etwas zu verkneifen, von dem du weißt, dass es mich ärgert. Und da das Einzige in diesem Wagen, das diese Reaktion bei dir auslösen könnte, mein Oberteil ist, fick dich.«

»Also, hättest du auch versucht, mich zu schlagen, wenn ich an irgendetwas anderes gedacht hätte, das mich zum Lachen bringt?«

»Nein, schon deshalb nicht, weil du am Steuer sitzt und ich eigentlich vorhabe, lebend bei deinen Eltern anzukommen.« Sie hielt kurz inne und verzog die Lippen zu einem

Lächeln. »Danke, dass du versuchst, mich von der Tatsache abzulenken, dass ich mich jeden Moment übergeben muss.«

Marcus runzelte die Stirn. »Musst du dich jetzt wirklich übergeben?«, fragte er und hielt bereits Ausschau nach einer Parklücke am Straßenrand.

»Nicht wirklich. Zumindest hoffe ich das.« Sie presste eine Hand an ihren Bauch, mitten auf das Gleithörnchen-Oberteil.

Marcus grinste erneut.

»Hör verdammt noch mal auf, an Gleithörnchen zu denken.«

Er brach in schallendes Gelächter aus, und sie stimmte mit ein. Beide schüttelten amüsiert den Kopf, während er den Wagen um die nächste Kurve lenkte.

»Ich bin einfach nervös«, gab sie zu. »Immerhin ist dies deine Familie. Deine Eltern. Deine Schwestern und ihre Männer. Das macht mir Angst.«

»Du warst doch schon genauso oft bei mir zu Hause wie ich bei dir.«

»Es fühlt sich nur nicht immer so an. Vielleicht liegt das daran, dass ich egozentrisch bin.«

»Halt die Klappe«, entgegnete er.

»Halt du doch die Klappe«, konterte sie.

Sie lachten erneut, und die Anspannung löste sich ein wenig. »Ich will einfach keinen schlechten Eindruck hinterlassen«, sagte sie.

»Meine Familie kennt dich. Du hast sogar schon bei meinen Eltern übernachtet, als ich gar nicht zu Hause war.«

Obwohl er den Blick auf die Straße gerichtet hatte, spürte er förmlich, dass sie ihn mit verengten Augen fixierte. Das tat sie jedes Mal, wenn diese Geschichte zur Sprache kam.

»Wir waren in der Mittelstufe«, sagte sie. »Ich sollte mit dir an unserem Astronomieprojekt arbeiten und bei dir übernachten. Nur hast du es vergessen und beschlossen, stattdessen zu einer Pyjamaparty bei deinem Freund zu gehen. Du weißt schon, du wolltest mit den Jungs feiern, ohne irgendwelche Mädchen einzuladen.«

»Gemischte Pyjamapartys waren in dem Alter keine gute Idee.«

»Wir hatten nie ein Problem damit. Doch dann tauchte ich bei euch auf, mit meinem winzigen Teleskop und einem Schlafsack unter dem Arm. Deine Mutter warf nur einen Blick auf mich und verfluchte auf der Stelle deinen Namen.«

»Das sieht meiner Mutter ähnlich«, erwiderte er und verdrehte die Augen, als er erneut um eine Kurve bog.

»Wie dem auch sei, deine Mutter bat mich herein, und deine Eltern und Schwestern verbrachten den ganzen Abend mit mir im Garten, um mir bei meinem Projekt zu helfen. Meine Eltern waren schon bereit, mich abzuholen und sich für das Durcheinander zu entschuldigen. Vor allem weil unsere Väter alles abgesprochen hatten, ohne unseren Müttern etwas von dem Plan zu erzählen.«

Marcus schnaubte. »Und das bedeutete natürlich, dass auch unsere Väter Ärger bekamen. Schließlich durften sie keine Pläne schmieden, ohne sie in den Kalender einzutragen.«

»Ganz genau«, pflichtete sie ihm lächelnd bei. »Aber es war einer der schönsten Abende überhaupt. Dein Vater wusste einfach alles über Astronomie. Wir haben ein Programm auf deinem alten Computer benutzt, das uns half, all die Sternbilder zu finden, die wir in dem Buch nicht identifizieren konnten. Es war großartig. Ich wünschte, du wärst dabei gewesen.«

»Ich war auf dem Weg zu meinem Kumpel, um über Mädchen zu reden. Du weißt schon, darüber, wie abscheulich wir sie fanden.«

»Du warst in der Mittelstufe«, gab sie zu bedenken. »Waren Mädchen damals wirklich so widerlich?«

Marcus zuckte mit den Schultern. »Vielleicht nicht. Aber *wir Jungs* waren ziemlich abscheulich.«

»Das ist wohl wahr.«

Sie bogen in das Viertel seiner Eltern ein. Kurz darauf parkte er vor dem Haus und stellte den Motor ab, doch er stieg noch nicht aus. Stattdessen löste er seinen Gurt und drehte sich zu Bristol um, um sie direkt anzusehen. »Alles wird gut. Du und ich? Wir werden das jetzt hinter uns bringen.«

»Wir bringen es hinter uns?«, wiederholte sie und zog fragend die Brauen in die Höhe.

Marcus zuckte unwillkürlich zusammen.

»Ich will damit sagen, dass wir es schon schaffen werden«, stellte er klar. »Sie lieben dich. Wir gehen da jetzt rein und essen mit ihnen zu Abend. Sie werden höchstwahrscheinlich mich in die Mangel nehmen. Nicht dich.«

Bristol schnaubte. »Du bist das Nesthäkchen. Der Goldjunge. Sie werden dich nicht in die Mangel nehmen.«

»Du tust gerade so, als hättest du meine Familie noch nie getroffen.«

»Haben wir nicht gerade erst darüber gesprochen, wie gut ich sie kenne?«, fragte sie und beugte sich zu ihm vor.

Weil er sich nicht beherrschen konnte – und weil ihm diese neue Facette ihrer Beziehung irgendwie gefiel –, drückte er ihr einen zärtlichen Kuss auf die Lippen. »Lass uns reingehen. Sie werden nicht ewig auf uns warten.«

Ein plötzliches Klopfen gegen die Fensterscheibe jagte

beiden einen gewaltigen Schreck ein. Bristol schrie auf, während Marcus lachte.

»Scheinbar lassen sie auch nicht lange auf sich warten«, sagte er.

»Da sind sie ja.«

Er drehte sich um und sah Vanessa neben dem Wagen stehen. Sie klopfte erneut gegen die Scheibe und grinste über das ganze Gesicht, auch wenn sie amüsiert den Kopf schüttelte.

Kaum waren Bristol und er ausgestiegen, eilten Jennifer und Andie auf die Beifahrerseite und zogen Bristol in ihre Arme.

Er hatte keinen Grund zur Sorge, oder doch? Seine Familie vergötterte sie. Nur weil er nervös war und befürchtete, sie könnten denken, dass ihre Beziehung zu schnell voranschritt, bedeutete das nicht, dass sie Bristol die kalte Schulter zeigen würden.

Wahrscheinlich würden sie eher ihn in die Zange nehmen, und ehrlich gesagt hatte er das wohl auch verdient. Immerhin hatten sie sich scheinbar aus heiterem Himmel verlobt.

Letztendlich wollte er seine Familie nicht vor den Kopf stoßen, schon gar nicht seine Mutter, indem er das Versprechen brach, das Bristol und er sich gegeben hatten.

»Sieh dich nur an, du knutschst lieber mit deiner Verlobten rum, statt ins Haus zu kommen.« Seine Schwester drückte ihm einen Kuss auf die Wange, nur um ihm im nächsten Moment einen spielerischen Klaps auf den Arm zu versetzen. »Hast du alles mitgebracht, worum wir dich gebeten haben?«

Marcus nickte und fischte zwei Flaschen Wein und eine Dose Kekse vom Rücksitz. »Bristol und ich haben sie selbst gebacken.«

»Ihr backt zusammen?«, fragte Andie und verschränkte die Hände vor der Brust. »Wie entzückend.«

»Sind sie denn genießbar?«, stichelte Jennifer und wich zur Seite aus, als Andie versuchte, ihr einen Ellbogen in die Rippen zu stoßen.

»Hey, was hast du denn? Ich mache mich nicht über dich lustig, sondern über unseren kleinen Bruder. Das war schließlich schon immer erlaubt. Nur weil er jetzt tatsächlich eine Frau an seiner Seite hat, die wir alle lieben, heißt das nicht, dass ich ihn nicht aufziehen darf.«

»Die sind mehr als genießbar«, antwortete Bristol lachend. »Und danke, dass ihr davon ausgeht, es sei seine Schuld, wenn sie nicht essbar wären. Wir wissen doch alle, dass er derjenige ist, der kochen und backen kann. Ich habe einmal buchstäblich einen Topf ruiniert, als ich einfach nur Wasser kochen wollte.«

»Du musstest üben und hast vergessen, den Herd auszuschalten. Das kommt vor«, sagte Marcus.

»Und du liest entweder ein Buch oder lauschst einem Hörbuch, während du am Herd stehst. Trotzdem brennt bei dir nichts an«, entgegnete sie.

»Seht euch nur an! Ihr streitet euch, obwohl ihr euch eigentlich gar nicht streitet.« Andie trat aufgeregt von einem Fuß auf den anderen. »Ihr seid so süß. Kommt rein, denn ihr wisst genau, dass Mom und Dad uns von drinnen beobachten.«

Marcus warf einen Blick auf das Haus. Tatsächlich standen seine Eltern am Fenster und winkten ihnen zu.

»Stimmt, es ist ziemlich schwül heute. Ich wette, dein Vater will nicht, dass deine Mutter rausgeht – nur für den Fall«, vermutete Bristol. Die anderen tauschten Blicke aus und lächelten sanft, woraufhin sie verlegen zusammenzuckte. »Tut mir leid.«

Marcus legte ihr eine Hand an den Rücken und streichelte sie beruhigend.

»Nicht doch, wir sprechen häufig darüber«, sagte Andie. »Wir machen uns alle so große Sorgen um sie, dass wir sie damit regelrecht in den Wahnsinn treiben. Wir kümmern uns eben umeinander. Also, du darfst ihr ruhig auch auf die Nerven gehen. Schließlich können wir nicht zulassen, dass du von uns allen der Liebling bist.«

»Ich dachte, Chris sei der Liebling«, warf Marcus trocken ein und bezog sich damit auf Andies Ehemann.

»Ist er auch«, pflichtete Andie ihm bei und seufzte.

Jennifer verdrehte die Augen. »Unsere Männer sind im Haus. Wir haben sie gebeten, uns nicht nach draußen zu begleiten, weil wir euch in Ruhe aufziehen wollten.«

»Es hat sie ihre gesamte Willenskraft und uns eine Menge Überredungskunst gekostet, sie im Haus zu halten«, ergänzte Vanessa. »Also, lasst uns reingehen, damit das Verhör beginnen kann.«

»Seid bloß nett zu Bristol«, mahnte Marcus.

»Bristol hat nichts zu befürchten. Wir lieben sie und freuen uns, dass sie zur Familie gehört. Du hingegen ... Du bist derjenige, den wir ins Kreuzverhör nehmen werden.«

Während sie sich gegenseitig weiter stichelten, betraten sie das Haus. Seine Mutter zog Bristol in ihre Arme, während sein Vater ihr die Tasche abnahm und sie an den Haken neben der Tür hängte.

»Da seid ihr ja«, sagte seine Mutter und hauchte ihm einen Kuss auf die Wange. Marcus schlang die Arme um sie und drückte sie fest an sich. Er atmete den vertrauten Duft ein, der ihn an sein Zuhause erinnerte und an die Frau, die ihm sein ganzes Leben lang beigestanden hatte.

Als er sie vor Jahren fast verloren hätte, war es ihm vorgekommen, als würde ein Teil seiner selbst wegbrechen.

Vielleicht hatte er damals tatsächlich etwas von sich verloren.

Doch sie jetzt hier zu haben und dieses unglaubliche Glück in ihrem Gesicht zu sehen half ihm, sein zerbrochenes Ich wieder zusammenzusetzen.

Und als er über den Kopf seiner Mutter hinweg einen Blick auf Bristol warf, dachte er, dass er an ihrer Seite vielleicht irgendwann wieder vollkommen sein könnte.

Es hätte ihm Angst machen müssen, doch das tat es nicht. Bristol war immer da gewesen. Doch jetzt, da er sich erlaubte, mehr in ihr zu sehen als nur seine Vertraute, drängten die Gefühle an die Oberfläche, die er jahrelang begraben hatte. Sie brodelten in ihm und waren kurz davor zu explodieren.

Es hatte nur ein zufälliges Missverständnis und ein Versprechen gebraucht, das Außenstehende wohl niemals begreifen würden, um diese Empfindungen zu befreien.

Sie aßen, tranken und lachten. Niemand nahm sie ins Kreuzverhör – weder ihn noch Bristol. Das ergab für ihn keinen Sinn. Eigentlich hätten sie sie aushorchen müssen. Sie hätten wissen wollen müssen, wie zum Teufel sie sich aus heiterem Himmel entschlossen hatten, sich zu verloben. Doch niemand fragte. Vielleicht fürchteten sie, die Seifenblase könnte platzen und alles wäre wieder wie früher. Doch nichts würde wieder wie früher sein. Marcus glaubte nicht, dass er das zulassen würde.

»Das war bei Weitem nicht so schlimm wie erwartet«, sagte Bristol später, als sie ihre Haarspange löste und sich die Kopfhaut rieb.

Marcus stellte die leere Keksdose beiseite und fischte Brieftasche und Schlüssel aus seinen Hosentaschen, während er sich die Schuhe von den Füßen streifte. Es fühlte sich an, als kehrten sie nach einem langen Tag in ihr gemeinsames Zuhause zurück. Als lebten sie bereits ihre Zukunft. Zumindest war es ein kleiner Vorgeschmack. Sie hatten sich noch nicht entschieden, wo sie leben oder wann die Hochzeitsglocken läuten würden, aber sie würden einen Weg finden. Er vermutete, dass sie diese neue Zweisamkeit erst einmal eine Weile genießen und im Hier und Jetzt leben würden. Der Rest würde sich fügen. Er wusste, dass es nichts bringen würde, sich zu sehr unter Druck zu setzen. Es würde nicht funktionieren, alles bis ins kleinste Detail zu planen.

»Ich finde, es ist sogar sehr gut gelaufen. Für dich zumindest.«

»Nur weil deine Schwestern dich in die Mangel genommen haben, während ihre Männer sich köstlich amüsiert haben, heißt das nicht, dass es für dich schlecht gelaufen ist.«

»Genau das meine ich. Ich verstehe einfach nicht, wie ich plötzlich zum Außenseiter werden konnte. Meine Schwestern sind auf deiner Seite und lieben dich – einfach, weil du eine Frau bist. Und meine Schwager stehen hinter dir, weil du bald offiziell zur Familie gehören wirst. Wie zum Teufel bin ich bei allen im Abseits gelandet?«

Bristol lachte und legte ihre Hände an seine Brust. »Du weißt, dass du kein Außenseiter bist. Weder in meiner Familie noch in deiner. Doch die Tatsache, dass sie uns in Ruhe lassen und nicht auf eine Erklärung drängen, ist sowohl schockierend als auch ein wenig beunruhigend.«

Ihre Worte spiegelten seine eigenen Gedanken wider. Er nickte und strich ihr eine Haarsträhne hinters Ohr. »Ja, ich glaube, sie spüren alle, dass etwas anders ist. Aber sie lassen uns selbst herausfinden, wie wir damit umgehen sollen.«

»Und das ist für unsere Familien ziemlich ungewöhnlich.«

Marcus schnaubte. »Ja, da hast du wohl recht. Eigentlich sollte mir das Sorgen machen, aber ich will mich gerade nicht zu sehr darauf konzentrieren, verstehst du?«

Bristol nickte und stellte sich dann auf die Zehenspitzen, um ihm einen Kuss auf das Kinn zu drücken.

Er grinste und ließ seine Hände langsam an ihrer Taille hinabgleiten, um schließlich ihren Hintern zu umfassen.

Ein Lächeln umspielte Bristols Lippen. »Na, hallo, Mr. Marcus.«

»Du hattest recht«, raunte er. »Dieses Gleithörnchen-Oberteil betont deine Kurven.«

Sie verpasste ihm einen spielerischen Boxhieb gegen die Brust. »Wie kannst du es wagen!«

Marcus schnaubte amüsiert. »Wenn diese winzige Faust tatsächlich Schaden angerichtet hätte, wäre ich jetzt vielleicht beleidigt.«

»Meine Hände sind versichert, Mister. Diese Schätzchen sind mein Kapital. Ich werde sie sicher nicht verletzen, indem ich dich schlage.«

»Immerhin hast du deinen Daumen nicht in die Faust gesteckt«, bemerkte er.

»Natürlich nicht. Meine Brüder haben mich schließlich trainiert«, erwiderte sie. »Außerdem habe ich diese Selbstverteidigungskurse besucht.«

»Stimmt, die hatte ich ganz vergessen«, sagte Marcus, wobei seine Stimme merklich tiefer klang.

»Liam hat mich dazu gezwungen, bevor ich zum ersten Mal auf Tournee ging. Erinnerst du dich noch? Das war vor meinem zwanzigsten Geburtstag.«

Marcus stieß den Atem aus. »Ich erinnere mich. Der Geburtstag, der alles verändert hat.«

»Ja, aber zum Besseren, oder?«, fragte sie leise.

Marcus wusste nicht, was er erwidern sollte. Tief in seinem Inneren glaubte er zwar, dass sie recht hatte, doch was, wenn er sich irrte? Was, wenn dies der Anfang vom Ende war?

Er verdrängte diesen düsteren Gedanken. Statt einer Antwort presste er seine Lippen auf die ihren und stöhnte.

Er legte all seine Gefühle in den Kuss und gab sich ihr vollkommen hin.

Bald würde der Moment kommen, in dem bloße Berührungen und Küsse nicht mehr ausreichten. Sie würden sich dem stellen müssen, was die Zukunft für sie bereithielt.

Doch noch war es nicht so weit.

Für den Augenblick würden sie sich treiben lassen und im Hier und Jetzt leben.

Die Zukunft würde früh genug beginnen. Und sie würden sich ihr stellen.

Er hoffte inständig, dass sie diesen Weg gemeinsam gehen würden.

KAPITEL DREIZEHN

»Ich dachte, du hättest heute frei?«, fragte Ronin, als er in Marcus' Büro kam. Marcus hob den Kopf und nahm seine Lesebrille ab. Er brauchte sie nicht ständig, doch wenn er über Stunden klein gedruckte Texte las, ermüdeten seine Augen. Außerdem verfügte sie über einen Blaulichtfilter, der ihn bei der Arbeit am Bildschirm entlastete. Dass Bristol ihn mit Brille attraktiv fand, war ein Pluspunkt.

Bei dem Gedanken an sie unterdrückte er ein Lächeln. Sie war ihm schon immer im Kopf herumgespukt, doch früher auf eine völlig andere Weise. Dass er nun auf diese Art an sie denken durfte und sogar mehr wollte, hätte ihn eigentlich beunruhigen sollen. Doch das tat es nicht.

Stattdessen genoss er es in vollen Zügen.

»Was ist?«, fragte Marcus und schob seine Gedanken an Bristol und was sie einander bedeuteten beiseite.

Ronin schnaubte. »Ich habe gefragt, was zur Hölle du hier treibst. Ich dachte, du hättest heute frei. Und sieh dich nur an, du stürzt dich zwar in die Arbeit, lässt dich aber ohne Weiteres ablenken. Deinem verträumten Gesichtsausdruck nach zu urteilen hast du an alles gedacht, nur nicht an deinen Job. War es Bristol?«

Marcus kniff sich in die Nasenwurzel – vor allem weil er es hasste, zu lange eine Brille zu tragen. Er drückte sich von seinem Schreibtisch ab und streckte sich.

»Ich habe mich durchaus auf die Arbeit konzentriert. Aber ich wollte mir heute nur den Nachmittag freinehmen, nicht den ganzen Tag«, erklärte er.

»Häufst du dadurch nicht zu viele Überstunden an?«, fragte Ronin und setzte sich ihm gegenüber an den Schreibtisch.

»Wir machen doch ständig Überstunden«, erwiderte Marcus lachend. »Deshalb werden wir nicht stundenweise bezahlt.«

»Das ist wahr.«

»Wie auch immer, ich habe mich gestern in diesem einen Projekt vergraben und wollte es heute fertigstellen. Aber keine Sorge, ich fahre gleich nach Denver und werde dich nicht länger stören.«

»Deshalb bin ich nicht hier, und das weißt du. Du störst mich überhaupt nicht, du Trottel.«

»Hey, wir sind hier bei der Arbeit. Nenn mich nicht Trottel.«

Ronin lächelte nur. »Wie du meinst. Ich habe gerade Pause, und du willst gleich losfahren. Also ... hast du zwei Minuten Zeit?«

»Sicher«, sagte Marcus mit einem skeptischen Unterton in der Stimme.

»Wann ist die Hochzeit?«, wollte Ronin wissen.

Marcus schnaubte. »Hat Aaron dir davon erzählt?«

Ronin zuckte mit den Schultern. »Er war wegen einiger

Texte hier, die er online nicht abrufen konnte, und hat es beiläufig erwähnt. Warum zur Hölle hast du mir verschwiegen, dass du und Bristol euch verlobt habt?«

»Ich glaube, das liegt vor allem daran, dass es sich noch nicht real anfühlt«, gestand Marcus. Die Worte kamen ihm über die Lippen, bevor er sich eines Besseren besinnen konnte.

»Stimmt etwas nicht?«, fragte Ronin zögerlich. »Willst du mir erzählen, was los ist?«

Marcus schüttelte den Kopf. »Nein, das ist eine Sache zwischen Bristol und mir. Ist das in Ordnung?«

Ronin neigte den Kopf und runzelte die Stirn. »Du kennst doch einen Teil meiner Vergangenheit, nicht wahr?«

Marcus nickte. Es war kein Geheimnis, aber auch nichts, worüber Ronin leichtfertig sprach. Schließlich war der Mann nicht immer Bibliothekar gewesen. Er hatte Dinge gesehen, die kein Mensch sehen sollte. Er war durch eine Hölle gegangen, die ihm so viel genommen hatte. Aber er saß hier und sah – soweit Marcus das beurteilen konnte – glücklich aus.

»Also ist dir klar, was ich durchgemacht habe. Deshalb solltest du auch wissen, dass man sich manchmal einfach dem stellen muss, was direkt vor einem liegt. Und hin und wieder muss man sich auf die Menschen stützen, die einem nahestehen, um es durchzustehen.«

»Ja, ich weiß«, erwiderte Marcus mit sanfter Stimme.

»Ich finde, Bristol passt perfekt zu dir. Jedes Mal wenn du von ihr sprichst, lächelst du. Sie ist schlagfertig, talentiert und obendrein verdammt sexy.«

Marcus war heilfroh, dass Ronin die Tür vorhin geschlossen hatte. Die Bibliothek war wahrlich nicht der geeignete Ort für derartige Gespräche.

»Dir ist doch klar, dass unsere etwas spießigeren Besucher nicht gerade begeistert sein werden, wenn sie dich so reden hören.«

»Selbst für eine so fortschrittliche Stadt wie Boulder bin ich ihnen als der Bisexuelle hinter dem Tresen ohnehin ein Dorn im Auge«, sagte Ronin und verdrehte die Augen. »Sie werden meine Wortwahl schon verkraften.«

»Ja, ganz sicher. Und was Bristol betrifft ... wir lassen es eben langsam angehen.«

»So langsam nun auch wieder nicht«, entgegnete Ronin. »Ihr seid verlobt.«

»Wir können verlobt sein und es trotzdem langsam angehen lassen«, entgegnete Marcus, obwohl er genau wusste, wie widersprüchlich das klang. Aber er brauchte einfach noch etwas Zeit, um alles auf sich wirken zu lassen.

»Jetzt fahr zu deinem Termin nach Denver«, sagte Ronin. »Wir laufen dir schon nicht weg. Und ich erwarte eine Einladung zur Hochzeit!«

Marcus schob seinen Stuhl zurück und stand auf. »Du weißt ganz genau, dass du eingeladen bist. Und die Jungs bestehen darauf, dass du bei unserem nächsten Männerabend dabei bist.«

»Muss ich dann auch Gewichte heben?«, fragte Ronin. »Das kann ich zwar tun, aber ich würde viel lieber Hähnchenflügel essen. Gebratene Hähnchenflügel klingen fantastisch.«

»Großartig. Jetzt habe ich Hunger. Vielen Dank auch.«

»Ich tue mein Bestes. Und jetzt zurück an die Arbeit. Der Buchklub kommt heute vorbei.«

Ronin musste nicht weiter ins Detail gehen. Viele Lesegruppen trafen sich in der Bibliothek. Sie mochten sie alle, bis auf eine Ausnahme. Es gab diesen einen Buchklub, dessen Mitglieder unhöflich, mürrisch und anmaßend waren. Sie schienen nicht einmal eine Leidenschaft für

Bücher zu haben, sondern nur einen Ort zu suchen, an dem sie über andere urteilen konnten. Leider konnte Marcus sie nicht einfach rauswerfen, denn seine Chefs vergötterten die Damen. Eine von ihnen war sogar die Cousine eines Vorgesetzten. Also nahmen Ronin und Marcus die Unannehmlichkeiten hin. Es war nur ein kleiner Makel, der seinen Job hin und wieder trübte. Aber letzten Endes war es die Arbeit wert.

Statt den direkten Weg einzuschlagen, fuhr er zuerst bei Bristol vorbei, um sie abzuholen. Er hatte diesen Termin in Denver bereits vor fast einem Jahr vereinbart und damals fest damit gerechnet, die Fahrt allein anzutreten. Eigentlich war er davon überzeugt gewesen, Bristol würde zu diesem Zeitpunkt längst wieder auf Tournee sein. Doch nun würde sie ihn begleiten.

Er bemühte sich, diesen Stich im Herzen zu ignorieren, den er jedes Mal verspürte, wenn er an ihre Tournee dachte. Sie hatte jedes Recht dazu, in der Weltgeschichte herumzureisen. Immerhin war es ihr Job. Nur weil er jetzt schon das Gefühl hatte, dass er sie noch mehr vermissen würde als zuvor, gab ihm das noch lange kein Mitspracherecht. Sie würden einen Weg finden. Er war flexibel genug, um sie überall auf der Welt besuchen zu können. Außerdem gab es noch das Telefon. Dank der Videochats war man nie wirklich weit entfernt voneinander. Zumindest redete er sich das jedes Mal ein, wenn ihn der Gedanke daran wieder einmal überwältigte.

Bristol wartete bereits auf der Veranda auf ihn. Mit einem strahlenden Lächeln lief sie zu seinem Wagen und stieg ein.

»Bist du bereit?«, fragte sie und drückte ihm einen Kuss auf die Lippen. Er brummte, packte ihr Haar und neigte ihren Kopf nach hinten, um sie leidenschaftlich zu küssen.

Sie stöhnte in seinen Mund und klammerte sich an seine Schultern. »Na, wenn das mal keine Begrüßung ist«, hauchte sie. »Womit habe ich das verdient?«

»Ich hatte einfach Lust dazu. Hast du ein Problem damit?«, fragte er und zog herausfordernd eine Augenbraue in die Höhe.

»Ganz und gar nicht. Es hat mir gefallen«, erwiderte sie. »Das wird ein riesiger Spaß. Ich habe dich schon einmal begleitet, als du dir ein Tattoo hast stechen lassen, aber das heute wird großartig.«

»Das will ich doch hoffen. Es ist fast unmöglich, in dem Studio deines Cousins und deiner Cousine einen Termin zu bekommen.«

»Das liegt daran, dass Austin fantastisch ist. Und Maya ebenfalls. Aber heute wird Austin dich betreuen, nicht wahr?«

Marcus nickte und fuhr aus der Einfahrt.

»Das ist richtig. Im Gegensatz zu Maya hat Austin fast alle meine Tätowierungen gestochen. Du weißt ja selbst, wie dein Cousin und deine Cousine sich immer darüber streiten, wer mehr Territorium beanspruchen darf.«

»Sie machen nur Witze. Aber wenn du Maya die Iris stechen lässt, dann herrscht zwischen den beiden wieder Frieden.«

Marcus warf ihr einen vielsagenden Blick zu, bevor er auf die Schnellstraße fuhr.

»Wofür dieser Blick?«, wollte sie wissen.

»Du scheinst ja felsenfest davon überzeugt zu sein, dass ich mir die Montgomery-Iris stechen lasse«, erwiderte er, ohne dass auch nur ein Hauch von Spott in seiner Stimme mitschwang.

»Tust du das etwa nicht?«, fragte sie in einem betont gekränkten Tonfall.

»Nur weil ich meine Lippen auf deine Iris gepresst habe, heißt das noch lange nicht, dass ich mir selbst eine stechen lasse«, konterte er.

»Das klingt viel schlüpfriger, als nötig gewesen wäre«, sagte sie und schnaubte. »Aber ich dachte wirklich, du wolltest so eine Tätowierung. Hast du deine Meinung geändert?«

»Möglicherweise. Schließlich bekommt nicht jeder, der in deine Familie einheiratet, eine Iris, nicht wahr?«

»Ich glaube, fast alle von ihnen haben eine. Obwohl Meghans Ex-Mann wohl keine hat. Genauso wenig wie Alex' Ex-Frau. Aber wie du weißt, waren sie nicht gerade die nettesten Menschen.«

Das war noch untertrieben, aber er wollte jetzt nicht näher darauf eingehen. »Du willst mir also weismachen, dass unsere Ehe automatisch zum Scheitern verurteilt ist, wenn ich mir das Tattoo nicht stechen lasse?«

»Ich sage nur, dass die Statistik diese Theorie zu belegen scheint.«

»Schon gut, wie du meinst. Vielleicht lasse ich es mir irgendwann stechen. Aber im Gegenzug müsste ich mir wohl auch unseren Familiennamen und das Wappen auf den Körper tätowieren lassen, damit meine Familie zufrieden ist.«

»Vielleicht können sich alle von ihnen die Montgomery-Iris stechen lassen.«

»Du hast den Verstand verloren«, sagte Marcus lachend. Er ergriff ihre Hand, während sie weiter nach Süden in Richtung Denver fuhren. Da sie mitten am Tag und unter der Woche unterwegs waren, blieb ihnen die Hauptverkehrszeit erspart. Dank des privaten Parkplatzes direkt hinter dem Studio der Montgomerys war sogar die Parkplatzsuche ein Kinderspiel.

Natürlich war der Parkplatz hinter dem Studio ausschließlich den Mitarbeitern und der Montgomery-Sippe vorbehalten, aber Bristol gehörte schließlich dazu.

»Ich lasse mich heute tätowieren«, sagte Marcus, als sie aus dem Wagen stiegen. »Aber keine Iris.«

»Und definitiv kein Partner-Tattoo«, fügte sie hinzu. »Abgesehen von der Iris natürlich, aber die zählt als Familienwappen und nicht als eines dieser kitschigen Motive für Pärchen.«

Er nickte zustimmend. »Ganz genau. Denn mit einem Partner-Tattoo ist das Ende einer Beziehung praktisch vorprogrammiert. Oder wenn du deinen Namen in meine Haut ätzt.«

»Solche Sachen machen wir hier nicht«, sagte eine Frau mit dunklem Haar und tätowierten Armen, die mit einem verschmitzten Grinsen in der Hintertür stand.

»Maya!«, rief Bristol und lief auf ihre Cousine zu. Maya zog sie in ihre Arme. Die beiden Frauen hüpften lachend vor Freude auf und ab und sahen dabei aus wie zwei übermütige Schulmädchen.

»Aber im Ernst«, sagte Maya. »Keine Namen.«

»Versprochen. Das war nur ein Scherz.«

»Gut«, erwiderte Maya und wandte sich Marcus zu. »Wie ich sehe, hast du einen Termin bei meinem Bruder und nicht bei mir. Ich nehme es dir nicht übel, das ist erlaubt. Aber sobald du offiziell zum Clan gehörst, wird abgewechselt.«

Marcus schüttelte den Kopf. »Ich weiß nicht, Austin hat mittlerweile fast alle meine Tätowierungen gestochen.«

»Das ist wahr. Also bekomme ich den Rest von dir.« Maya zwinkerte ihm zu und legte einen Arm um seine Schultern, um ihn ins Studio zu führen.

»Dann lasst uns mal loslegen.«

Marcus warf Bristol einen Blick über die Schulter zu. Sie klatschte in die Hände und lachte.

Die Montgomerys waren zweifelsohne alle ein wenig verrückt, doch er liebte die Tatsache, dass er bereits zur Familie gehörte.

KAPITEL VIERZEHN

Bristol gab sich ganz dem Rhythmus der Musik hin. Ihr Bogen glitt über die Saiten und entlockte ihnen zielsicher die Töne, die sie im Sinn hatte. Doch in diesem Moment achtete sie nicht mehr auf die Noten vor sich. Sie hatte die Augen geschlossen und ließ sich vom Klang der Melodie forttragen.

Das Stück hatte sie zwar nicht selbst geschrieben, aber sie hatte beschlossen, es ihrem nächsten Album hinzuzufügen. Es handelte sich um eine Komposition über das Älterwerden und die Trauer, aber auch über die große Liebe. Das Werk verlangte ihr jede Faser ihrer Seele, ihres Körpers und ihres Könnens ab.

Und sie liebte es.

Obwohl sie täglich stundenlang übte und auf unzählige Auftritte zurückblicken konnte, würde sie, ungeachtet ihrer jahrlangen Erfahrung, dieses Stück nicht mehr spielen können, wenn sie es nicht regelmäßig probte.

Und genau wegen dieser Herausforderung liebte sie ihren Beruf. Sie lernte ständig dazu, erweiterte kontinuierlich ihr Repertoire und wusste, dass sie sich die Zuneigung und Bewunderung ihres Publikums immer wieder aufs Neue verdienen musste.

Bristol war noch dabei herauszufinden, wer sie als Künstlerin war und in welche Richtung sie sich letztendlich entwickeln würde. Doch genau diese Ungewissheit verlieh ihrem Spiel die besondere Note. Deshalb hatte sie sofort zugesagt, als sie gebeten wurde, bei diesem Konzert in der Innenstadt von Denver zu spielen. Schlichtweg, weil sie es liebte.

Es half ihr zu wissen, dass heute Abend auch die Menschen im Publikum saßen, die ihr am meisten bedeuteten.

Marcus war gekommen, in Begleitung seiner Eltern. Auch Bristols Eltern waren hier, ebenso wie ihre Brüder, deren Frauen und Lincoln. Aaron hatte angekündigt, eine Verabredung mitzubringen, doch sie war sich sicher, dass er nur gescherzt hatte. Er war zu sehr mit seinen Projekten beschäftigt, um Zeit für Rendezvous zu haben. Zumindest war das seine Antwort gewesen, als ihre Mutter ihn zuletzt darauf angesprochen hatte.

Ihre anderen »Schäfchen« waren mittlerweile alle im Trockenen. Aaron war der Einzige, der noch nicht fest liiert war.

Doch Bristol schob diese Gedanken beiseite und konzentrierte sich ganz auf die Musik und auf den Kern dessen, was sie als Künstlerin ausmachte.

Sie war ganz in ihrem Element.

Sie liebte die Musik, das Cello zwischen ihren Knien und die Saiten unter ihren Fingern.

Darüber hinaus spürte sie jedes Mal eine Verbindung zum Publikum, das sich in ihrer Musik verlor. Als sie schließlich die letzte Note erreichte – jene, die ihr den Atem raubte und ihre Augen zum Brennen brachte –, ließ sie den

Klang unendlich lange im Raum nachhallen. Dann folgte Stille.

Absolute Stille.

Erst als der Applaus einsetzte, öffnete sie die Augen und lächelte.

Obwohl sie sowohl den Beifall als auch das Band zu den Menschen im Saal genoss, war ihr liebster Aspekt eines solchen Auftritts – entgegen dem, was viele vielleicht vermuteten – die Musik selbst. Die Vorstellung, dass jeder Zuhörer seine ganz eigene Interpretation ihrer Melodien hatte, war ein weiterer wichtiger Grund. Aber nicht der einzige.

Sie atmete tief durch, stellte ihr Cello ab und erhob sich. Als das Publikum zu jubeln begann, verbeugte sie sich leicht. Sie winkte in die Menge und versuchte, gegen das gleißende Scheinwerferlicht die Gesichter ihrer Lieben auszumachen, doch sie konnte sie nicht sehen. Dennoch wusste sie, dass sie alle da waren. Schließlich hatte sie sie schon vor ihrem Auftritt gesehen.

Doch nun überkam sie eine schwere Müdigkeit, und sie wollte nur noch nach Hause.

Sie war nicht mehr die junge Frau, die damals mit Anfang zwanzig dieses Leben in Angriff genommen hatte. Trotzdem war sie gut in Form und probte so ausgiebig, dass sie wahrscheinlich noch ein paar Stunden hätte weiterspielen können, bevor sie ohnmächtig geworden wäre.

Doch statt auf eine Party zu gehen oder die Nacht durchzutanzen, fuhr sie lieber mit Marcus nach Hause, um eine Mütze voll Schlaf zu bekommen.

Als sie diesen Auftritt kurzfristig angenommen hatte, hatte sie Tag für Tag geübt, um sich darauf vorzubereiten. Die Proben hatten sie so sehr in Beschlag genommen, dass sie seit der Zusage kein einziges echtes Rendezvous mit

Marcus gehabt hatte. Ihre Familie hatte sie kaum gesehen oder gesprochen. Sie hatte sich ganz und gar auf die Musik konzentriert und dabei alles andere außen vor gelassen.

Vielleicht war es an der Zeit, daran etwas zu ändern. Es ging nicht mehr nur um sie allein; sie hatte jetzt einen Partner an ihrer Seite. Sie und Marcus waren ein Team, ein Paar. Bristol war noch nie ein Naturtalent in Sachen Beziehungen gewesen, also musste sie einen Weg finden, besser zu werden.

Kaum hatte sie die Bühne verlassen, kam ihr ihre Assistentin entgegen, um ihr das Cello abzunehmen.

Bristol griff hauptsächlich auf Chelseas Unterstützung zurück, wenn sie auf Tournee war, denn offen gestanden war das alles allein kaum zu bewältigen. Chelsea half ihr auch bei den sozialen Medien, obwohl Bristol sich so oft wie möglich selbst einbrachte. Allerdings war Instagram die einzige Plattform, auf der sie sich noch blicken ließ.

Es war seltsam, dass ihr Name und ihre Musik in manchen Kreisen ein Begriff waren. Dort war sie nicht nur Bristol Montgomery, Tochter, Schwester, Freundin und jetzt Verlobte.

Bei dem Gedanken musste sie lächeln, woraufhin Chelsea ihr einen fragenden Blick zuwarf.

»Es ist nichts. Danke für alles«, sagte Bristol.

»Gern geschehen. Ich kümmere mich um den Rest, aber du bist für heute fertig. Du kannst nach Hause fahren, wenn du willst. Du bist sicher müde. Der Auftritt kam doch relativ überraschend.«

»Das ist wahr. Ich weiß, dass im Anschluss diese Cocktailparty stattfindet, aber dafür bin ich eigentlich viel zu erschöpft.«

»Keine Sorge, alle waren darauf vorbereitet, dass du nach dem Auftritt müde sein würdest. Wir haben dafür gesorgt, dass niemand dich für eine Diva hält, wenn du dich aus dem Staub machst«, erwiderte Chelsea und verdrehte die Augen.

Bristol schenkte ihr ein Grinsen. »Ja, das wäre kein vorteilhafter Ruf.«

»Du, eine Diva? Niemals«, erklang Colins Stimme, und Bristol erstarrte. Sie hatte nicht erwartet, seinen britischen Akzent hier zu hören. Sie war felsenfest davon ausgegangen, er sei längst auf dem Heimweg.

Scheinbar hatte sie sich geirrt.

Nun stand er hier, hinter der Bühne, in einem Bereich, zu dem nicht einmal ihre Familie Zutritt hatte.

Natürlich hatte er sich hineingeschmuggelt.

Doch da sie beobachtet wurden, zwang sie sich zu einem Lächeln und hauchte ihm einen flüchtigen Luftkuss auf die Wangen.

»Ich wusste nicht, dass du heute Abend hier sein würdest«, sagte sie und bemühte sich, den vorwurfsvollen Unterton aus ihrer Stimme herauszuhalten.

»Natürlich bin ich hier. Du bist schließlich mein Mädchen.«

»Colin«, sagte sie warnend, während sie sich weiterhin zu einem Lächeln zwang.

»Ich wollte dir nur sagen, dass du das fantastisch machst. Ganz ehrlich. Sieh dich nur um. Ich bin so stolz auf dich. Es ist nicht zu fassen, wie weit du es gebracht hast.«

War er schon immer so herablassend gewesen oder fiel ihr das erst jetzt auf? Sie konnte kaum glauben, dass sie es so lange mit ihm ausgehalten hatte. Aber das spielte jetzt keine Rolle mehr, sie hatte mit diesem Kapitel abgeschlossen und blickte nur noch nach vorn.

»Hey«, ertönte eine vertraute Stimme neben ihr. Sie

wirbelte herum, und eine Welle der Erleichterung überflutete sie.

»Sie haben dich tatsächlich hier reingelassen«, sagte sie und schlang ihre Arme um Marcus' Taille. Er drückte sie an sich und küsste sie auf den Scheitel, wobei er darauf achtete, weder ihre Frisur noch ihr Make-up zu ruinieren. Dafür war sie ihm dankbar, denn sie hatte heute Morgen eine Ewigkeit gebraucht, um sich trotz ihrer Erschöpfung für den Auftritt zurechtzumachen.

»Ah, der Freund ist da«, spottete Colin.

»Verlobter«, korrigierte Marcus. »Schön, dich zu sehen, Colin. Trittst du heute ebenfalls auf?«, fragte er, ohne seinen Arm von ihrer Taille zu lösen. Er klang weder eifersüchtig noch besitzergreifend. Das gefiel ihr. Marcus wusste, dass sie auf sich selbst aufpassen konnte.

»Nein, leider nicht, aber vielleicht komme ich eines Tages vorbei und spiele etwas für sie.«

Sie wusste genau, dass die Veranstalter Colin nicht um einen Auftritt gebeten hatten. Vielleicht lag das daran, dass er sich beim letzten Mal wie ein Arschloch aufgeführt hatte. Aus Colins Mund klang es natürlich, als sei er sich zu fein, hier zu spielen. Leider konnte sie daran nichts ändern, und zu allem Überfluss begannen die Leute um sie herum bereits zu gaffen. Großartig.

»Jedenfalls danke fürs Kommen, Colin. Ich bin ziemlich müde und mache mich jetzt auf den Heimweg.«

»Verstehe«, sagte er und sah ihr in die Augen.

Arschloch.

»Bist du sicher, dass du nicht zur Cocktailparty gehen willst, um deine Fans zu begrüßen? Sie werden bitter enttäuscht sein, wenn du dich nicht blicken lässt.«

»Nein, ich hatte den Veranstaltern bereits mitgeteilt, dass ich nicht daran teilnehmen würde. Ich hatte praktisch in letzter Minute zugesagt. Wie dem auch sei, ich muss jetzt wirklich los, Colin.«

»Natürlich, Liebling. Kein Problem. Ich werde einfach an deiner Stelle zur Party gehen. Mach dir keine Sorgen.«

Am liebsten hätte sie ihre Hände um seinen Hals gelegt und nur ein ganz kleines bisschen zugedrückt. Auch wenn sie oft das Gegenteil behauptete, hasste sie ihn nicht wirklich. Wenn sie zusammenarbeiteten, schufen sie wunderschöne Musik. Doch im Moment raubte er ihr den letzten Nerv. Sie hatte das Gefühl, dass das vor allem ihrer Müdigkeit geschuldet war. Zumindest hoffte sie das.

Immer mehr Leute starrten sie an und begannen, miteinander zu tuscheln. Bristol straffte die Schultern, schmiegte sich demonstrativ an Marcus' Seite und schenkte Colin ein Lächeln. »Ich wünsche dir einen schönen Abend, Colin.« Sie wandte sich Marcus zu. »Bist du bereit zu gehen?«

Er drückte ihre Hüfte und nickte. »Ja, lass uns nach Hause fahren.«

Ihr entging nicht, wie Colin bei den Worten »nach Hause« die Augen verengte. Sie aus Marcus' Mund zu hören fühlte sich jedoch berauschend an.

Als sie sich das Versprechen gegeben hatten, einander zu heiraten, hatten sie eine vage Vorstellung von einer gemeinsamen Zukunft gehabt. Jetzt fühlte sie sich real an. Genau so könnte ihre Zukunft aussehen. Sie würde vor Publikum spielen, während er ihr seine Unterstützung bot. Und sie würde Wege finden, ihm zu zeigen, wie sehr sie ihn schätzte.

Doch was würde geschehen, wenn sie das nächste Mal für längere Zeit auf Tournee war?

Alles hatte mit einem Pakt begonnen, der genauso gut ein Scherz hätte sein können. Doch jetzt war er zur Realität geworden. Allein bei dem Gedanken war ihr Mund wie ausgetrocknet.

»Die anderen fahren heute Abend alle zu deinen Eltern. Du musst nicht mitkommen, wenn du nicht willst, aber sie wollten dir etwas Freiraum geben. Ich hoffe, das ist in Ordnung.«

Marcus' Stimme riss sie aus ihren Gedanken. »Das klingt toll. Bei meinen Eltern stört es niemanden, wenn ich einfach die Füße hochlege«, flüsterte sie, als sie das Gebäude verließen und zu seinem Wagen gingen.

»Genau das haben sie auch gedacht. Du kannst es dir gemütlich machen und auf der Couch einschlafen, wenn du willst.«

»Ein verlockender Gedanke. Wahrscheinlich schlafe ich schon auf der Heimfahrt im Wagen ein.«

»Das kannst du auch gern tun.« Er hielt einen Moment inne, und sie sah ihn erwartungsvoll an. »Du bist einfach unglaublich. Ich meine, ich habe dir mein ganzes Leben lang beim Spielen zugesehen, aber heute Abend? Da warst du absolut überragend.«

Für einen Moment konnte sie keinen klaren Gedanken fassen und blinzelte ihn nur an. »Wirklich?«

»Ja, *wirklich*. Mein Gott, Bristol. Ich kann immer noch nicht glauben, dass du zu so etwas fähig bist. Es ist unfassbar.«

Sie runzelte verwirrt die Stirn. »Wie meinst du das?«

»Ich drücke mich nicht richtig aus. Du warst einfach so überwältigend. Während du gespielt hast, hast du auf mich gewirkt wie ein völlig anderer Mensch. Ich bin einfach froh, dass ich das erleben durfte. Ich verstehe vielleicht nicht viel von klassischer Musik und kenne auch nicht jeden Musiker in deinem Umfeld, aber ich verfolge deine Karriere genau.

Einfach, weil ich es liebe, dir beim Musizieren zuzusehen, und weil es ein Teil deiner Welt ist, verstehst du?«

»Ich weiß, was du meinst. Du musst nicht jeden einzelnen berühmten Cellisten kennen oder die Namen der Stücke, die ich spiele. Aber du hast dich immer bemüht, es zu lernen. Und das rechne ich dir hoch an.«

»Nun, in Zukunft werde ich mich noch mehr anstrengen. Vor allem da du bald auf Tournee gehen wirst.«

Sie zuckte zusammen. »Darüber müssen wir wohl auch noch reden.«

»Ich dachte mir, wir können danach heiraten, wenn du wieder zurück bist«, sagte er beiläufig.

»Dann ist es kein Problem für dich, dass ich vielleicht eine Weile weg sein werde?«

»Das gehört zu deinem Job. Wir finden schon eine Lösung. Wie genau, weiß ich zwar auch noch nicht, aber wir haben ja Zeit. Bisher haben wir es immer geschafft.«

Bristol entwich ein Seufzen. Sie ergriff seine Hand und hoffte inständig, dass er recht hatte.

Sie war auf dem besten Weg, sich in Marcus zu verlieben. Oder vielleicht hatte sie ihn immer in ihrem Herzen getragen, auf eine Weise, von der sie nie zu träumen gewagt hatte.

Sie betete, dass sie keine Fehler begingen.

Denn diese würden sie mehr kosten, als sie beide zu geben hatten.

KAPITEL FÜNFZEHN

Marcus lehnte sich auf der Couch zurück und beobachtete, wie Bristol mit den Armen fuchtelte, als wolle sie zum Flug abheben. Er schüttelte nur lachend den Kopf.

»Ein Vogelkäfig?«, riet er.

Sie seufzte, flatterte erneut mit den Händen und presste dann die Ellbogen fest an die Seiten, bevor sie noch heftiger mit den Unterarmen wedelte.

Die übrigen Montgomerys brachen in schallendes Gelächter aus, während Marcus nur verwirrt den Kopf schüttelte.

»Ich habe keine Ahnung.«

»Zeit abgelaufen«, verkündete Liam.

Bristol entwich ein leiser Fluch. »Normalerweise sind wir viel besser.«

»Was zum Teufel soll das gewesen sein?«, fragte Marcus.

»Ein Velociraptor.«

Einen Moment lang herrschte Schweigen. Dann brach Marcus in schallendes Gelächter aus und musste sich an der Lehne festhalten, um nicht von der Couch zu rutschen. »Du hast ausgesehen, als wolltest du abheben.«

»Ich dachte, es gäbe Beweise dafür, dass Velociraptoren fliegen konnten«, rechtfertigte Bristol sich und verzog das Gesicht.

Marcus prustete erneut. Seine Frau. Manchmal konnte er einfach nicht anders, als über sie zu staunen.

»Sicher, das habe ich auch schon mal gehört – aber bau so was doch nicht in eine Runde Scharade ein«, sagte Aaron und wischte sich die Lachtränen aus den Augenwinkeln.

Holland, seine Teamkollegin, saß direkt neben ihm und krümmte sich so sehr vor Lachen, dass sie schließlich tatsächlich von der Couch rutschte.

»Ich dachte, ihr seid die amtierenden Champions«, warf Arden verwirrt ein.

»Das sind wir eigentlich auch. Wahrscheinlich sind wir heute Abend einfach nicht in Form«, antwortete Marcus und streckte eine Hand nach Bristol aus. »Komm her.«

»Nein. Du lachst mich doch nur aus.« Bristol verschränkte die Arme vor der Brust.

Marcus lächelte nur. »Du weißt ganz genau, dass das kein Velociraptor war, Baby. Wir werden trotzdem gewinnen. Wir haben noch zwei Runden. Außerdem habe ich vorhin ziemlich vorgelegt.«

»Na schön. Dank dir punkten wir in diesem Scharade-Spiel. Ich bin eine Niete.« Mit diesen Worten kam sie auf ihn zu und setzte sich auf seinen Schoß. Obwohl ihre Brüder ihn mit finsteren Blicken durchbohrten, schlang er den Arm um ihre Taille. Es war ihm völlig egal, wer zusah. Diese Frau war seine Verlobte, und die anderen konnten ihn mal gernhaben.

»Vielleicht wart ihr als beste Freunde besser in Scharade als jetzt als verlobtes Paar«, platzte Aaron heraus. Als

Marcus die Stirn runzelte, wurde er ganz blass. »Tut mir leid. Vergesst, was ich da gesagt habe. Das war absolut daneben.«

»Ja, das war es allerdings«, stimmte Bristol zu, bevor sie von Marcus' Schoß rutschte und ihren Platz auf der Couch einnahm.

»Schon gut«, flüsterte Marcus. Er hatte keine Lust, sich mit einem der Montgomerys zu streiten. Seit dem Konzert herrschte zwischen ihm und Bristol eine seltsame, gereizte Stimmung, für die er keine Erklärung hatte. Eigentlich wäre es ihm kaum aufgefallen, doch Bristol mied das Gespräch mit ihm. Sicher, sie waren bei den Montgomerys zu Hause und genossen einen Spieleabend, weil sie keine Lust hatten, in einer Kneipe zu sitzen oder in einer großen Gruppe auszugehen. Doch nun fühlte es sich an, als würden sie sich langsam auseinanderleben, und er begriff einfach nicht warum. Vielleicht hatte ihm erst dieses Spiel vor Augen geführt, dass etwas nicht stimmte.

Bristol wich jedem tiefgreifenden Gespräch aus und konzentrierte sich auf ihre Arbeit. Das Thema Verlobung schnitten sie nicht einmal an. Sie hatten keine konkreten Pläne geschmiedet und klammerten sich lediglich an die Hoffnung, dass sie das schon irgendwie schaffen würden. Allmählich beschlich Marcus das Gefühl, sie würden nur eine Rolle spielen, statt eine echte Beziehung zu führen. Vielleicht lag genau darin das Problem. Was, wenn das alles nur ein Traum war? Etwas Unwirkliches, mit dem man spielen konnte wie mit einem Versprechen aus Kindertagen?

Die Tatsache, dass er die Antwort darauf nicht kannte, beunruhigte ihn.

»Alles klar, jetzt bin ich wohl dran«, meldete Holland sich zu Wort und stand auf.

»In Ordnung. Du wirst das großartig machen«, feuerte Aaron sie an und klatschte in die Hände.

»Holland, Baby, lass nicht zu, dass Aaron uns schlägt«, sagte Ethan und grinste seine Frau an.

Marcus stieß ein Schnauben aus.

»Keine Chance. Aaron und ich werden euch fertigmachen«, erwiderte Holland. »Lincoln ebenfalls. Versteht mich nicht falsch, ich liebe euch beide, aber heute werde ich gewinnen.«

Marcus legte eine Hand auf Bristols Knie und drückte zu. Sie schenkte ihm ein Lächeln, das jedoch nicht ihre Augen erreichte. Verdammt, sie mussten endlich miteinander reden. Die Zeit, in der sie herausfinden wollten, wo sie standen und wie sie das alles meistern sollten, war längst abgelaufen. Dies war nicht die aufregende Phase einer neuen Beziehung oder wie auch immer man das heutzutage nannte, sondern die Realität. Deshalb brauchten sie einen Plan. Sie durften das nicht länger totschweigen und so tun, als hätten sie alles im Griff. Denn offensichtlich wussten sie nicht, was sie taten.

Er redete sich immer wieder ein, dass es kein Zurück mehr gab, doch vielleicht sollte er seine Meinung noch einmal überdenken. Er befürchtete, dass es kein Vorwärts mehr geben würde, wenn er nicht zurückblickte. Und das jagte ihm mehr Angst ein als alles andere.

»Okay, macht euch bereit. Ich werde euch in die Knie zwingen«, warnte Holland.

Marcus musste nicht einmal in Richtung des Trios blicken, um zu wissen, dass sie sich gegenseitig feurige Blicke zuwarfen. Sowohl Liam als auch Aaron vergruben das Gesicht in den Händen, während Arden und Bristol kicherten.

»Ich will diese Details gar nicht wissen«, sagte Bristol.

Sie wandte sich Marcus zu. »Du zuckst ja nicht einmal mit der Wimper.«

Er versuchte, in ihrem Gesicht etwas zu lesen, doch er sah nur die Bristol, die er kannte und liebte. »Oh, Verzeihung. Wie könnt ihr es wagen, in Gegenwart eurer armen, kleinen Schwester über Scharade zu reden?«

»Das habe ich nicht gemeint, du Trottel.« Sie stieß ihm spielerisch den Ellbogen in die Seite, doch es war nicht schmerzhaft.

Er war sich bewusst, dass dies alles nur ein harmloses Spiel war, doch für ihn schwang darin eine tiefere Bedeutung mit. Also würde er mitspielen und mit ihnen lachen. Und währenddessen würde er versuchen zu begreifen, was genau zwischen Bristol und ihm schieflief.

Arden und Liam gewannen das Spiel. Marcus konnte es immer noch nicht fassen. Die süße, unschuldige Arden und ihr ruhiger, grüblerischer Montgomery hatten ihnen allen den Rang abgelaufen.

»Ich sage dir, das ist eine Farce. Eine absolute Farce«, schimpfte Bristol und wippte auf dem Beifahrersitz mit dem Fuß im Takt der Musik.

Marcus warf ihr einen flüchtigen Blick zu, bevor er um eine Kurve bog. »Ich weiß nicht. Ich glaube, es sind immer die Stillen, die man unterschätzt.«

»Aber *du* bist mein Stiller«, entgegnete sie. »Wir gewinnen eigentlich immer.«

»Ich denke, daran ist dein Ehrgeiz schuld«, erwiderte Marcus aufrichtig.

»Du bist insgeheim auch ehrgeizig.«

»Ich werde dich nie schlagen, und damit habe ich kein

Problem. Aber ich glaube, Arden und Liam sind heute fest entschlossen gewesen zu gewinnen.«

»Und wir nicht?«, fragte sie mit gedämpfter Stimme.

»Ich weiß nicht. Vielleicht hatten sie einfach einen guten Abend.«

»Und wir hatten einen schlechten«, erwiderte sie.

Plötzlich breitete sich eine unangenehme Stille zwischen ihnen aus, die Marcus ganz und gar nicht behagte. So etwas wie betretenes Schweigen kannten sie eigentlich nicht. Zumindest nicht bis vor Kurzem. Was zum Teufel war los mit ihm? Warum fiel es ihm so schwer, endlich herauszufinden, was er eigentlich wollte?

Wollte er, dass alles wieder so wurde wie früher? Er glaubte nicht. Doch er brauchte das, was sie miteinander verband, um einen Weg nach vorn zu finden. Er war es leid zu warten. Es fühlte sich an, als hätte er sein ganzes Leben in einer Warteschleife gehangen.

Er wartete darauf, der Mann zu werden, der er sein musste.

Er wartete darauf, dass Bristol zu ihm zurückkehrte.

Und er wartete darauf zu erfahren, was sie für ihn empfand, sobald der verklärte Glanz ihrer Romanze und der Zauber ihres Pakts verflogen waren.

Der Gedanke, dass sie sich die ganze Zeit nur etwas vorgemacht hatten, hätte ihn innerlich zerreißen müssen, doch er weigerte sich, den Schmerz zu empfinden. Wenn er nicht bereit war, für das zu kämpfen, was er begehrte, und ihr seine Gefühle zu offenbaren, wozu dann das Ganze? Und wie konnte er von Bristol verlangen, ihm ihr Herz auszuschütten, wenn er selbst den Mund nicht aufbekam? Das machte ihn zu einem verdammten Heuchler.

Als sie schließlich die Haustür hinter sich schlossen,

seufzte Bristol: »Ich bin erschöpft. Mir war nicht klar, dass dieses alberne Spiel so ermüdend sein kann.«

»Ich glaube nicht, dass es nur an dem Spiel liegt. Du hast dich in letzter Zeit beim Üben völlig verausgabt«, gab Marcus zu bedenken.

Bristol zuckte zusammen. »Es tut mir leid. Ich versuche nur, diese letzten Stücke für das Album fertigzustellen. Außerdem steht die Tournee an. Es ist alles zu viel. Ich habe das Gefühl, mir wächst das alles über den Kopf.«

Marcus trat einen Schritt auf sie zu und breitete die Arme aus. Wie selbstverständlich schmiegte sie sich an ihn, schlang ihre Arme um seine Taille und legte den Kopf an seine Brust. Er liebte das Gefühl, sie festzuhalten.

Doch da lag das Problem. Sie hatten sich schon immer auf diese Weise berührt, lange bevor seine Gefühle für sie sich verändert hatten.

Und genau deshalb fiel es ihm so schwer zu unterscheiden, ob sie sich ebenso nach ihm verzehrte wie er nach ihr, oder ob sie einfach nichts anderes kannte.

Sie hatte der Welt so viel zu bieten. Warum sollte sie ausgerechnet bei jemandem bleiben wollen, der das Nest niemals verlassen wollte? Sicher, er hatte seine eigenen Träume und arbeitete hart an ihrer Verwirklichung, aber sie führten ihn nicht an dieselben Orte wie sie. Und das war nur ein Teil des Problems.

Die Sorge zerfraß ihn innerlich, verdammt noch mal. Doch er wusste nicht, was er dagegen tun sollte – außer für sie da zu sein.

Und zu hoffen, dass sie auch für ihn da sein würde.

»Ich bin einfach nur müde. Mir ist klar, dass die Tournee mich noch mehr erschöpfen wird, und ich versuche, so viel unter einen Hut zu bekommen.« Sie lehnte sich zurück und begegnete seinem Blick. »Aber ich bin so froh, dass ich dich habe, weißt du? Dass du immer da bist. Egal was passiert. Ich bin nicht allein.«

Er nickte und strich ihr eine Haarsträhne hinters Ohr. »Ja. Ich bin auch froh, dass ich immer für dich da bin.«

Er hoffte inständig, dass in seinen Worten keine Bitterkeit mitschwang. Denn das hatte er sicher nicht beabsichtigt. Wenn es um sie ging, war er alles andere als verbittert. Obwohl er oft scherzte, dass er zurückblieb, fühlte er sich wohl an seinem Platz. Er liebte die Tatsache, dass sie beide ihre eigenen Wege gingen. Denn am Ende fanden sie doch immer wieder zueinander.

Er hatte sich so lange verboten, darüber nachzudenken, was aus ihnen werden könnte, dass er diese Sehnsucht über Jahre sogar vor sich selbst verborgen hatte.

Aber er liebte Bristol. Er liebte sie verdammt noch mal.

Warum brachte er die Worte nicht über die Lippen?

Er war keinen Deut besser als sie. Er war unfähig, die Wahrheit auszusprechen, weil er zu viel Angst hatte. Was, wenn er sie dadurch endgültig verlor?

Da er darauf keine Antwort hatte, sprach er das Thema gar nicht erst an. Wieder einmal benahm er sich wie ein Arschloch.

»Hey, mir fällt gerade ein, dass ich dir dein Geburtstagsgeschenk noch gar nicht gegeben habe«, sagte er und versuchte, das Thema zu wechseln. Er wusste, dass er ihr mit diesem Geschenk einen Teil seiner selbst offenbaren würde, selbst wenn es am Ende nicht funktionieren würde.

Und während er darüber nachdachte, fragte er sich, wie er den Kopf so verdammt lange in den Sand hatte stecken können. Er wusste doch ganz genau, wie tief seine Liebe für sie war. Er hatte all seine Gefühle in dieses Geschenk einfließen lassen.

Und doch hatte er sich eingeredet, es läge nur an ihrer

Freundschaft. Daran, dass sie sich schon immer gegenseitig den Rücken gestärkt hatten.

Er war wahrhaftig ein Idiot.

»Ach wirklich? Ich dachte eigentlich, du selbst wärst mein Geschenk«, frotzelte sie mit einem Grinsen. Marcus wusste, dass sie der Wahrheit damit ziemlich nahe kam.

»Teilweise«, erwiderte er. »Aber so egozentrisch bin ich nun auch wieder nicht.«

»Nun ja, manchmal darfst du auch egozentrisch sein. Ich meine ja nur.«

»Du schmeichelst mir.« Er gab ihr einen spielerischen Klaps auf den Hintern und schob sie sanft in ihr Arbeitszimmer.

»Was tun wir hier?«, fragte sie.

»Ich will dir dein Geschenk überreichen.« Marcus hatte seine Gitarre am Vortag hier zurückgelassen, nachdem er mit ihr geübt hatte. Sie hatte jemanden gebraucht, der sie begleitete, auch wenn er nicht annähernd so gut war wie sie. Doch durch seine bloße Anwesenheit war sie imstande gewesen, sich zu konzentrieren, und hatte etwas von ihrer Anspannung abschütteln können. Auch er hatte dabei Stress abbauen können, den er zum einen wegen der Arbeit und zum anderen wegen seiner Gefühle für sie empfand.

»Dein Geschenk ist hier drin.«

Bristol riss die Augen auf. »Wirst du für mich spielen? Ich liebe es, wenn du für mich spielst.«

»Ich habe ein Lied für dich geschrieben«, gestand er leise. »Falls du es furchtbar findest, lüg mich bitte einfach an.«

Sofort schossen ihr Tränen in die Augen. Marcus versuchte, nicht zusammenzuzucken. »Was ist los?«

»Du hast ein Lied für mich geschrieben?«, schluchzte sie und wischte sich hastig über die Wangen.

»Weine nicht. Ich habe ja noch nicht einmal angefangen zu spielen«, sagte er. »Heb dir die Tränen lieber für den Moment auf, in dem du merkst, wie schlecht ich bin.«

»Sag so etwas nicht, Marcus. Du hast mir ein Lied geschrieben.«

»Du hast es noch gar nicht gehört«, gab er zu bedenken. »Hab Geduld.«

»Also gut, versprochen. Ich bin nur so aufgeregt.« Sie setzte sich ihm gegenüber auf einen Stuhl, während er die Gitarre zur Hand nahm.

Die Tränen liefen ihr noch immer über die Wangen, als er die ersten Akkorde anstimmte. Seine Stimme klang tief und leicht rau, als er zu singen begann.

Er mied ihren Blick. Er brachte es einfach nicht über sich, sie anzusehen. Stattdessen hoffte er, dass seine Worte ihr offenbaren würden, was er für sie empfand. Er wusste nicht, wie er es sonst hätte ausdrücken sollen. Musik war Bristols Sprache, durch die sie eine Verbindung zur Welt aufbaute. Vielleicht würde sie heute auch eine Brücke zwischen ihnen beiden schlagen können. Womöglich interpretierte er auch viel zu viel in diesen Moment hinein. Er hatte keine Ahnung.

Er sang weiter. Zeile für Zeile erzählte er davon, wie viel sie ihm bedeutete und was er für sie empfand. Er hatte dieses Lied geschrieben, bevor er sich erlaubt hatte, sie zu lieben. Bevor er sich eine gemeinsame Zukunft mit ihr ausgemalt hatte.

Als der letzte Akkord verklungen war, blickte er auf. Bristol kniete direkt vor ihm, das Gesicht tränenüberströmt, während sie sich an ihn lehnte.

»Also«, begann er und räusperte sich, »ich nehme an, es hat dir gefallen?«

»Das war das Schönste, was ich je gehört habe«, schluchzte sie.

Er runzelte die Stirn. »Auf keinen Fall. Aber danke, dass du das sagst.«

»Hör auf damit«, flüsterte sie.

»Womit soll ich aufhören?«

»Hör auf, dein Talent herunterzuspielen. Ich weiß, dass die Musik nicht so viel Platz in deinem Leben einnimmt wie in meinem, aber du bist unglaublich. Du hast so viel von deiner Seele in dieses Lied gelegt. Ich bin voller Ehrfurcht.«

»Wirklich?«, fragte er, obwohl er es immer noch nicht ganz glauben konnte. Doch ihre Tränen verliehen ihren Worten durchaus eine gewisse Glaubwürdigkeit.

»Dann muss ich mich wohl für deinen Geburtstag nächstes Jahr selbst übertreffen«, sagte er mit einem bemüht lässigen Tonfall.

Ein strahlendes Lächeln breitete sich auf ihrem Gesicht aus. Dann richtete sie sich auf ihren Knien auf. Er beugte sich vor, schob die Gitarre beiseite und küsste sie sanft.

»Da wirst du dich ziemlich ins Zeug legen müssen«, hauchte sie, »denn das war gerade absolut umwerfend.«

Marcus grinste. »Nun, das habe ich vorher wohl nicht bedacht.«

In diesem Moment vibrierte ihr Handy. Sie warf einen Blick auf das Display, runzelte die Stirn und drückte die Nachricht weg.

»Wer war das?«, fragte Marcus. Ihr Gesichtsausdruck machte ihn stutzig.

»Niemand.«

Für einen Moment starrte Marcus sie nur schweigend an.

Sie verdrehte die Augen. »Es war Colin. Er will diese gemeinsame Tournee in Angriff nehmen und gemeinsam etwas für mein Album komponieren, obwohl wir das eigentlich gar nicht vorhatten. Er geht mir auf die Nerven, aber mein Agent will, dass wir zusammenarbeiten. Offenbar lassen wir uns als Duo besser vermarkten. Sie spielen sogar mit dem Gedanken, mit uns beiden eine Single für einen guten Zweck aufzunehmen.«

Marcus runzelte die Stirn. »Du würdest also trotzdem mit ihm arbeiten?« Er war nicht unbedingt eifersüchtig, doch die Vorstellung, dass sie und Colin so eng zusammenarbeiten würden, behagte ihm ganz und gar nicht.

»Es ist zwar lästig, aber vielleicht habe ich keine andere Wahl. Vor allem da es für einen guten Zweck ist. Ich weiß nicht, ob ich das Angebot einfach ablehnen kann, nur weil er mir manchmal auf die Nerven geht.«

»Nur manchmal?«, fragte Marcus. Er saß immer noch auf seinem Stuhl, während sie weiterhin vor ihm kniete. Der Anblick gefiel ihm gewissermaßen, doch er hütete sich, das laut auszusprechen.

»Also gut, meistens«, gab sie zu. »Hin und wieder ist er jedoch sehr nett. Und er ist ein begnadeter Pianist, einer der besten unserer Generation. Das muss ich mir vor Augen führen, wenn wir zusammenarbeiten.«

»Nur weil er ein begnadeter Musiker ist, gibt ihm das noch lange nicht das Recht, sich wie ein Arschloch aufzuführen«, konterte Marcus.

»Da hast du recht. Und ich lasse ihm das auch nicht durchgehen. Du hast mich doch erlebt. Ich sage ihm klipp und klar ins Gesicht, wenn er sich wie ein Arschloch aufführt und dass er das gefälligst lassen soll. Er ist ja auch nicht immer so unerträglich. In letzter Zeit ist er zwar ziemlich anhänglich, aber das liegt wahrscheinlich nur daran, dass er fest mit der gemeinsamen Tournee gerechnet hat. Da er jetzt weiß, dass diese noch nicht einmal beschlossene

Sache ist, scheint er einfach ein wenig durcheinander zu sein.«

»Durcheinander?«, fragte Marcus, dem das alles zunehmend missfiel.

»Oh, er wird seine Tournee sicher bald unter Dach und Fach bringen. Allerdings denke ich, er ist davon ausgegangen, dass ich die ganze Arbeit übernehmen würde, so wie ich es normalerweise tue.«

»Da hast du es. Er ist immer noch ein verdammtes Arschloch«, stellte Marcus fest.

»Du hast ja recht. Aber heute Abend will ich keinen Gedanken mehr an ihn verschwenden. Heute Abend konzentriere ich mich nur auf mein Geburtstagsgeschenk.« Ihre Augen verdunkelten sich, woraufhin Marcus die Lippen zu einem breiten Grinsen verzog.

»Ach ja?«, fragte er.

»Allerdings«, hauchte sie, bevor sie ihre Hände an seinen Gürtel wandern ließ.

Er half ihr, seine Hose zu öffnen, und schob sie ein Stück über seine Hüfte. Als sie seine Erektion durch den Stoff seiner Unterhose umfasste, musste er schlucken.

»Mein Gott, Frau. Du bringst mich noch um den Verstand.«

»Ich verspreche, ich werde ganz brav sein«, säuselte sie und leckte sich die Lippen.

»Also schön, aber sei nicht *zu* brav«, erwiderte er lachend.

»Niemals.« Sie drückte den Ansatz seines Schaftes, bevor sie ihn langsam aus seinen Boxershorts befreite.

Als sie ihre Hand rhythmisch an seiner Länge auf und ab gleiten ließ, entwich ihm ein tiefes Stöhnen und er vergrub seine Finger in ihrem Haar.

»Weißt du, ich habe vorhin schon gedacht, wie gut du

mir auf den Knien gefällst, aber ich wollte nicht wie einer dieser Machos klingen.«

Bristol blickte mit einem amüsierten Funkeln in den Augen zu ihm auf. »Ich werde gleich deinen Schwanz schlucken, da darfst du ausnahmsweise gern wie ein Macho klingen. Aber irgendwann wirst du dich bei mir revanchieren müssen, denn mir gefällt es ebenfalls, wenn du vor mir auf die Knie gehst.«

»Darauf kannst du dich verlassen.«

Im nächsten Moment konnte Marcus keinen klaren Gedanken mehr fassen, denn sie umschloss seinen Schaft mit ihrem Mund. Das Gefühl ihrer Wärme an seiner Eichel war so überwältigend, dass er stöhnend die Augen schloss, während er die Hand in ihrem Haar zur Faust ballte. Sie leckte langsam an seinem Schaft empor, bevor sie mit der Zungenspitze die empfindliche Öffnung liebkoste und den ersten Lusttropfen kostete.

Eine ihrer Hände ruhte auf seinem Oberschenkel, während sie mit der anderen fest den Ansatz seines Schaftes umschoss. Sie war nicht in der Lage, ihn ganz zu schlucken.

Sie wippte mit dem Kopf auf und ab und saugte an seinem Schaft. Das Gefühl war so unglaublich, dass Marcus kaum noch an sich halten konnte. Wenn er nicht aufpasste, würde er sich in ihrem Rachen ergießen.

Sie beschleunigte den Rhythmus ihrer Bewegungen und erhöhte den Druck an seinem Schaft, während sie mit der anderen Hand fordernd über seinen Oberschenkel strich. Marcus wollte mehr.

Doch kurz bevor er kommen konnte, zog er sie von sich weg. Dann sank er vor ihr auf die Knie und stieß den Stuhl beiseite, wobei er darauf achtete, nichts im Raum zu beschädigen. Bevor sie etwas sagen konnte, presste er seine Lippen auf ihre. Er schob seine Zunge in ihren Mund und neigte ihren Kopf zurück, um den Kuss zu vertiefen. Eine Hand ließ er an ihrem Körper hinauf bis zu ihren Brüsten gleiten und drückte ihre Knospen. Bristol wölbte sich ihm begierig entgegen. Als er schließlich den Kopf zurückzog, keuchte sie: »Marcus, ich war noch nicht fertig mit dir.«

»Oh doch, das warst du«, knurrte er. »Denn ich will dich genau hier, an deinem absoluten Lieblingsplatz im Haus, so richtig hart ficken. Und das bedeutet, dass ich nicht in deiner hübschen Kehle abspritzen kann.«

»Also schön, aber beim nächsten Mal schlucke ich«, erwiderte sie mit einem Augenzwinkern. Marcus lachte, bevor er sie erneut küsste und dann auf den Rücken drückte. Im Handumdrehen hatte er sie ihrer Kleidung entledigt, bis sie vollkommen nackt vor ihm lag. Er riss sich das Hemd über den Kopf. Die Hose hatte er nur halb abgestreift, doch das war ihm in diesem Moment völlig egal.

Denn er kniete vor ihr und vergrub seinen Kopf zwischen ihren Beinen. Er schob ihre Oberschenkel nach oben, bis ihre Knie fast ihre Schultern berührten. Als er begann, sie zu lecken und an ihrer Klitoris zu saugen, schrie sie seinen Namen. Er verschlang sie förmlich und drang mit der Zunge in sie ein, wobei er ihre empfindlichste Stelle leicht mit den Zähnen reizte. Als sie kurz darauf am ganzen Körper bebte und von der Woge der Ekstase mitgerissen wurde, leckte er sie weiter, um sie in ungeahnte Höhen zu treiben.

Schließlich richtete er sich auf und streichelte seinen Schaft, während er sich fragte, wo er das Kondom verstaut hatte.

Bristol sah wieder zu ihm auf. Sie hatte die Hände an ihre Brüste gelegt.

»Wir haben uns doch testen lassen und wissen, dass wir beide gesund sind. Ich will dich in mir spüren.«

»Bist du sicher?«, presste er hervor und drückte seinen Schwanz, um nicht die Kontrolle zu verlieren. Allein der Gedanke, in ihr zu sein, brachte ihn fast zum Höhepunkt.

»Ich habe eine Spirale. Jetzt nimm mich.«

Sie hatten darüber gesprochen. In Bezug auf ihre gemeinsame Zukunft war dies das einzige Thema, über das sie offen und ehrlich gesprochen hatten. Und nun waren sie an diesem Punkt angelangt, an dem nur das Hier und Jetzt zählte.

Er beugte sich über sie, presste seine Lippen auf ihre und drang tief in sie ein. Bristol entwich ein Schrei, dann schlang sie ihre Schenkel um seine Hüfte und ihre Arme um seinen Rücken. Während die Muskeln in ihrem Unterleib ihn eng umschlossen, stieß er immer wieder mit Wucht in sie. Er küsste sie leidenschaftlich, bevor er seine Lippen an ihren Hals gleiten ließ und schließlich ihr Dekolleté liebkoste. Voller Verlangen kniff er in ihre Knospen und drückte sie, wobei er wusste, dass er Male der Leidenschaft auf ihrer Haut hinterlassen würde, an denen sie sich beide ergötzen würden. Schließlich ließ er seine Hand zwischen ihre Schenkel gleiten und seinen Daumen um ihre Lustperle kreisen. Mit einem heiseren Schrei erreichte sie den Gipfel der Lust. Mit kraftvollen Stößen drang er weiter unerbittlich in sie ein, bis auch er von einer Woge der Ekstase mitgerissen wurde.

Er kam mit einem animalischen Brüllen und stieß ein letztes Mal in sie, um sich in ihr zu ergießen. Heftig zitternd hielten sie einander fest und verharrten, unfähig, sich zu bewegen.

Er begann, sie zu streicheln, während er tief im Inneren wusste, dass sie nur das Unvermeidliche hinauszögerten.

Waren Melodien und Taten wichtiger als Worte? Er wusste es nicht. Doch Bristol drückte sich durch ihre Musik aus und folgte ihrem Rhythmus. Vielleicht hatte sie ja verstanden, was er fühlte.

Im Gegenzug wusste er nicht, was sie empfand. Er hatte panische Angst, dass das alles nicht real sein könnte. Dass er eines Tages aufwachen und feststellen würde, dass ihre gemeinsame Vergangenheit zu Asche zerfallen und ihre Gegenwart völlig bedeutungslos war.

Aber er schob diesen Gedanken für einen Moment beiseite und erlaubte sich, zu atmen und sie festzuhalten.

Die Zeit für Entscheidungen würde noch früh genug kommen. Doch in diesem Moment zählte nur Bristol. Also klammerte er sich an den Glauben, dass das hier echt war.

KAPITEL SECHZEHN

Bristol starrte auf ihren Terminkalender und rieb sich die Schläfen. Sie brauchte dringend etwas mehr Schlaf, doch davon konnte sie im Moment nur träumen. In ihrer Familie standen mehrere Hochzeiten an, wenn auch nicht ihre eigene Trauung. Marcus und sie hatten das Thema bisher umschifft. Obwohl das ein Grund zur Sorge war, konzentrierte sie sich auf die anderen Montgomery-Hochzeiten. Hinzu kam, dass einige ihrer Cousinen kurz vor der Entbindung standen. Bei all den Babypartys, Junggesellinnenabschieden und Geburtstagsfeiern hatte sie kaum Zeit für sich selbst. Außerdem wuchsen die Kinder ihrer Verwandten in rasantem Tempo heran und Bristol wollte auch an ihrem Leben teilhaben.

Ihre ganze Familie vergrößerte sich stetig, und Bristol war ein fester Teil davon. Doch nun würde sie sich für einen ganzen Monat von allen verabschieden müssen. Vielleicht sogar für zwei, wenn es nach ihrem Agenten und den Veranstaltern der Tournee ginge. Zwei lange Monate ohne Marcus an ihrer Seite.

Solche Reisen hatte sie schon unzählige Male unternommen, doch diesmal fühlte es sich anders an. Und es *sollte* sich anders anfühlen.

Das Schweigen zwischen ihnen brachte sie schier um den Verstand. Sie war immer der festen Überzeugung gewesen, dass sie über alles reden konnten, aber offensichtlich hatte sie sich geirrt. Hätten sie von Anfang an offen miteinander gesprochen, wüsste sie jetzt vielleicht, wie es wirklich um sie beide stand. Doch stattdessen herrschte Funkstille. Und noch immer weigerte sie sich beharrlich, ihren eigenen Gefühlen ins Auge zu blicken.

Sie begriff selbst nicht, warum sie sich dagegen wehrte. Schließlich würden sie heiraten.

Sie starrte auf den Ring an ihrem Finger und legte die Stirn in Falten. Es fühlte sich immer noch nicht real an. Beinahe kam es ihr vor wie ein Scherz, der zu weit gegangen war und den sie nicht mehr rückgängig machen konnte.

Irgendwie würde sie eine Lösung finden müssen, doch sie wusste nicht wie.

Etwas musste sich ändern. Marcus wollte heute nach ihren Proben vorbeikommen. Sie hatten vor, gemeinsam zu kochen und dann einen entspannten Abend zu Hause zu verbringen. Sie würde ihm endlich sagen, dass sie ihn liebte.

Sie hatten diese ganze Beziehung von hinten aufgezäumt, das war ihr schmerzhaft bewusst. Doch sie würde es wieder geradebiegen.

Marcus hatte ihr stets beigestanden und so viel für sie getan, also war es an ihr, etwas für ihn zu tun. Aber was, wenn er sie nicht liebte? Was, wenn er nur mit ihr zusammen war, weil er glaubte, damit das Richtige zu tun? Er brach nie ein Versprechen. So war Marcus eben. Vielleicht war das der Grund, warum er noch bei ihr war. Zugegeben, der Sex mit ihm war unglaublich. Bristol fragte sich jedoch, ob wirklich die Funken zwischen ihnen sprühten oder ob sie beide einfach gut im Bett waren.

Sie fand keine Antwort darauf, und die Ungewissheit nagte an ihr.

Es half alles nichts. Sie musste all ihren Mut aufbringen und darauf hoffen, dass er ihre Liebe erwiderte.

Und wenn nicht?

Sie presste eine Hand flach gegen ihren Bauch und zwang sich, tief durchzuatmen. Wenn es nicht funktionierte, blieb ihnen wohl nichts anderes übrig, als wieder nur Freunde zu sein.

Freunde, die nun wussten, wie der andere schmeckte.

Sie kannte dieses Lied über Freunde, die nicht wussten, wie der andere schmeckte. Doch vielleicht gab es einen Weg zurück an diesen Punkt der Unschuld. Denn eines stand fest: Sie weigerte sich beharrlich, ihn zu verlieren.

Sie wusste, wie egoistisch das war.

Sie klappte ihren Terminkalender zu und ließ die Schultern kreisen. Ihr war klar, dass sie weiterüben musste. Das Stück bereitete ihr Mühe, doch sie wusste, dass es nicht an mangelndem Fleiß lag. Nein, sie war mit ihren Gedanken einfach ganz woanders.

Plötzlich klingelte es an der Tür, und sie runzelte die Stirn. Sie erwartete niemanden. Marcus war bei der Arbeit, ebenso wie der Rest der Familie.

Vielleicht war es der Postbote.

Sie ging zur Haustür, blickte durch den Spion und stöhnte.

»Natürlich«, flüsterte sie und hoffte, dass er sie durch das Holz nicht hören konnte.

Bristol öffnete die Tür und zwang sich zu einem Lächeln. »Colin, was machst du denn hier?«

Er erwiderte ihr Lächeln und vergrub die Hände in den Hosentaschen. »Hey, ich bin ein bisschen herumgefahren und habe an dem Stück gefeilt, von dem ich dir erzählt habe. Dabei dachte ich mir, ich schaue einfach mal kurz vorbei.«

»Du bist also durch Boulder gefahren und zufällig bei mir gelandet?«, hakte sie nach.

»Ja. Wobei ich das Gefühl hatte, direkt auf dich zuzusteuern, falls das irgendwie Sinn ergibt.«

»Vielleicht. Ich wollte eigentlich gerade anfangen zu üben. Was gibt's, Colin?«

»Üben? Kann ich dir Gesellschaft leisten?«

Sie bemühte sich, nicht zusammenzuzucken. »Ich weiß nicht. Ich bin gerade voll konzentriert.«

»Ich werde dich nicht stören, versprochen. Es wäre doch sinnvoll, wenn wir uns zusammentun, nicht wahr? Und da ist ja noch dieses Stück, das unsere Agenten geplant haben.« Als sie den Mund öffnete, um etwas zu erwidern, hob er hastig die Hände. »Die Idee kam nicht von mir. Sicher, ich will mit dir auf Tournee gehen, denn ich weiß, dass uns das beiden helfen würde – nicht nur dir, nicht nur mir, sondern uns als Duo. Aber das Stück war nicht mein Einfall. Trotzdem ist die Idee großartig. Und es ist für einen guten Zweck. Was kann da schon schiefgehen?«

Das war der Colin, den sie eigentlich mochte. Der Mann, der sich nicht von seinem eigenen Ego beherrschen ließ. Leider versteckte er diese Seite von sich viel zu oft.

»Also schön. Ehrlich gesagt könnte ich ein bisschen Hilfe gebrauchen.«

Colins Augen leuchteten auf. »Wirklich?«

»Wirklich. Ich arbeite gerade an dem letzten Teil eines neuen Stücks, und ich habe das Gefühl, dass ich mir selbst im Weg stehe. Ich könnte jemanden gebrauchen, der mir zuhört und mir hilft herauszufinden, wo ich mich blockiere.«

»Ich bin für dich da. Immer, Bristol. Das weißt du doch, nicht wahr? Mir ist klar, dass wir kein Paar mehr sind, und das ist völlig in Ordnung. Aber wir können Freunde sein. Schließlich blickst du nach vorn. Du wirst heiraten.«

Sie lächelte, fragte sich jedoch, worauf er hinauswollte.

»Ich werde heiraten. Das wird fantastisch.«

»Oh ja. Auf jeden Fall. Wird er dich auf der Tournee begleiten? Oder musst du dich damit abfinden, dass ihr euch lange Zeit nicht sehen werdet? Du weißt ja, wie einsam so eine Konzertreise sein kann. Selbst wenn du von Menschen umgeben bist, brauchst du jemanden, der dir nahesteht. Was wirst du in dieser Hinsicht tun?« Während sie ins Arbeitszimmer im hinteren Teil des Hauses gingen, runzelte sie die Stirn. Es gefiel ihr nicht, dass seine Gedanken denselben Weg einschlugen wie ihre eigenen. Sie fragte sich, ob er Hintergedanken hatte. Es würde sie nicht wundern, schließlich handelte es sich um Colin.

»Wir arbeiten noch daran. Es ist alles noch ganz frisch.«

»Das kann man wohl sagen. Ich habe gar nicht mitbekommen, dass ihr überhaupt zusammen seid, und plötzlich läuten schon die Hochzeitsglocken. In den sozialen Medien habe ich auch noch keine offizielle Ankündigung gesehen. Haltet ihr das einfach unter Verschluss?«

Sie runzelte die Stirn, als sie sich auf ihren Stuhl setzte, die Schultern kreisen ließ und nach ihrem Cello griff.

»Ich poste nichts Privates in den sozialen Medien. Da dreht sich alles um die Arbeit. Gelegentlich stelle ich ein Video von mir rein, wie ich zu Hause Cello über. Mehr bekommen die Leute auf Instagram nicht von mir zu sehen.«

»Nun ja, du bist Bristol Montgomery. Die Leute interessieren sich für dich und dein Privatleben. Auch wenn du glaubst, es verbergen zu können.«

Sie runzelte erneut die Stirn und platzierte das Cello zwischen ihren Schenkeln. »Ich glaube nicht nur, dass ich es verberge. Ich weiß es. Die Fans müssen nicht alles über mich wissen. Niemand braucht das.« *Außer Marcus*, fügte sie in Gedanken hinzu, sprach die Worte aber nicht aus. Das war selbstverständlich, zumindest hoffte sie das.

»Wie auch immer«, sagte Colin. »Wo genau hakt es bei dem Stück? Lass mich mal hören.«

Sie machte es sich bequem und nahm ihren Bogen zur Hand. »Die Welt muss nicht alles wissen. Ich bin nur eine Cellistin.«

»Nein, du bist *die* Cellistin. Das Gesicht unserer Generation.«

»Das ist ein wenig übertrieben«, erwiderte sie trocken.

Colin zuckte mit den Schultern und setzte sich an das kleine Klavier in der Ecke. Sie hatte es sich selbst geschenkt, als sie beschlossen hatte, das Instrument zu lernen. Ursprünglich war Colin es gewesen, der sie dazu gedrängt hatte, doch das hatte sie nicht weiter gestört, denn es war auch ihr eigener Wunsch gewesen. Sie wollte sichergehen, dass sie mehr als nur ein einziges Talent in der Hinterhand hatte.

»Ich will der Beste sein«, erklärte Colin. »Ich will nicht einfach nur ein weiterer Pianist sein, sondern auch außerhalb der Musikerszene bekannt sein. Die Welt soll meinen Namen kennen. Wenn mich das zu einem arroganten Arschloch macht, dann ist das eben so. Die Leute müssen sich daran gewöhnen.«

Sie schüttelte den Kopf. »Es muss doch einen Mittelweg geben. Ich will die Beste in meinem Fach sein, aber nicht, indem ich andere auf dem Weg an die Spitze herabsetze.«

»Ich glaube auch nicht, dass du das nötig hast. Aber was weiß ich schon? Ich bin schließlich nur ein einfacher Klavierspieler.«

Sie schnaubte. »Du hast mir gerade in epischer Breite erklärt, dass du der Beste sein willst und dich längst für den Größten hältst. An dir ist rein gar nichts einfach.«

»Du sagst immer die süßesten Dinge«, erwiderte er mit einem Augenzwinkern. »Jetzt leg schon los. Ich will dich endlich spielen hören.«

Sie nickte, schloss die Augen und atmete noch einmal tief durch. Dann begann sie zu spielen. Den ersten Teil beherrschte sie blind und musste nicht einmal einen Blick auf die Noten werfen. Sie hatte das Stück längst verinnerlicht, doch sie wusste, dass sie die Augen öffnen musste, sobald sie eine bestimmte Stelle erreichte. Sie ließ sich von der Musik mitreißen und blendete Colins Präsenz völlig aus. In diesem Moment existierten nur sie, die Melodie und der Rhythmus ihres Atems. Erst als sie die Passage erreichte, an der sie immer wieder ins Straucheln geriet, schlug sie die Lider auf. Sie fixierte die Noten, um sicherzugehen, dass ihre Finger genau an der richtigen Stelle landeten, wobei sie sich von dem Klang und ihrer Intuition leiten ließ. Als der letzte Ton verklungen war, stieß sie den Atem aus. Mit der Musik war auch ihre Anspannung verflogen.

Sie blickte zu Colin auf, der sie mit gerunzelter Stirn und verengten Augen beobachtete.

»Es ist schrecklich, nicht wahr?«, fragte sie.

»Im Gegenteil. Du bist brillant. Aber ich verstehe, was du mit der Passage meinst. Ich habe das Gefühl, dass du auf ein Crescendo zusteuerst, aber im nächsten Moment fällt die Melodie ab. Doch es liegt weder an deiner Technik noch am Druck deiner Finger. Du hast recht, die Blockade ist in deinem Kopf.«

»Genau das meine ich. Allerdings kann ich es nicht einfach ändern. Ich weiß nicht, was ich tun soll, außer laut zu schreien und mir einzureden, dass es schon gut gehen wird. Ich scheine diese Blockade nicht überwinden zu können.«

»In dem Stück ist doch Klavier vorgesehen. Hast du dein iPad zur Hand?«

Sie nickte und griff nach dem Gerät. Sie entsperrte es und reichte es ihm. Er suchte nach den Noten und stöhnte dann.

»Ich wusste, dass ich das kenne. Also schön, wie wäre es, wenn ich dich begleite, und wir schauen einfach, was passiert? Vielleicht kannst du die Blockade lösen, wenn du dich einfach fallen lässt und Spaß dabei hast.«

»Glaubst du wirklich, dass das funktioniert?«

»Warum denn nicht?«, konterte er.

»Also schön, versuchen wir es«, stimmte sie zu und atmete tief durch, bevor sie den Bogen wieder ansetzte.

Sie lachten und musizierten zusammen. Der erste Durchgang verlief sogar recht gut, doch Colin schüttelte den Kopf.

»Gut, jetzt, da wir uns warmgespielt haben, lass es uns gleich noch einmal versuchen. Wir schaffen das.«

»Du hast gut reden«, erwiderte sie. »Ich habe das Gefühl, ich werde mit jedem Mal nur noch schlechter.«

»Das gehört zum Üben dazu. Du kannst nicht jedes Stück sofort meisterlich beherrschen.«

»Das klingt ganz und gar nicht nach dir«, sagte sie und ließ den Nacken kreisen.

»Mag sein. Aber ich versuche gerade, mich in Bescheidenheit zu üben. Ich dachte, ich probiere es mal aus.«

»Wie du meinst.«

Sie wusste, dass diese Version von Colin nicht von

Dauer sein würde. Er war immer nur charmant, gut gelaunt und hilfsbereit, wenn er bekam, was er wollte.

Dessen war sie sich vollkommen bewusst. Da sie beruflich weiterhin mit ihm zu tun hatte, konnte sie ihn nicht völlig aus ihrem Leben streichen. Also würde sie professionelle Höflichkeit walten lassen. Nur weil er hin und wieder an ihren Nerven zerrte oder sich wie ein Idiot aufführte, hieß das ja nicht, dass sie die ganze Zeit über die Zähne zusammenbeißen musste.

Mit dieser Seite von Colin kam sie gut zurecht. Während sie stundenlang an dem Stück feilten – was er gar nicht hätte tun müssen –, hoffte sie, dass ihr diese Version von ihm noch etwas länger erhalten bleiben würde. Tief im Inneren wusste sie jedoch, dass das ein Wunschtraum war.

Bei ihrem letzten Durchlauf floss die Musik förmlich durch sie hindurch. Sie flog über die Stelle hinweg, an der sie sonst immer gestrauchelt war, verlor sich im Augenblick und atmete im Einklang mit den Tönen. Kaum war der letzte Ton verklungen, legte sie Cello und Bogen beiseite, sprang auf und klatschte in die Hände: »Verdammt, ja! Genau so muss das laufen.«

Colin stand ebenfalls auf, packte sie an der Hüfte, hob sie hoch und wirbelte sie herum.

Sie stemmte die Hände gegen seine Brust und verdrehte die Augen.

»Ich habe dir doch gesagt, dass du es schaffst«, sagte er. »Wer ist jetzt der beste Lehrer?«

»Das wäre dann wohl ich«, antwortete sie lachend. »Aber im Ernst, danke. Ich musste einfach mal auf andere Gedanken kommen. Mit jemandem zusammen zu spielen hat mir wirklich geholfen.«

Es war genau wie damals, als sie mit Marcus gespielt hatte. Er hatte zwar behauptet, nicht gut genug zu sein, doch er war talentiert. Sie liebte es, mit ihm zu musizieren, denn es half ihr, die Anspannung zu lösen. Außerdem genoss sie seine Nähe. Sie konnte es kaum erwarten, ihm das ins Gesicht zu sagen, wenn er später vorbeikam.

»Du bist einfach unglaublich.« Im nächsten Moment spürte sie Colins Hand an ihrer Wange und seine Lippen auf ihren.

Es dauerte ein paar Sekunden, bis sie überhaupt begriff, was gerade geschah. Sie war noch so berauscht vom Spielen, dass sie anfangs gar nicht realisierte, dass Colin sie küsste – und nicht Marcus.

Sie war angeekelt, aber sie wollte keine Szene machen, um ihn nicht zu provozieren, oder Schlimmeres heraufbeschwören. Also schob sie ihn lachend von sich.

»Hör auf«, sagte sie.

»Ja, lass das lieber«, hallte eine Stimme durch den Raum. Erschrocken wirbelte sie herum. Erst jetzt bemerkte sie, dass sie nicht allein waren. Und genau wie beim letzten Mal, als er im Türrahmen gestanden und Colin sie begrapscht hatte, sah er wütend aus.

»Marcus«, hauchte sie.

Sie hatte das unbestimmte Gefühl, dass es dieses Mal nicht so leicht sein würde, das Geschehene zu erklären.

Zwar trug sie keine Schuld, doch Marcus schien eindeutig verletzt zu sein. Das konnte sie nicht so einfach wieder geradebiegen.

KAPITEL SIEBZEHN

Marcus gab sich alle Mühe, dem ersten Eindruck keinen Glauben zu schenken. Tief im Inneren wusste er, dass Bristol ihn niemals betrügen würde.

Das Ganze trug eindeutig Colins Handschrift.

Doch bei dem Anblick von Colins Händen an ihrem Gesicht und ihren geröteten, geschwollenen Lippen musste er an sich halten, um nicht zum Mörder zu werden.

Doch was wusste er schon? Er war nur der Verlobte, den sie nicht einmal liebte. Als Bristol Colin endlich von sich stieß, ballte Marcus die Hände zu Fäusten. Er war kein gewalttätiger Mensch und wollte heute sicher nicht die Beherrschung verlieren.

»Marcus, mir war gar nicht klar, dass es schon so spät ist«, sagte Bristol hastig. »Wir sind doch heute Abend verabredet.«

»Sieht ganz so aus«, erwiderte er mit ausdrucksloser Stimme.

»Hallo«, begrüßte Colin ihn. Dieser verdammte britische Akzent ging Marcus gehörig auf die Nerven. Es hatte den Anschein, als würde der Kerl ihn absichtlich dick auftragen, nur um ihn zu reizen. Und wahrscheinlich war genau das der Fall. Colin war ein verdammtes Arschloch.

»Colin ist vorhin vorbeigekommen. Ich war gerade beim Üben und hatte Schwierigkeiten mit dem Stück, von dem ich dir erzählt habe. Wir haben gemeinsam daran gearbeitet, und ich habe es schließlich gemeistert. Endlich. Das ist doch toll, nicht wahr?«

Marcus nickte. »Ja, großartig.«

Colin beugte sich mit einem Funkeln in den Augen vor. »Wir haben uns wohl von dem Moment berauschen lassen. Die Musik kann so etwas bewirken. Das kann passieren, wenn zwei Künstler zusammenarbeiten. Manchmal lassen wir uns von der Musik überwältigen.«

»Colin«, blaffte Bristol. »Die Musik mag dich vielleicht überwältigt haben, mich aber nicht. Wenn du so etwas noch einmal tust, trete ich dir in die Eier.«

Marcus beobachtete, wie Colin die Augen verengte, doch zum Glück zuckte das Arschloch bloß mit den Schultern und setzte wieder sein falsches Lächeln auf. »Tut mir leid, Liebes. Ich habe mich wohl von der Stimmung mitreißen lassen.«

»Nenn mich nicht *Liebes*. Mir ist klar, dass du Brite bist, aber das klingt schrecklich affektiert.«

Colin winkte nur ab. »Mag sein. Wie auch immer, es sieht so aus, als hättest du ein ziemliches Chaos zu beseitigen. Ich entschuldige mich, falls ich daran beteiligt war. Also, ich hoffe, wir sprechen bald noch einmal über das Stück?«

»Vielleicht. Ich weiß nicht«, erwiderte Bristol. »Du solltest jetzt gehen, Colin.«

Marcus sah schweigend zu, wie der Kerl verschwand. Er ließ Bristol für sich selbst einstehen, denn er mischte sich in so etwas nie ein. Er war nicht der Typ, der jemandem die Faust ins Gesicht rammte, nur weil er es konnte. Auch wenn er es in diesem Moment am liebsten getan hätte.

»Das tut mir so leid«, sagte sie.

»Was meinst du? Den Kuss? Oder dass ich es gesehen habe?«, platzte Marcus heraus.

Bristol riss die Augen auf. Sie trat einen Schritt auf ihn zu und streckte die Hand nach ihm aus, doch bei dem Anblick seines Gesichts erstarrte sie.

Zumindest glaubte er, dass es sein Blick war, der sie innehalten ließ. Vielleicht hatte sie auch einfach genug von dieser Beziehung. Möglicherweise ging es ihm genauso.

»Colin hat mich geküsst! Ich wollte das nicht und habe ihn weggestoßen. Das hast du doch gesehen.«

»Und trotzdem lässt du ihn immer wieder in dein Haus?«, konterte er.

»Weil ich mit ihm arbeite. Außerdem hat er mir geholfen. Aber ich weiß jetzt, dass ich nie wieder allein mit ihm üben werde. Beim nächsten Mal treffe ich mich in einem öffentlichen Studio mit ihm. Er geht einfach zu weit. Es tut mir leid, Marcus. Ich wollte niemals, dass das passiert.«

»Nein, du hast recht. Du kannst ihn nicht kontrollieren.« Marcus stieß den Atem aus und begann, im Raum auf und ab zu gehen. »Ich weiß, dass dich keine Schuld trifft. Deshalb bin ich auch nicht wütend. Geht es dir denn gut?«, fragte er, nachdem er sich endlich wieder gefangen hatte und sich bemühte, sich nicht wie ein Arschloch zu benehmen.

»Mir geht es gut.« Sie hielt kurz inne. »Solange zwischen uns alles in Ordnung ist. Marcus, sag mir, was los ist. Was habe ich getan?«

Er seufzte und versuchte, seine Gedanken zu ordnen.

»Du hast überhaupt nichts getan, Bristol«, sagte er.

»Vielleicht ist genau das das Problem. Wir haben verdammt noch mal gar nichts getan.«

Sie wich einen Schritt zurück. »Was meinst du damit?«

»Was treiben wir hier eigentlich?«, fragte er. »Wir spielen doch nur ein Spiel, oder?«

»Nein, das tun wir nicht. Wir haben uns ein Versprechen gegeben, Marcus.«

»Scheiß auf das Versprechen.«

Erschrocken riss sie die Augen auf, doch sie erwiderte nichts. Gut so. Denn er war sich nicht sicher, wie er reagiert hätte, wenn sie versucht hätte, sich zu rechtfertigen. Er wusste nicht, ob er ihr glauben würde. Er glaubte sich selbst kaum noch.

»Was zum Teufel treiben wir hier eigentlich?«, wiederholte er. »Was auch immer das zwischen uns ist, wir gehen es nicht richtig an. Wir reden kaum miteinander und sind lieber in Gesellschaft von anderen. Und unsere Freunde wagen es nicht, uns auf unsere Beziehung anzusprechen, weil sie Angst haben, das zu zerstören, was uns einst verbunden hat. Wir alle reden um den heißen Brei herum, und das treibt mich in den Wahnsinn. Was zum Teufel tun wir hier?«

»Wir werden heiraten«, flüsterte sie.

»Nein, das ist nicht die richtige Antwort. Wenn es die richtige Antwort wäre, würdest du dabei nicht so nervös klingen.«

»Marcus.«

»Nein, hör auf. Wir haben uns dieses Versprechen nur gegeben, weil wir Angst hatten. Du bist damals gegangen, und ich blieb hier. Aber genau so wird es immer sein. Du wirst immer diejenige sein, die geht, und ich werde immer der sein, der hierbleibt. Ich werde niemals wie Colin sein.

Ich werde nicht mit dir um die Welt reisen und dir die ganze Zeit über zur Seite stehen.«

»Sag das nicht. Du weißt, dass ich das nicht will. Colin interessiert mich nicht. Ich will dich.«

»Bist du dir da wirklich sicher? Oder hast du einfach nur Angst davor, einen Rückzieher zu machen? Das ist alles, was wir noch haben.«

»Marcus.«

»Hör auf, ständig meinen Namen zu wiederholen. Du weißt, dass das nichts bringt.«

»Du machst mir Angst, deshalb wiederhole ich mich. Ich weiß nicht, was ich sonst tun soll.«

»Ich weiß es auch nicht, aber das hier funktioniert einfach nicht. Wir sprechen nicht mehr miteinander. Früher haben wir über alles geredet. Nun, das ist auch nicht ganz richtig, denn in den vergangenen zehn Jahren haben wir die Tatsache ignoriert, dass unser Versprechen eigentlich albern war. Kein vernünftiger Mensch würde so etwas tun. Und wir weigern uns, einen Rückzieher zu machen, nur weil Andie uns belauscht hat? Was für ein verdammt miserabler Start in eine Beziehung soll das sein? Ich habe dir einen Ring geschenkt, von dem ich dachte, dass er dir gefällt. Doch ich habe dir nie gesagt, was ich für dich empfinde. Und du hältst mit deinen Gefühlen auch hinter dem Berg.«

Bristol schwieg. Marcus spürte dieses hohle Echo in seiner Brust und wusste genau, dass es sein Herz war, das gerade in tausend Stücke brach. Doch er ließ sich nichts anmerken. Dafür hatte er keine Zeit. Nicht wenn er zumindest ihre Freundschaft retten wollte.

»Ich will dich nicht verlieren«, sagte er. »Du bist meine beste Freundin, und wir haben das alles überstürzt.«

»Du hast recht. Das haben wir.«

Ein weiterer Dolchstoß direkt in sein Herz.

»Und ich will dich nicht verlieren«, wiederholte er. »Aber ich kann nicht mit dir zusammen sein. Du liebst mich nicht, Bristol.«

Bristol starrte ihn mit tränennassen Augen an. Sie öffnete den Mund, um etwas zu erwidern, doch er schüttelte nur den Kopf.

»Du liebst mich nicht«, wiederholte er. »Ich will die Freundin, die du für mich warst, nicht auch noch verlieren, deshalb gehe ich jetzt. Vielleicht finden wir eines Tages den Weg zurück zu dem, was wir mal hatten – aber ich weiß es nicht. Ich bin einfach nicht der Mann, den du brauchst. Nicht der, den du willst. Ich sage nicht, dass Colin der Richtige für dich ist, denn wir wissen beide, dass das nicht stimmt. Aber ich kann nicht der Mann sein, dem du dich zuwendest, weil du Angst vor der Zukunft hast. Und ich will auch nicht, dass du für mich diese Frau bist.« Während er die letzten Worte aussprach, wusste er, dass sie gelogen waren. Bristol war seine Zukunft. Er liebte sie verdammt noch mal. Aber er würde sich keine Blöße geben, denn das würde es ihm nur noch schwerer machen zu gehen.

»Ich liebe dich«, flüsterte sie.

»Aber was für eine Liebe ist das, Bristol?«, fragte er mit rauer Stimme. »Ich glaube, du brauchst so viel mehr, als ich dir jemals geben kann. Also geh. Werde die Frau, von der ich immer wusste, dass sie in dir steckt. Derweil werde ich hierbleiben. In Boulder. Ich werde diesen Ort niemals verlassen. Denn mein Leben ist genau hier, während du die ganze Welt in deinen Händen hältst. Ich bin einfach nicht der Richtige für dich.«

Mit diesen Worten machte er auf dem Absatz kehrt und verließ das Haus. Er ging und ließ dabei einen Teil von sich zurück.

Er hatte keine Ahnung, ob er das Richtige tat. Noch während er die Worte ausgesprochen hatte, hatte er gespürt, wie falsch sie waren. Aber wie er schon gesagt hatte: Es gab kein Zurück mehr. Nur weil er sich etwas von Bristol wünschte, hieß das noch lange nicht, dass es auch geschah. Also ging er, wohl wissend, dass er einen Fehler beging. Aber dafür hatte er schließlich ein Händchen, nicht wahr?

KAPITEL ACHTZEHN

Bristol band ihr Haar zurück und starrte auf die dunklen Schatten unter ihren Augen. Sie hatte die ganze Nacht kein Auge zugetan, und sie war selbst schuld daran.

Alles war ihre Schuld.

Sie hatte sich dazu verleiten lassen, an etwas zu glauben, das nie ganz real gewesen war. Doch wie hätte es auch real sein können, wenn sie ihre wahren Gefühle nie ausgesprochen hatte? Sie hatte solche Angst gehabt vor dem, was in Marcus vorging, dass sie ihm niemals wirklich zugehört hatte.

Doch sie musste endlich die Wahrheit herausfinden, aber sie wusste noch nicht wie. Sie war sich nicht sicher, ob ihr das jemals gelingen würde.

Sie nahm ihren Concealer, um die dunklen Schatten unter ihren Augen zu kaschieren, dann trug sie etwas Puder und ein wenig Mascara auf. Die Wimperntusche würde später verlaufen, wenn sie erneut in Tränen ausbrach, doch das war ihr egal. Sie würde einfach noch eine Schicht auflegen.

Alles, um sich vor ihren wahren Gefühlen zu schützen. Denn wenn sie sich erlaubte, unter all die Schichten zu blicken, würde sie eine gebrochene Frau finden – eine leere Hülle dessen, was sie zu sein geglaubt hatte.

Sie hatte ihren besten Freund nicht verlieren wollen – den Mann, den sie lieben gelernt hatte. Also hatte sie sich in dieses Märchen geflüchtet, in dem niemand unangenehme Fragen stellte und am Ende alles gut wurde.

Doch so funktionierte die reale Welt nicht. Sie hatte etwas Kostbares zerstört – und das nur, weil sie von Anfang an zu viel Angst gehabt hatte, es zu verlieren.

Nun gab es kein Zurück mehr. Wie hatte sie sich jemals einreden können, dass so etwas überhaupt möglich war?

Ein stechender Schmerz durchfuhr sie. Sie rieb sich mit der Faust über die Brust und fragte sich, wann sie sich wieder vollständig fühlen würde.

Sie wusste, die Antwort lautete: niemals. Wie sollte das auch möglich sein, wenn sie Marcus nicht an ihrer Seite hatte?

Es gab kein Zurück mehr zu der Zeit, in der er einfach ihr bester Freund gewesen war und sie versucht hatte, ihrer Verbindung gerecht zu werden. Vorbei waren das gemeinsame Lachen und die vertrauten, verschmitzten Anspielungen.

Es würde kein Zurück mehr geben zu den Tagen, an denen er ganz selbstverständlich Teil ihrer Familie gewesen war, und sie zu seiner gehört hatte.

Sie würde niemals eine Stearn werden. Er würde niemals den Namen Montgomery tragen.

Und das alles nur, weil sie unfähig gewesen war, ihm zu sagen, dass sie ihn liebte.

Weil er ihre Liebe nicht erwidern konnte.

Und weil der Anblick von ihr und Colin diese Wahrheit ans Licht gezerrt hatte.

Die ballte die Hand zur Faust und versuchte, langsam und regelmäßig zu atmen.

Sie hätte Colin niemals hereinbitten dürfen. Tief im Inneren wusste sie zwar, dass Marcus nicht wirklich glaubte, sie hätte ihn betrogen, doch sie hätte Colin entschiedener in seine Schranken weisen müssen.

Vielleicht hatte sie das alles verdient.

Nein, das stimmte nicht.

Sie hatte nichts getan, um einen Annäherungsversuch von Colin zu provozieren, und sie war überzeugt davon, dass Marcus das verstand. Zumindest hoffte sie das.

Doch vielleicht war es der Anblick von Colin und ihr gewesen, der Marcus gezwungen hatte zu erkennen, was in ihrer Beziehung fehlte.

Sie hatten in einer Märchenwelt gelebt, in der sie miteinander schlafen und so tun konnten, als sei alles in bester Ordnung. Als würden sie nicht alles zerstören, was sie sich über Jahre aufgebaut hatten.

»Großartige Leistung, Bristol«, sagte sie und schluckte einen Kloß im Hals hinunter. Sie wollte nicht schon wieder in Tränen ausbrechen, doch sie hatte das Gefühl, ihnen freien Lauf lassen zu müssen.

Eigentlich hätte sie üben müssen, denn ihre Tournee stand bevor. Doch sie wollte weder die Stadt noch das Haus verlassen. Sie ignorierte die Anrufe ihrer Familie, schottete sich von allen ab. Am liebsten hätte sie sich einfach unter ihrer Decke vergraben und so getan, als sei die Welt noch heil.

Plötzlich klingelte es an der Tür. Sie erstarrte, während ihr das Herz bis zum Hals schlug.

»Marcus?«, fragte sie. Ihre Stimme war kaum mehr als ein Flüstern.

Aber er konnte es nicht sein. Wie auch? Nicht, nachdem er unmissverständlich klargestellt hatte, dass er Abstand brauchte. Und den würde er nicht haben, wenn er in ihrer Nähe wäre.

Sie leckte sich die Lippen, ging zur Tür und spähte durch den Spion.

Es war nicht Marcus. Gott sei Dank war es auch nicht Colin.

»Lass uns rein, Bristol. Zur Not haben wir einen Schlüssel.«

Als Hollands Stimme an ihr Ohr drang, schloss Bristol die Augen und stieß den Atem aus.

»Bitte, Bristol. Irgendwas stimmt nicht«, drängte Arden.

»Ich weiß nicht, ob Hausfriedensbruch die Lösung ist, aber wenn nötig, ziehe ich es durch«, drohte Madison.

Und plötzlich war Bristol nicht mehr allein.

Sie öffnete die Tür. Eigentlich wollte sie niemanden sehen, aber ihr war bewusst, dass sie keine Wahl hatte.

»Hey«, sagte Arden und breitete die Arme aus. »Mir ist klar, dass dir wahrscheinlich nicht nach Gesellschaft oder einer Umarmung zumute ist. Doch du gehst weder ans Telefon noch antwortest du auf E-Mails. Also sind wir hier. Sprich mit uns.«

Kaum waren die Frauen über die Schwelle getreten, ließ Bristol den Tränen freien Lauf, wohl wissend, dass sowohl ihre Wimperntusche als auch der Concealer zerflossen.

»Oh, Süße«, sagte Holland und zog sie in ihre Arme. Madison rückte von der anderen Seite nach und schließlich war auch Arden bei ihnen. Die drei Frauen umringten Bristol, während diese in ihrer Mitte schluchzte und sich fragte, warum alles schiefgelaufen war.

Weil sie die möglichen Konsequenzen nicht in Betracht gezogen hatte.

Stell sich das einer vor.

»Marcus hat Schluss gemacht«, brachte sie mühsam hervor und versuchte, tief durchzuatmen.

»Wirklich?«, fragte Arden leise.

Bristol blickte in die Runde und wusste, dass sie ihnen die Wahrheit erzählen musste. Es hatte keinen Sinn, irgendetwas zu beschönigen.

»Es ist eine lange Geschichte«, gestand sie.

Madison nickte. »Das ist meistens so. Aber wir hören dir zu, versprochen.«

Bristol atmete tief aus. »Marcus und ich haben an meinem zwanzigsten Geburtstag einen Pakt geschlossen. Sollten wir zehn Jahre später beide noch Single sein, würden wir einander heiraten.«

Die Gesichter ihrer Freundinnen spiegelten absolute Fassungslosigkeit wider: aufgerissene Augen, offene Münder und ungläubiges Blinzeln.

Eigentlich hätte Bristol mit dieser Reaktion rechnen müssen.

»Im Ernst?«, platzte es aus Madison heraus. »Normalerweise würde ich sagen, das ist genial, aber … oh Gott, Bristol, es tut mir so leid.«

»Ich hielt die Idee auch für genial«, gestand sie leise. »Ich dachte wirklich, wir kriegen das hin. Also haben wir uns verlobt und gleichzeitig versucht, uns näherzukommen. Doch das Problem war, dass wir nie offen über unsere Gefühle gesprochen haben. Und jetzt hat Marcus keine Ahnung, was ich für ihn empfinde. Ich weiß es selbst nicht genau, weil ich mir verbiete, überhaupt etwas zu fühlen …

und nun ist alles ruiniert.« Während Bristol ihnen jedes schmerzhafte Detail der letzten Tage anvertraute, hörten ihre Freundinnen schweigend zu. Sie nickten verständnisvoll, hielten ihr die Hand oder strichen ihr beruhigend über den Rücken.

Wieder kullerten ihr Tränen über die Wangen, doch sie wehrte sich nicht dagegen. Wahrscheinlich sah sie aus wie der wandelnde Tod, doch das war ihr egal.

Die vier setzten sich ins Wohnzimmer und unterhielten sich. Bristol glaubte jedoch nicht, dass eine von ihnen eine geeignete Antwort parat hatte – abgesehen von den üblichen Ratschlägen, dass alles Zeit brauche und dies vielleicht noch nicht das Ende sei.

»Du musst mit ihm reden«, sagte Arden schließlich.

Bristol nickte. »Ich weiß. Ich will nicht, dass er mich hasst.« Sie stieß ein humorloses und tränenreiches Lachen aus. »Mir ist klar, wie egoistisch das klingt. Schließlich weiß er nicht einmal, was ich für ihn empfinde. Wir müssen offen darüber reden. Selbst wenn aus der Hochzeit nichts wird, will ich ihn als Freund nicht verlieren.«

»Eure Beziehung steht auf einem soliden Fundament. Vielleicht wankt es gerade ein wenig, aber das liegt nur daran, dass ihr nicht miteinander redet.« Holland beugte sich vor und drückte ihre Hand. »Ich lebe mit zwei Männern zusammen. Innerhalb unserer Dreierbeziehung gibt es verschiedene Dynamiken. Kommunikation ist das A und O, damit so etwas funktionieren kann. Deshalb musst du Marcus gegenüber offen sein. Ich weiß, das ist beängstigend, weil du nicht weißt, wie er reagieren wird. Aber das gehört zu einer Beziehung dazu. Um herauszufinden, woran du bist, musst du dich öffnen. Das ist zwar Furcht einflößend, aber du bist eine der stärksten Frauen, die ich kenne, Bristol. Du schaffst das.«

Bristol wischte sich die Tränen aus dem Gesicht. »Scheinbar glaubt ihr mehr an mich als ich selbst.«

»Das ist bei den meisten so«, warf Madison ein. Sie zuckte mit den Schultern, als die anderen sie überrascht ansahen. »Ich habe so gut wie kein Selbstwertgefühl, aber ich arbeite daran. Und ich hoffe, du tust das auch. Jetzt atme erst mal tief durch. Sei dir bewusst, dass die nächste Zeit verdammt hart wird, aber ihr beide werdet einen Weg finden. Du musst einfach mit ihm reden.«

»Ich weiß. Es ist dumm und lächerlich, es nicht zu tun. Ich dachte wirklich, es würde funktionieren, doch ich habe mich geirrt.«

»Es hat funktioniert, wir haben es alle gesehen«, entgegnete Arden mit sanfter Stimme. »Und damit es auch in Zukunft funktioniert, braucht ihr diese eine lästige Kleinigkeit namens Kommunikation.«

»Ich weiß«, erwiderte Bristol erneut. Sie unterhielten sich noch eine Weile, bis ihre Freundinnen schließlich wieder zur Arbeit mussten. Bevor sie gingen, umarmten sie Bristol herzlich und drohten, bei ihr einzuziehen, falls sie sich nicht zusammenreißen und endlich wieder am Leben teilnehmen würde. Sie wusste, wie sehr diese Frauen sie liebten, und sie empfand genau dasselbe für sie. Sogar für Madison, die zwar neu in ihrer Clique war, aber längst einen festen Platz in ihrem Herzen gefunden hatte.

Eben jenes Herz, das im Moment wankte, weil sie nicht wusste, wie es mit Marcus weitergehen sollte. Aber sie musste es herausfinden.

Sie hatte keine andere Wahl.

Wie ferngesteuert wusch Bristol sich das Gesicht und trug dann erneut Concealer und Mascara auf. Niemand würde sie heute noch sehen, doch sie brauchte das für sich selbst. Es war eine Art Rüstung, die sie anlegte, um einen

Plan schmieden zu können. Sie würde um Marcus kämpfen und ihm gegenüber Dinge aussprechen, die sie viel zu lange verschwiegen hatte. Dafür musste sie sich eine Strategie zurechtlegen.

Für andere mochte das albern klingen, doch für sie war es hilfreich. Die anderen würden sich damit abfinden müssen.

Sie überlegte kurz, ob sie zurück in ihr Arbeitszimmer gehen und üben sollte, doch stattdessen schlug sie ihr Notizbuch auf und begann, eine Liste zu erstellen.

Es klingelte erneut, und sie legte die Stirn in Falten. Sie glaubte nicht, dass eine der Freundinnen zurückgekehrt war, aber vielleicht stand einer ihrer Brüder vor der Tür. Immerhin mischte sie sich oft genug in deren Angelegenheiten ein, da war es nur recht und billig, dass sie das Gleiche bei ihr taten.

Bristol ging zur Tür, spähte durch den Spion und erstarrte.

Verdammt. Sie hatte gehofft, es sei Marcus. Jeder andere wäre ihre lieber gewesen als der Mann, der auf der anderen Seite der Tür stand. Sie hätte ihn ignorieren und die Tür gar nicht erst öffnen können. Doch das wäre nur eine Flucht vor ihren Problemen gewesen. Sie konnte sich nicht ewig vor Colin verstecken. Vor allem nicht, wenn sie ihm begreiflich machen musste, dass er sie nie wieder begrapschen durfte. Ehrlich gesagt war sie sich nicht einmal sicher, ob sie jemals wieder mit ihm zusammenarbeiten wollte. Nicht nur, weil er manchmal die Grenzen überschritt, sondern weil sie bei jedem künftigen Treffen unweigerlich den Schmerz in Marcus' Gesicht vor Augen haben würde. Und diesen Ausdruck wollte sie nie wieder sehen.

Sie öffnete die Tür, allerdings nur einen Spaltbreit.

»Colin, dies ist wirklich kein guter Zeitpunkt«, sagte sie. »Du hättest vorher anrufen sollen.«

»Ich bin nur hier, um nach dir zu sehen. Du bist nicht ans Telefon gegangen.«

Aus gutem Grund, dachte sie grimmig, sprach die Worte aber nicht laut aus. Schließlich hatte sie sämtliche Anrufe ignoriert.

»Ich bin beschäftigt, Colin. Tut mir leid. Wir müssen das auf später verschieben.«

»Lass mich rein«, forderte er. »Ich möchte mich entschuldigen.«

»Colin, geh bitte.«

Er stemmte seine Hand gegen die Tür und drängte sich an ihr vorbei ins Haus. Verblüfft starrte sie ihn an. Er war viel größer als sie, viel stärker. Bisher war ihr das nie so bewusst gewesen.

Sie taumelte zurück, während Colin die Tür hinter ihr schloss und sie verriegelte. Das Klicken des Schlosses hallte im Raum wider. Sie schluckte und begann, am ganzen Leib zu zittern.

»Was zum Teufel soll das?«, wollte sie wissen. »Ich habe dich nicht reingebeten.«

»Wir müssen reden. Und ganz offen sein. Lass uns das klären.«

»Es gibt nichts zu klären. Du solltest jetzt gehen. Im Moment bist du hier nicht willkommen.«

»Wir können das wieder in Ordnung bringen«, erwiderte er.

»Auch auf die Gefahr hin, mich zu wiederholen: Du bist hier nicht willkommen ... niemals. Verschwinde.«

Ihr Handy lag in ihrem Arbeitszimmer, und ein Festnetztelefon besaß sie nicht. In diesem Moment verfluchte sie sich dafür, dass sie ihr Smartphone nicht ständig bei sich trug.

»Wir müssen reden«, wiederholte Colin.

»Du musst jetzt gehen«, sagte sie und wich instinktiv einen Schritt zurück in Richtung ihres Ateliers. Colin folgte ihr sofort, und sie erstarrte.

Irgendetwas stimmte heute nicht mit ihm, doch sie konnte es nicht recht benennen.

Er machte ihr Angst, und das beunruhigte sie zutiefst.

»Nein, wir werden das jetzt ausdiskutieren. Du und ich. Genau wie wir es immer getan haben.« Er ging um sie herum. »Du bist also nicht mit ihm zusammen? Er ist nicht hier?«

»Das geht dich nichts an. Verschwinde.« Sie wollte an ihm vorbeigehen, um zur Tür zu gelangen, doch er packte sie grob am Arm.

Sie versuchte, sich seinem Griff zu entziehen, doch er war stärker und grub seine Finger in ihr Fleisch. Das Herz schlug ihr bis zum Hals und ihr stockte der Atem.

»Du musst jetzt gehen.« Sie bemühte sich um einen entschlossenen Tonfall, doch das verräterische Zittern in ihrer Stimme ließ sich nicht unterdrücken.

»Bristol, wir gehören seit Jahren zusammen. Du und ich. Das kannst du nicht einfach wegwerfen, nur weil du jetzt jemand anderen hast. Ich verstehe, dass er dir viel bedeutet. Aber was ist mit uns? Was ist mit unserer gemeinsamen Vergangenheit? Du und ich? Wir könnten zusammen die Welt erobern. Vergiss das niemals. Vergiss niemals, wer ich für dich bin.« Er festigte seinen Griff um ihren Arm, sodass sie laut aufschrie.

Mit aller Kraft versuchte sie, sich zu befreien. »Lass mich los«, krächzte sie.

»Ich werde dir nichts tun, Bristol. Aber wir müssen reden.«

»Es ist vorbei«, entgegnete sie. »Schon lange. Ich mache das nicht mit. Verschwinde.«

»Das kannst du mir nicht antun!«, brüllte er.

Bristol erstarrte, die Angst packte sie, während eine Welle der Übelkeit sie überrollte.

»Colin. Bitte lass mich los.« Sie versuchte vergebens, ihre Stimme ruhig klingen zu lassen.

»Warum? Warum sollte ich dich loslassen? Du verstehst es einfach nicht«, herrschte er sie an und schüttelte sie. Sie versuchte erneut, sich aus seinem Griff zu winden, doch er packte auch ihren anderen Arm und drückte noch fester zu. Er hielt sie auf Distanz und spannte die Muskeln an, sodass sie nicht nach ihm treten konnte. Sie hatte keine Möglichkeit, ihm zu entkommen.

Sie wehrte sich dennoch, doch er hielt sie fest.

»Du kannst nicht einfach die Tournee mit mir platzen lassen. Oder das Stück nicht spielen. Ich habe alles für dich getan. Ich habe dir geholfen, an die Spitze zu gelangen, und so dankst du es mir? Mit Untreue?« Er schüttelte sie erneut, wobei sie sich auf die Zunge biss.

»Colin. Bitte hör auf.«

»Ich sage dir genau, wo dein Platz ist. An meiner Seite. Bei mir. Immer. Du kannst nicht einfach deine Meinung ändern, nur weil du einen anderen Mann gefunden hast. Du kannst mich nicht einfach abservieren nach allem, was ich getan habe. Ich habe dich zu dem gemacht, was du heute bist. Dank mir hast du eine strahlende Karriere. Ohne mich wärst du ein Nichts.«

Dem hatte sie einiges entgegenzusetzen, doch sie hielt sich zurück. Sie wusste, dass er nur noch wütender werden würde, wenn sie ihm die Fakten entgegenschleuderte. Also versuchte sie stattdessen, ihn zu beruhigen, während ihr Herz so heftig in ihrer Brust hämmerte, dass sie schon befürchtete, es würde zerspringen.

»Colin. Wir können gern über alles reden. Aber bitte, lass mich los.«

»Du glaubst, du kannst mich beschwichtigen? Du kennst mich verdammt noch mal überhaupt nicht, oder?«

Die Ohrfeige traf sie völlig unvorbereitet. Sie blinzelte, und im nächsten Moment lag sie auf den Fliesen. Colin hatte sie mit einer solchen Wucht zu Boden geschleudert, dass ihr Kopf zuerst aufschlug und sie nur noch Sterne sah. Benommen versuchte sie, sich aufzurichten, und wollte den Kopf schütteln, doch ihr Körper gehorchte ihr nicht. Plötzlich lag er auf ihr. Sie geriet in Panik. Was ging hier vor sich? Wie hatte es so weit kommen können?

Er drückte sie fest auf den Boden, während er seine Finger erneut in ihr Fleisch grub. Sie trat um sich und rammte ihm ihr Knie in den Schritt. Er schrie auf. Sie nutzte den Moment, um ihn von sich zu stoßen, dann kroch sie in Richtung ihres Smartphones.

Er versperrte den Ausgang, aber wenn sie ein Fenster oder ihr Handy erreichen konnte, würde sie diesen Albtraum beenden können. Sie musste sich nur in ihrem Zimmer einschließen, dann wäre sie in Sicherheit. Plötzlich packte er ihren Knöchel und riss sie mit solcher Wucht zurück, dass ihr Gesicht auf dem Boden aufprallte. Sie kroch trotzdem weiter. Irgendwie musste sie ihm entkommen. Sie trat erneut nach ihm und traf ihn diesmal ins Gesicht. Ein knirschendes Geräusch hallte durch den Raum, als sie ihm den Absatz ihres Schuhs gegen die Nase rammte. Blut spritzte über den Boden.

Er heulte auf. »Du Schlampe«, brüllte er, dann stürzte er sich erneut auf sie. Diesmal war sie jedoch schneller und schaffte es zurückzuweichen. Sie trat um sich, schrie und versuchte, ihn zu kratzen. Seine Nase war bereits gebrochen und Blut rann ihm über die Wangen, doch ihr Triumph währte nicht lange. Er stieß sie von sich und schlug ihr mit der Faust direkt in die Magengrube.

»Wie kannst du es wagen? Wie kannst du es nur wagen?«, schrie er.

Er packte ihren Hals, doch sie wehrte sich und rammte ihm noch einmal das Knie in die Weichteile.

Dann fiel sie. Sie sah das Aufblitzen des Metalls erst, als es schon zu spät war.

Ein brennender Schmerz durchzuckte ihre Taille. Sie schnappte nach Luft und blinzelte heftig, als ihr Tränen in die Augen schossen. Ungläubig starrte sie an sich hinunter. Aus einer Wunde an ihrer Seite quoll Blut. Sie presste beide Hände auf den Schnitt, während sie endgültig auf den Boden sank. Verzweifelt versuchte sie, die Blutung zu stoppen, doch der warme, zähflüssige Strom rann unaufhaltsam durch ihre Finger. Ein Schrei entfuhr ihr, während sie sich fragte, was gerade geschehen war.

Entsetzt blickte sie zu Colin auf. Er stand über ihr. Seine Brust hob und senkte sich, während er auf sie herabstarrte. In der Hand hielt er eine blutverschmierte Schere.

»Das hättest du nicht tun sollen«, zischte er. »Wir hatten alles. Und jetzt hast du es ruiniert.«

Sie hatte eine Hand auf dem Boden ausgestreckt, während ihre Kräfte zusehends schwanden. Sie schrie auf, als er einen Stiefel direkt über ihren Fingern positionierte.

»Deine kostbaren Finger. Was würde wohl passieren, wenn ich sie dir brechen würde? Du würdest nie wieder Cello spielen können.«

»Colin, bitte.«

»Du hattest deine Chance, die Zeit zum Betteln ist vorbei. Jetzt bist du nichts mehr.«

Doch dann hielt er inne, neigte den Kopf zur Seite und zog seinen Fuß zurück.

Ihre Finger waren vorerst in Sicherheit, doch als sie sah, wie sich das Blut unter ihr auf dem Boden ausbreitete, wusste sie, dass sie alles andere als sicher war.

Sie blinzelte, um den Blick zu fokussieren, und sah, dass Colin verschwunden war. Die Haustür stand offen. Sie wusste, dass sie weiterkriechen und ihr Handy erreichen musste. Sie musste irgendetwas tun.

Denn sie wollte nicht sterben. Doch während der Lebenssaft aus ihr herausströmte und sie am ganzen Leib zitterte, wuchs ihre Angst, dass ihre Kraft nicht ausreichen würde.

Sie stemmte sich auf die Knie und kroch auf ihr Handy zu. Jede Bewegung schien ihre Wunde noch weiter aufzureißen, doch sie ignorierte den Schmerz und ihre eigenen Schreie.

Sie ertastete ihr Handy, doch das Blut an ihren Fingern machte es ihr schwer, den Bildschirm zu entsperren.

Schließlich gelang es ihr, mit zitternden Fingern den Notruf zu wählen. Sie lag auf dem Boden, das Telefon neben ihrem Gesicht, und klammerte sich an die Hoffnung, dass es noch nicht zu spät war.

KAPITEL NEUNZEHN

Marcus knurrte und schlug erneut auf den Boxsack ein. Wieder und wieder. Eine linke Gerade, dann ein Haken. Eine rechte Gerade und noch eine Linke.

»Okay, ich glaube, ich brauche eine Pause«, sagte Ronin, ließ den Boxsack los und schüttelte die Hände aus. Marcus lockerte seine Fäuste und runzelte die Stirn. »Ich habe doch gar nicht so fest zugeschlagen.«

»Doch, das hast du«, erwiderte Ronin und zog die Augenbrauen in die Höhe. »Willst du darüber reden?«

Marcus schüttelte den Kopf. »Nicht wirklich.«

»Nun, du wirst keine andere Wahl haben. Das hier ist nicht *Captain America*, wo du die Säcke einfach zerstören darfst. Wir befinden uns in einem öffentlichen Fitnessstudio.«

Es war Wochenende, und außer ihnen war kaum jemand hier, doch Ronin hatte recht. Marcus sollte die Ausrüstung nicht beschädigen.

»Ich will nicht darüber reden«, sagte er nach einem Moment des Schweigens.

»Aber das wirst du müssen«, widersprach Ronin. »Ich denke nicht, dass es gesund ist, alles in sich hineinzufressen.«

Marcus sah seinen Freund vielsagend an.

Dieser zuckte nur die Achseln. »Ich weiß, ich bin ein Heuchler. Aber es geht hier nicht um mich. Du steckst in einer Krise. Und ich habe das Gefühl, es hat etwas mit Bristol zu tun. Du bist mürrisch und hast dein verdammtes Handy ausgeschaltet. Das ist ungewöhnlich. Normalerweise hast du es eingeschaltet, falls deine Familie oder sie dich brauchen.«

»Komm schon«, erwiderte Marcus nur. »Ich habe genug für heute. Ich höre besser auf, andernfalls mache ich wirklich noch etwas kaputt.«

»Also schön. Dann gehen wir ein Bier trinken, um dich auf andere Gedanken zu bringen, verdammt noch mal.«

Ein älterer Mann neben ihnen schnalzte missbilligend mit der Zunge, doch Marcus verdrehte nur die Augen. Er war es leid, sich ständig rechtfertigen zu müssen, vor allem weil er tief im Inneren wusste, dass er eigentlich kein Argument auf seiner Seite hatte. Wenn sie im Fitnessstudio fluchten, musste der Typ sich eben damit abfinden. Schließlich hatte Ronin es ja nicht quer durch den ganzen Raum gebrüllt.

»Ja, ich könnte ein Bier vertragen. Oder etwas Stärkeres«, fügte er hinzu.

Ronin sah ihn fragend an. »Das klingt nicht gut. Normalerweise trinkst du keinen Schnaps.«

»Dann fange ich eben jetzt damit an«, entgegnete Marcus.

»Geht es um Bristol?«, fragte Ronin, als sie die Umkleidekabine betraten.

Marcus seufzte. »Ich glaube, es ist aus.«

Ronin stieß erneut einen Fluch aus. »Endgültig vorbei?«

»Ich habe keine Ahnung, ob wir jemals wieder zueinanderfinden werden«, gestand er, als er sich abwandte, um sich die Hose anzuziehen. »Ich habe es beendet.«

Ronin schwieg so lange, dass Marcus schon befürchtete, er sei gegangen.

Er drehte sich um.

»Du bist derjenige, der Schluss gemacht hat?«, fragte Ronin.

Marcus nickte. »Ja. Ich musste es tun. Es war unvermeidlich.«

»Hast du den Verstand verloren?«, fragte Ronin.

»Das ist nicht besonders hilfreich.« Marcus verkrampfte sich der Magen. Er fühlte sich, als hätte er seit Jahren nicht geschlafen. Und jetzt auch noch von Ronin zu hören, dass er einen Riesenfehler begangen hatte, war das Letzte, was er gebrauchen konnte.

»Nein, vermutlich nicht«, pflichtete Ronin ihm bei. »Ich dachte, du liebst sie. Was ist passiert?«

Marcus zuckte mit den Schultern. »Lange Geschichte.«

»Du kannst sie mir später erzählen, wenn wir aus dem Krankenhaus zurück sind«, ertönte eine Stimme hinter ihnen.

Marcus wirbelte herum und erblickte Aaron, der mit finsterem Gesicht in der Tür stand. »Krankenhaus? Was meinst du damit?« Ein eiskalter Schauer lief ihm über den Rücken, während er einen Schritt auf Aaron zutrat.

»Vielleicht solltest du mal dein verdammtes Handy einschalten.«

Marcus hatte Aaron noch nie in einem derart aufgebrachten Zustand erlebt. Bristols kleiner Bruder war normalerweise der umgänglichste und entspannteste Typ, den er kannte. Doch in diesem Moment sah er aus, als wollte er eigenhändig das Dach vom Gebäude reißen – oder Marcus den Kopf vom Rumpf trennen.

»Was ist passiert?«, fragte Marcus, während er sich hastig das Hemd über den Kopf streifte und dann seine Schuhe anzog.

»Dieses verdammte Arschloch hat Bristol angegriffen. Sie liegt im Krankenhaus.« Aaron schluckte schwer. Seine Hände zitterten unkontrolliert, während er sie an den Seiten zu Fäusten ballte.

Marcus erstarrte.

Bristol.

Krankenhaus.

Mein Gott.

»Wir müssen los«, fuhr Aaron fort. »Deine Familie hat mir gesagt, wo du bist. Nur so habe ich dich gefunden. Aber ich habe schon viel zu viel Zeit damit verschwendet, nach dir zu suchen. Ehrlich gesagt glaube ich nicht mal, dass du dort gebraucht wirst.«

»Redest du von Colin? Was zum Teufel hat er ihr angetan?«

»Ich kenne die Einzelheiten nicht, aber sie wäre fast verblutet, und niemand war für sie da. Wir nicht, weil wir ihr ihren Freiraum lassen wollten. Und du nicht, weil du scheinbar zu gut für sie bist. Also, fahr zur Hölle.«

Mit diesen Worten verließ Aaron den Umkleideraum. Marcus schnappte sich seine Tasche und folgte ihm.

»Scheiße, gib mir Bescheid, wenn du mehr weißt«, rief Ronin ihm nach.

Marcus nickte nur und ließ seinen Freund stehen. Er bekam kaum noch Luft. Seine Hände zitterten heftig und er schluckte gegen den Kloß in seinem Hals an, während er versuchte, wieder zu Atem zu kommen.

»Verdammte Scheiße. Wird sie wieder gesund? Sie muss wieder gesund werden.«

»Ich weiß es nicht«, antwortete Aaron. »Liam hält mich auf dem Laufenden, aber im Moment warten sie darauf, dass sie aus dem OP kommt. Sie wird operiert. Er hat sie niedergestochen.«

Aaron keuchte inzwischen heftig. Marcus stolperte fast über seine eigenen Füße, als er auf ihn zueilte und ihm die Hände auf die Schultern legte. »Haben sie Colin gefunden?« Wenn nicht, würde er den Mistkerl selbst aufspüren und ihn eigenhändig umbringen. Ohne zu zögern. Die Konsequenzen waren ihm egal. Er würde ihn töten.

»Fass mich nicht an«, fauchte Aaron. Sofort zog Marcus die Hände zurück. Einige Leute beäugten sie mit neugierigen Blicken, doch Aaron und Marcus winkten ab. Als sie schließlich allein auf dem Parkplatz standen, kam Ronin zu ihnen geeilt.

»Hört auf damit«, sagte Ronin und schob sich zwischen sie. »Kommt nicht auf die Idee, euch zu prügeln. Ihr seid doch Freunde. Eine Familie.«

»Du kennst uns doch überhaupt nicht«, blaffte Aaron. In seiner Stimme schwang Angst mit, und genau deshalb schlug er blindlings um sich. Marcus ließ ihn gewähren. Er hatte es verdient, Aarons Zorn zu spüren.

»Ich muss jetzt ins Krankenhaus zu meiner Schwester. Ich habe zwar keine Ahnung, was zwischen euch vorgefallen ist, aber sie würde sicher wollen, dass du bei ihr bist. Meine Mutter hat mich gebeten, dich zu holen. Alle anderen sind dort. Ich war der Einzige, der kurz wegkonnte. Ich musste einfach mal durchatmen«, erklärte Aaron mit Tränen in den Augen.

Marcus stieß einen leisen Fluch aus. »Kannst du fahren?« Marcus war sich nicht sicher, wie er es im Moment schaffte, einen klaren Gedanken zu fassen, doch um Aarons willen zwang er sich zur Beherrschung.

Und für Bristol.

»Ja, ich bin vorsichtig«, antwortete Aaron. »Wenn ich auf dem Weg ins Krankenhaus einen Unfall baue, wird sie mir das Fell über die Ohren ziehen.«

Beide Männer stießen ein humorloses Lachen aus.

»Ich nehme meinen eigenen Wagen und folge dir«, sagte Marcus.

»Halte mich auf dem Laufenden«, bat Ronin. In diesem Moment wurde Marcus sich bewusst, dass sein Freund noch hier war. Ronin war zu ihnen geeilt, um zu verhindern, dass sie sich – mangels eines anderen Ventils für ihren Schmerz – gegenseitig zerfleischten.

Marcus nickte, ging dann zu seinem Wagen und folgte Aaron zum Krankenhaus. Er umklammerte das Lenkrad mit festem Griff. Seine Muskeln waren so angespannt, dass er jetzt schon den Muskelkater spüren konnte. Es grenzte an ein Wunder, dass er das verdammte Ding nicht einfach aus der Verankerung riss.

Er parkte ein gutes Stück von Aaron entfernt, hastete durch die Türen und kämpfte sich durch das Labyrinth der Klinikflure, bis er das Wartezimmer erreichte.

Der ganze Montgomery-Clan war dort. Sogar seine Mutter und sein Vater waren gekommen. Seine Schwestern und deren Männer waren jedoch nicht anwesend.

Er warf den Montgomerys einen flüchtigen Blick zu und steuerte dann geradewegs auf seine Mutter zu. Er war zu feige, um sich umzudrehen und Bristols Familie in die Augen zu sehen.

»Mom.«

»Oh, Schatz, er hat dich also gefunden. Deine Schwestern und ihre Männer wollten unbedingt herkommen, aber wir haben sie weggeschickt. Wir hätten hier sonst das ganze Wartezimmer in Beschlag genommen.« Sie schenkte ihm ein zaghaftes Lächeln.

Marcus zog sie in seine Arme, atmete ihren vertrauten Duft ein und strich ihr über den Rücken. »Bist du sicher, dass du hier sein solltest?«, fragte er leise. Er machte sich Sorgen um seine Mutter, denn sie war über Jahre hinweg in Krankenhäusern ein und aus gegangen. Allein der Gedanke, dass sie hier war, missfiel ihm.

»Im Wartezimmer zu sitzen wird nicht gleich Erinnerungen wiederaufleben lassen. Mir geht es gut. Und wenn ich müde werde, bringt dein Vater mich nach Hause. Aber Bristol gehört für mich auch zur Familie. Ich muss wissen, dass es ihr gut geht.« Sie drückte seine Hand, während sein Vater einen Arm um ihre Schultern legte und sie zurück zu ihrem Platz geleitete.

»Ich passe auf sie auf, mein Sohn. Geh und kümmere dich um deine andere Familie. Ich sorge dafür, dass deiner Mutter nichts passiert.«

Marcus begegnete dem Blick seines Vaters. In seinen Augen lag ein Anflug von Sorge, doch auch unerschütterliche Stärke, die er jetzt brauchen würde.

Er konnte kaum atmen und war zu keinem klaren Gedanken fähig.

Bristol musste es einfach schaffen.

Er ging auf den Stuhl zu, auf dem Bristols Mutter saß. Mit tränenüberströmtem Gesicht sah sie zu ihm auf. »Meine Tochter ist stark. Ich bin froh, dass du hier bist. Wir konnten dich nicht erreichen und haben uns Sorgen gemacht.«

Marcus senkte den Kopf. »Es tut mir leid. Ich hatte mein Handy ausgeschaltet. Das kommt nie wieder vor.«

Bristols Vater stand auf und drückte ihm die Schulter.

»Ist schon gut. Das kann vorkommen. Wir wussten, dass Aaron dich finden würde.« Er warf einen Blick auf seinen Sohn. »Stimmt's?«

»Stimmt. Ich habe ihn gefunden«, bestätigte Aaron. »Gibt es Neuigkeiten von Bristol?«

»Wir warten auf eine Nachricht vom Arzt«, antwortete Ethan. »Sie sollte bald aus dem OP kommen.«

Marcus wandte sich ihm zu. Ethan hatte den Blick starr auf die Uhr gerichtet. Rechts und links von ihm saßen Lincoln und Holland, die seine Hände fest umschlossen hielten. Sie schwiegen, doch sie lehnten sich an ihn, als wollten sie ihm mit ihrer Berührung Kraft spenden.

Madison saß neben Lincoln und hielt seine andere Hand.

Marcus wusste, dass Madison und Bristol sich in letzter Zeit nahegekommen waren. Die Tatsache, dass Madison ebenfalls hier war, erinnerte ihn nur daran, dass Bristol eine Zukunft voller liebender Menschen vor sich hatte.

Sie musste es einfach schaffen.

Er wiederholte dieses Mantra immer wieder, als könne er es allein durch seine Willenskraft Realität werden lassen.

»Was genau ist eigentlich passiert?«, fragte Marcus und warf einen Blick zur Tür, als jemand eintrat.

»Das würde ich auch gern wissen«, sagte Zia, deren lila Haare zu einem unordentlichen Knoten auf dem Kopf zusammengebunden waren. Sie war blass, sodass ihre Tätowierungen sich deutlich von ihrer Haut abhoben. Mrs. Montgomery stand auf, ging auf Bristols Ex-Freundin zu und schloss sie in ihre Arme.

»Ich bin froh, dass du hier bist, Liebling. Jetzt ist Bristols ganze Familie versammelt. Das ist gut.«

»Was ist passiert?«, fragte Zia erneut.

Marcus sah Liam an und bemerkte, wie dessen Kiefermuskeln sich anspannten.

»Wir wissen kaum etwas. Colin ist in ihre Wohnung eingedrungen und hat sie angegriffen. Was genau dort vorgefallen ist, kann ich dir nicht sagen, aber Bristol hat sich gewehrt. Colin hat eine gebrochene Nase und etliche Hämatome. Sie hat es sogar geschafft, ihm einige Kratzer im Gesicht zuzufügen.«

Seine Frau hatte sich gewehrt. Das wunderte ihn nicht, doch sie hätte gar nicht erst in diese Lage kommen dürfen. Marcus hätte dort sein müssen. »Haben sie den Mistkerl erwischt?«

»Ja. Er saß in seinem verdammten Wagen in ihrer Einfahrt, murmelte irgendetwas vor sich hin und versuchte, das Blut wegzuwischen, als die Polizei eintraf.« Liam stieß einen Fluch aus.

Marcus atmete tief durch, um sein rasendes Herz zu beruhigen. »Wer hat die Polizei gerufen?«

»Sie selbst«, antwortete Arden leise. »Die Mädchen und ich waren kurz zuvor noch bei ihr, um nach ihr zu sehen, nachdem ...« Sie wich seinem Blick aus.

Marcus fluchte ebenfalls. »Um nach ihr zu sehen, nachdem ich Schluss gemacht hatte«, beendete er den Satz für sie.

Arden zögerte, doch dann bestätigte sie seine Worte mit einem Nicken. »Ja, aber es ging ihr gut. Er musste aufgetaucht sein, nachdem wir gegangen waren. Offenbar ist er nicht weggefahren. Ich weiß nicht, was jetzt mit ihm passiert, aber die Polizei hat ihn in Gewahrsam.«

»Er hat sie ziemlich schlimm verletzt«, sagte Liam leise.

»Was hat er ihr angetan?«, wollte Marcus wissen.

»Er hat sie attackiert, auf sie eingeschlagen und dann mit einer Schere auf sie eingestochen.«

»Mein Gott«, entfuhr es Marcus.

»Bristol hat den Polizisten alles erzählt, als sie eintrafen. Nur deshalb wissen wir überhaupt, was dort vorgefallen ist.«

»Und zu dem Zeitpunkt war sie noch bei Bewusstsein?«, fragte Marcus.

»Ja. Kurz danach ist sie ohnmächtig geworden, entweder wegen des Blutverlusts oder durch den Schock«, antwortete Arden. »Ich weiß es nicht. Ich war oft genug im Krankenhaus, man könnte meinen, ich wüsste alles, aber das tue ich nicht.«

»Kommen deine Brüder auch?«, fragte Marcus plötzlich, als ihm einfiel, dass Ardens Brüder ihr ständig im Krankenhaus zur Seite standen. Die fürsorglichen Brady-Jungs, die immer zur Stelle waren.

»Ich musste sie davon abhalten. Aber vielleicht kommen sie später und halten Wache, falls jemand eine Pause braucht.«

Sie warf einen Blick auf ihre zukünftigen Schwiegereltern.

Marcus begriff sofort, was sie meinte. Wenn nötig, würden ihre Brüder dafür sorgen, dass Bristols Eltern sich ausruhen konnten, genau wie seine Familie.

Bristols Geschwister würden hierbleiben. Marcus ebenfalls. Er musste sich vergewissern, dass sie es schaffte.

»Kann ich kurz mit dir sprechen?«, fragte Liam mit gedämpfter Stimme. Schlagartig verstummten alle um sie herum, und Marcus versteifte sich.

»Ja. Kannst du.«

Sollte Liam ihm seine Faust ins Gesicht rammen wollen, hätte er es verdient.

»Liam«, sagte sein Vater mit herrischem Tonfall.

»Ist schon gut«, erwidere Liam. »Ich will nur mit ihm reden, versprochen.«

Aaron und Ethan standen beide auf, doch Liam hob abwehrend eine Hand.

»Erst mal nur ich allein.«

Marcus' Eltern sahen ihn fragend an, doch er schüttelte nur kurz den Kopf.

»Ich bin gleich wieder da.« Mit diesen Worten folgte er Liam nach draußen und ließ die anderen im Wartezimmer zurück.

»Ich werde dich nicht schlagen«, begann Liam sofort.

»Ich hätte es verdient.«

»Ich weiß nicht, was zwischen dir und meiner Schwester vorgefallen ist, aber Arden meinte, es sei ein Kommunikationsproblem. Also werde ich das vorerst glauben. Ich erwarte, dass du das wieder geradebiegst. Es ist mir scheißegal, was du dafür tun musst, aber du bringst das in Ordnung.« Liam reckte seine geballte Faust, und Marcus wich unwillkürlich zurück. »Ich sagte doch, dass ich dich nicht schlagen will. Nimm es.« Marcus schob ihm seine geöffnete Handfläche entgegen, in die Liam Bristols Verlobungsring hineinfallen ließ.

»Scheiße.«

»Ja. Arden hat mir ein wenig davon erzählt. Von dem Versprechen. Davon, wie ihr beide versucht habt, einen Weg zueinander zu finden. Es ist mir egal, was genau schiefgelaufen ist. Aber du kannst und wirst das wieder geradebiegen. Niemand gibt dir die Schuld an dem, was passiert ist. Also komm gar nicht erst auf die Idee, dir selbst Vorwürfe zu machen.«

»Wenn ich da gewesen wäre, wäre das alles nicht geschehen«, presste Marcus hervor.

»Blödsinn. Wenn irgendeiner von uns da gewesen wäre,

wäre das nicht passiert. Aber wir können nicht rund um die Uhr ein Auge aufeinander haben. Allein Colin trägt die Schuld. Niemand sonst. Aber wenn sie aufwacht und es ihr besser geht, dann musst du ihr als ihr bester Freund zur Seite stehen. Du bist das Beste, was ihr je widerfahren ist, also versau es nicht.«

»Ich weiß nicht. Ich will einfach, dass sie wieder gesund wird.«

»Verdammt richtig. Aber dieser Ring in deiner Hand? Das ist ein Versprechen, das verflucht noch mal etwas bedeutet. Du hast ihn ihr geschenkt. Also finde endlich heraus, was das für dich heißt, und vergiss nicht, dass du ein Teil dieser Familie bist. Vermassle es nicht.«

Mit diesen Worten ging Liam davon. Marcus stand reglos da und fragte sich, was zum Teufel er jetzt tun sollte.

»Komm wieder rein«, rief Aaron ihm von der Tür aus zu.

»Habt ihr Neuigkeiten?«, fragte Marcus und drehte sich um.

»Ich glaube, der Arzt kommt jeden Moment raus. Da hinten ist plötzlich Unruhe, alle sind in Bewegung. Ich will nicht, dass du etwas verpasst.«

»Herrgott«, entfuhr es Marcus.

»Ja, ich werde einfach mit dir fluchen. Ich will, dass meine kleine Schwester gesund wird.«

»Ich dachte, du seist das Nesthäkchen«, versuchte Marcus zu scherzen, indem er den alten Witz bemühte, doch das Lachen blieb ihm im Halse stecken.

»Sie bleibt trotzdem unsere kleine Schwester«, erwiderte Aaron mit einem warnenden Unterton und ging zurück ins Wartezimmer. Marcus folgte ihm dicht auf den Fersen.

Sie warteten weitere dreißig Minuten, bis der Arzt

endlich kam und ihnen mitteilte, dass Bristol über den Berg war und bald aufwachen würde. Sie hatte viel Blut verloren, würde sich aber vollständig erholen.

Marcus bekam weiche Knie und eine Welle der Übelkeit überrollte ihn, während um ihn herum alle gleichzeitig das Wort ergriffen und Tränen der Erleichterung vergossen.

Sobald sie in ein Krankenzimmer verlegt wurde, würden die anderen sie besuchen. Sie würden über sie wachen und sicherstellen, dass es ihr an nichts fehlte. Doch Marcus wusste, dass er sie nicht sehen konnte. Noch nicht.

Er wagte es nicht, ihr jetzt gegenüberzutreten, solange dieses lebhafte Leuchten in ihren Augen nicht vorhanden war. Er wusste nicht, ob er den Anblick ertragen würde.

Bevor er mit ihr sprechen und sie um Verzeihung bitten konnte, musste er sich einen Plan zurechtlegen. Er musste wissen, wie er ihre Beziehung retten konnte.

Denn er hätte sie fast verloren – in mehr als einer Hinsicht. Beinahe hätte er das Licht und die Liebe seines Lebens verloren.

Und er musste einen Weg finden, um das wieder in Ordnung zu bringen.

KAPITEL ZWANZIG

»Ehrlich gesagt bin ich überrascht, dass du die Montgomery-Brüder tatsächlich dazu gebracht hast, dich in Ruhe zu lassen«, bemerkte Zia von der anderen Seite der Couch.

Bristol lächelte. Obwohl sie deutlich spürte, wie sie die Lippen verzog, schien das Lächeln nicht ganz ihre Augen zu erreichen. Zumindest vermutete sie das, da Zia sie prüfend musterte.

»Wenn man bedenkt, dass ich fast die ganze Zeit geschlafen habe und *du* schließlich diejenige warst, die sie hinauskomplimentiert hat, weiß ich nicht, was dich so wundert«, erwiderte Bristol.

Seit dem Übergriff war eine Woche vergangen. Nun war sie endlich wieder zu Hause, um sich von den Verletzungen zu erholen. Sie war noch nicht vollständig genesen, und es würde noch eine Weile dauern, bis sie wieder ganz auf den Beinen war, aber zumindest musste sie nicht im Krankenhaus bleiben und durfte in ihrem eigenen Bett schlafen. Daher wusste sie, dass alles gut werden würde.

Ihre Brüder hatten abwechselnd bei ihr übernachtet,

und ihre Mutter hatte ihr Gästezimmer komplett in Beschlag genommen. Heute Abend war jedoch zum Glück nur Zia bei ihr.

Obwohl Bristol auch gut allein zurechtgekommen wäre, hatte Zia darauf bestanden, sich um sie zu kümmern. Tatsächlich schmerzte Bristols Seite bei jeder Bewegung und es fühlte sich an, als würden die Nähte oder Klammern jeden Moment reißen oder aufplatzen. Rational wusste sie, dass das unmöglich war, doch ihre Fantasie ließ ihr einfach keine Ruhe.

Doch sie hatte nach Hause zurückkehren wollen.

Sie wäre fast auf den Fliesen verblutet. Nachdem die Spurensicherung alle Beweismittel sichergestellt hatte und abgezogen war, hatten ihre Freundinnen ihre Küche von oben bis unten geputzt. Jetzt glänzte alles und war sauberer als je zuvor.

Sie hatten nicht nur alles geschrubbt, sondern auch frische Blumen aufgestellt und Gebäck sowie jede Menge selbst gekochte Mahlzeiten im Gefrierschrank deponiert.

Sie hatten dafür gesorgt, dass ihr Haus sich wieder wie ein Heim anfühlte – zumindest größtenteils. Es würde noch eine Weile dauern, bis sie wieder durchatmen konnte, ohne unwillkürlich auf die Stelle zu starren, an der Colin sie angegriffen hatte. Doch sie weigerte sich, ihr Haus nur als einen Tatort zu sehen.

Ihr Arbeitszimmer sah noch genauso aus wie immer. Sie würde dort wieder musizieren. Vielleicht würde auch das eine Weile dauern, doch sie würde es schaffen.

Auf dem Teppich war kein einziger Blutfleck zurückgeblieben, und doch verspürte sie den Drang, ihn irgendwann auszuwechseln. Vielleicht würde sie auch die Wände neu streichen. Sie wollte etwas verändern, um eine andere

Atmosphäre zu schaffen als die, die Colin hinterlassen hatte.

Ja, das war allein seine Schuld. Sie durfte sich keine Vorwürfe machen, oder vielleicht doch?

Schließlich war sie es gewesen, die ihm die Tür geöffnet hatte.

»Hey, du gibst dir wieder selbst die Schuld, nicht wahr? Ich kann es in deinem Gesicht sehen«, sagte Zia.

Bristol zog die Augenbrauen in die Höhe. »So etwas kannst du mir nicht unterstellen. Du kannst mir nicht in die Augen blicken und sehen, was in meinem Kopf vorgeht.«

»Das kann ich sehr wohl. Entweder denkst du an Marcus, oder du gibst dir selbst die Schuld für das, was Colin getan hat. Zwing mich nicht, dich zu schlagen.«

»Du kannst mich nicht schlagen. Ich bin verletzt.«

»Du hast deine Schmerzmittel genommen. Dir geht es bestens. Und ich werde dich schlagen – aus reiner Liebe.«

»Deinetwegen vermisse ich sogar meine großen Brüder«, konterte Bristol.

»Hey, das war gemein«, jammerte Zia.

»Ich könnte noch gemeiner sein und dich fragen, warum du eigentlich hier bist und nicht längst wieder in London«, erwiderte Bristol und sprach damit das Thema an, das beide bisher angestrengt ignoriert hatten.

Zia schüttelte den Kopf. »Da gibt es nichts zu besprechen. Mein Ex-Freund ist Geschichte und ich ziehe wieder zurück in die Staaten. Ich komme schon darüber hinweg. Ich werde mich in Boulder niederlassen. Vielleicht finde ich irgendwann jemanden, der zu mir passt. Die Welt wird sich einfach damit abfinden müssen, wie fantastisch ich bin.«

»Wir haben uns längst damit abgefunden, dass du fantastisch bist.«

Zia grinste. »Das ist wunderbar, danke. Aber genug von mir. Was gibt es bei dir Neues?«

»Nicht viel. Die Tournee wurde verschoben. Ich denke, sie versuchen, mir Freiraum zu geben, und wollen dafür sorgen, dass sie wirklich jede Verbindung zu Colin kappen.«

»Er wird für sehr lange Zeit hinter Gitter wandern«, bemerkte Zia.

»Es sei denn, er plädiert auf Unzurechnungsfähigkeit.«

»Damit kommt er nicht durch. Er wusste genau, was zum Teufel er tat. Dieser Mistkerl.«

»Ja, es gibt genügend Beweise, um ihn für lange Zeit wegzusperren. Vermutlich wird er hier im Gefängnis landen und nicht in England.«

»Ich kenne mich mit dem Justizsystem nicht aus. Die Hauptsache ist doch, dass er weit entfernt von dir ist – und von all den fanatischen Fans, die ihn und seine wunderschöne Musik vermissen werden.«

»Ich kann nicht fassen, wie viele Leute mich deshalb beschimpfen.«

»Ich schon. Das sind besessene Fans, die nur ihre Idole sehen wollen. Die geben jedem die Schuld, nur nicht ihrem Liebling.«

»Trotzdem ist die Resonanz der Leute, die hinter mir stehen, wirklich schön. Ich bin heilfroh, dass wir sie davon abgehalten haben, mir Blumen und Geschenke nach Hause zu schicken.«

»Es war besser, sie dazu zu bewegen, stattdessen an das örtliche Frauenhaus zu spenden, auch wenn einige eigentlich nur dir persönlich etwas Gutes tun wollten.«

»Mir ist klar, dass die Presse so schnell keine Ruhe geben wird. Zum Glück befinde ich mich in einer bewachten Wohnanlage und meine Nachbarn sind diskret.«

Es war nur ein einfaches Tor zu einer Anlage, die nicht sonderlich luxuriös war, aber es hatte die Medien vorerst auf Distanz gehalten. Bristol wusste nicht, wie lange diese Ruhe währen würde, doch sie klammerte sich an die Hoffnung, dass der Trubel sich bald legen würde und dann niemand mehr mit ihr über den Angriff sprechen wollte.

Colins Name prangte in sämtlichen Zeitungen. Überall waren Fotos ihrer gemeinsamen Vergangenheit zu sehen – von den Anfängen von vor zehn Jahren bis vor Kurzem. Man sah sie lachen, sich umarmen oder sogar gemeinsam musizieren. Die Beweise für ihre gemeinsame Zeit waren über das ganze Internet verstreut.

Alle wollten etwas über das tragische Märchen erfahren, zu dem diese Beziehung stilisiert wurde.

Niemand schien zu begreifen, dass es dabei nicht um Romantik ging, sondern um Besessenheit und krankhaftes Verlangen. Und das hatte rein gar nichts mit ihr als Person zu tun.

Zum Glück hatte bisher niemand tief genug gegraben. Marcus' Name war noch in keinem einzigen Zeitungsartikel aufgetaucht.

Aber sie wusste, dass es nur eine Frage der Zeit war. Sie würden sich damit auseinandersetzen müssen, wenn es so weit war.

Sie blickte auf ihr Handy und flehte es im Geiste an, endlich zu klingeln. Doch es blieb stumm.

Er schrieb ihr zwar jeden Tag Nachrichten, um sich nach ihrem Befinden zu erkundigen, doch er wollte ihr Freiraum geben.

Sie hasste es.

Sie wollte ihn einfach nur bei sich haben. Sie sehnte

sich danach, ihm ihr Herz auszuschütten und zu erfahren, was in ihm vorging. Sie verstand zwar, dass sie beide Freiraum brauchten, doch sie sehnte sich nach ihm. Dies war der erste Moment seit dem Übergriff, den sie mit nur einer einzigen Person in einem Raum verbrachte. Als sie im Krankenhaus aufgewacht war, hatte sie benommen nach Marcus gerufen.

Ihre Brüder waren bei ihr gewesen und hatten ihr erzählt, dass Marcus zusammen mit seinen Eltern im Wartezimmer ausgeharrt hatte. Als er die Gewissheit hatte, dass sie über den Berg war, war er gegangen, um ihrer Familie die begrenzte Besuchszeit voll und ganz zu überlassen.

Bisher hatte er sie noch nicht zu Hause besucht. Sie konnte es ihm nicht einmal verübeln, denn die Situation war kompliziert. Sie war sich nicht sicher, ob ihre Brüder ihn überhaupt über die Schwelle gelassen hätten. Die Jungs waren derart überfürsorglich, dass sie jeden abwiesen, selbst ihren Agenten und ihren Manager.

Zwar durfte ihr jeder schreiben oder sie anrufen, doch selbst da hatte Liam sich eingeschaltet und einige Anrufe einfach für sie entgegengenommen.

Obwohl sie ihre Hilfe schätzte, wollte sie ihr Leben wieder selbst in die Hand nehmen. Doch die Montgomerys waren nun einmal für ihre übertriebene Fürsorge berüchtigt.

Trotzdem war sie dankbar für die Ruhe zum Nachdenken.

Andererseits vermisste sie ihren besten Freund. Sie wollte ihn wieder an ihrer Seite haben.

In ihrem Herzen. In ihrer Seele. Bei ihr.

»Denkst du schon wieder an ihn?«, fragte Zia mit sanfter Stimme.

Bristol sah zu ihrer Freundin auf und lächelte. »Ja, das tue ich. Warum ist er nicht hier?«, platzte sie heraus, bevor sie sich zurückhalten konnte.

Zia zuckte mit den Schultern. »Wahrscheinlich will er dir den nötigen Freiraum geben, damit du in Ruhe genesen kannst.«

»Das könnte ich genauso gut, wenn er hier wäre.«

»Wirklich? Hättest du wirklich herausfinden können, was du willst, und deinen Körper und deine Seele heilen können, während du dich ständig aufreibst und dich fragst, wie es mit euch beiden weitergeht?«

»Das ist doch Blödsinn. Es reibt mich auf, dass er nicht hier ist. Bevor das alles passiert ist, wäre er der Erste an meiner Seite gewesen, der meine Hand gehalten hätte.«

»Vielleicht. Aber es ist nun mal passiert. Und ihr steht jetzt an einem völlig anderen Punkt. Das ist nun einmal die Realität. Und der musst du dich stellen.«

»Aber warum ist er nicht hier?«

»Er hat den Kontakt nicht abgebrochen. Er lässt dich nicht im Stich. Wie ich dir bereits gesagt habe, gibt er dir einfach die Zeit und den Raum, den du zum Heilen brauchst. Er macht diese Sache nicht zu seinem eigenen Drama, und das bewundere ich an ihm.«

»Im Ernst?«

»Ja. Denn du musst dir ganz genau darüber im Klaren sein, was du eigentlich willst, bevor du der nächsten Versuchung mit ihm nachgibst.«

»Ich weiß nicht, was ich will.«

»Eben. Also finde es heraus. Finde heraus, wie du ihm sagen wirst, dass du ihn von ganzem Herzen liebst. Damit ihr euch beide endlich voll und ganz aufeinander einlassen könnt und alles gut wird.«

»Ich wünschte, ich könnte das glauben«, erwiderte Bristol.

»Ich muss an das ewige Glück glauben, und daran, dass du es findest. Denn wenn ich das nicht tue, dann stehen meine eigenen Chancen ziemlich schlecht. Ich weiß, es ist ziemlich egozentrisch, das alles gerade auf mich zu beziehen.«

»An dir ist absolut nichts Egozentrisches, Zia«, widersprach Bristol.

»Das höre ich selten«, murmelte sie und warf Bristol einen vielsagenden Blick zu. Bristol ging nicht weiter darauf ein. Zia brauchte Zeit, und ehrlich gesagt hatte ihre Freundin recht. Bristol brauchte ebenfalls Zeit.

Kurz darauf übermannte Bristol der Schlaf. Sie brauchte Zeit zum Heilen. Einige Stunden später wachte sie auf, als Zia sie zudeckte und ihr eine Haarsträhne aus dem Gesicht strich.

»Hey, Schlafmütze, deine Decke ist runtergerutscht. Ich habe sie gerade zurechtgerückt. Und ...« Zia verstummte.

»Und was?«, fragte Bristol.

»Dein Handy hat geklingelt, während du geschlafen hast.«

Bristol setzte sich auf und zuckte sogleich zusammen. »Autsch. Ich vergesse es jedes Mal aufs Neue.«

»Reiß dir bloß keine Naht auf, sonst bringt deine Mutter mich um«, ermahnte Zia sie.

»Tut mir leid.«

»Entschuldige dich nicht bei mir, weil du Schmerzen hast. Aber wie ich schon sagte, hat dein Handy geklingelt. Und ich habe das Gespräch angenommen.«

»Es war Marcus, nicht wahr?«

»Ja, und er wird jeden Augenblick hier sein.«

Bristol erstarrte. »Wenn ich dermaßen zerzaust aussehe?«

»Du wolltest ihn schon im Krankenhaus an deiner Seite haben, und da sahst du schlechter aus«, entgegnete Zia. »Ich kann dir schnell ein wenig Make-up auftragen, aber er hat dich schon in schlimmerem Zustand gesehen. Du weißt, wie sehr ich es liebe, mich zu schminken. Für mich ist es eine Kunst und ein Teil meiner Persönlichkeit. Doch manchmal ist es auch eine Art Schutzschild. Wenn es dir lieber ist, dich hinter einer Rüstung zu verstecken, helfe ich dir dabei. Aber ich denke, du solltest ihm genau so gegenübertreten, wie du gerade bist. Denn genau da lag doch die ganze Zeit das Problem: Du hast einen Teil von dir selbst verborgen. An deiner Stelle würde ich das nicht mehr tun.«

»Manchmal bist du viel zu weise für dein Alter«, murmelte Bristol.

»Und manchmal bringst du mich tatsächlich dazu, das selbst zu glauben.«

Zia beugte sich vor und hauchte Bristol einen flüchtigen Kuss auf die Lippen. Bristol blinzelte überrascht und sah ihre Freundin fragend an. »Wofür war das denn?«

»Du hast mir einen Riesenschrecken eingejagt. Mir ist klar, dass du dir das alles schon von deiner Familie anhören musstest, aber tu das nie wieder. Komm nie wieder auf die Idee, uns fast zu verlassen. Weil ich dich liebe. Nicht auf die Art, wie du Marcus liebst, aber ich liebe dich. Und ich will, dass du ein Teil meines Lebens bleibst. Natürlich will ich dich aus rein egoistischen Gründen gesund und unversehrt wissen, doch damit kann ich leben, okay? Also überlege dir genau, was du Marcus sagen willst, um ihm begreiflich zu machen, was du für ihn empfindest. Verstecke dich nicht länger. Ihr beide habt viel mehr verdient.«

Zia schockierte Bristol erneut, als sie ihr einen zweiten Kuss auf die Lippen drückte.

Bristol starrte ihre Freundin verblüfft an. »Ich habe keine Ahnung, was ich darauf erwidern soll«, sagte Bristol aufrichtig.

»Du musst gar nichts sagen. Du musst nur wissen, dass du geliebt wirst.« Es klingelte an der Tür, und Zia grinste. »Und jetzt wird dieses Märchen ein glückliches Ende finden.«

»Das Leben besteht nicht nur aus Märchen«, gab Bristol zu bedenken. »Das wissen wir beide besser als die meisten anderen.«

»Stimmt genau. Und jetzt mach ihm unmissverständlich klar, was du willst und wer du bist. Punkt. Er soll sich ruhig für dich ins Zeug legen. Wenn nicht, verprügle ich ihn höchstpersönlich.«

»Zia«, mahnte Bristol.

»Okay, ich werde ihn nur ein bisschen sticheln – auf eine liebevolle Art natürlich. Sei ganz du selbst.« Mit diesen Worten ging Zia zur Tür und öffnete sie.

Bristols Herz setzte einen Schlag aus. Dort stand Marcus. Er trug eine Lederjacke, Jeans und seine alten Stiefel. Sein Gesicht wirkte eingefallen, als hätte er seit Tagen kein Auge zugetan. Bristol verspürte den unbändigen Drang, die Hand nach ihm auszustrecken, ihn festzuhalten und ihm zuzuflüstern, dass alles wieder gut werden würde.

Sie wollte, dass es ihm gut ging. Aber was war mit ihr? Sie hatte Angst. Er war hier. Nachdem sie eine schier endlose Woche ohne ihn verbracht hatte, stand er endlich vor ihr. Es kam ihr wie eine Ewigkeit vor, seit er das letzte Mal diese Schwelle überschritten hatte.

Warum hatte sie das Gefühl, als sei ein ganzes Jahr vergangen statt nur ein paar Tage?

Warum brachte sie kein Wort heraus?

Zia wechselte ein paar Worte mit ihm. Marcus senkte den Kopf und nickte, bevor Zia ihr über die Schulter zuwinkte und sich verabschiedete. Dann war Bristol mit Marcus allein.

Bristol schluckte schwer. Sie sah zu ihm auf und rang verzweifelt nach Worten, doch ihr Kopf war wie leer gefegt.

Er stand einfach nur da, stoisch und wunderschön. Der Mann, den sie an ihrer Seite wissen wollte. Doch es hatte ihr die Sprache verschlagen. Da Schweigen so gar nicht zu ihr passte, saß sie einfach nur da und hoffte auf eine Eingebung.

»Marcus«, flüsterte sie schließlich.

»Hey. Ich habe versucht, dir Freiraum zu geben. Dann wurde mir klar, dass das vielleicht nicht der richtige Weg ist. Ich hasse es, nicht zu wissen, was ich tun soll, wenn es um dich geht. Das ist so ein ungewohntes Gefühl, das ich unbedingt ändern will. Also bin ich jetzt hier und hoffe, du lässt mich bleiben, und sei es auch nur für ein kurzes Gespräch.«

»Komm rein. Ich würde ja aufstehen, aber ich bin noch ziemlich erschöpft.«

Bristol beobachtete, wie er die Kiefermuskeln anspannte, und erkannte, dass sie wahrscheinlich das Falsche gesagt hatte. Doch sie konnte ihre Worte nicht mehr zurücknehmen. Sie war tatsächlich erschöpft. Obendrein wäre sie in ihrem eigenen Zuhause beinahe gestorben.

Das Ganze zu verarbeiten würde Zeit brauchen und vermutlich unzählige Therapiestunden. Doch an erster Stelle standen Marcus und sie – die einzige Konstante, die es in ihrem Leben je gegeben hatte. Sie musste darum kämpfen, diese Verbindung nicht zu verlieren.

»Komm schon her«, flüsterte sie.

Dann war Marcus bei ihr. Er ließ sich auf dem Couchtisch vor ihr nieder und begegnete ihrem Blick. Doch er streckte nicht die Hand nach ihr aus. Sie fühlte sich, als würde er sie seiner Berührung berauben.

»Ich habe dich vermisst«, flüsterte sie und war endlich ehrlich zu sich selbst. Und zu ihm.

»Ich vermisse dich auch so sehr«, presste er hervor. »Ich hätte an jenem Tag nicht gehen dürfen. Ich hätte dich niemals allein lassen sollen.«

»Nein, du darfst dir keine Vorwürfe für das machen, was passiert ist.«

Er zog die Augenbrauen in die Höhe. »Vielleicht doch. Ein bisschen. Vor allem weil ich Colin nicht den Hals umdrehen kann.«

»Er ist weg. Wir müssen uns seinetwegen nie wieder Sorgen machen. Das verspreche ich dir.«

»Eigentlich sollte *ich* derjenige sein, der *dir* etwas verspricht«, flüsterte er und beugte sich ein Stück zu ihr vor.

»Womöglich. Oder vielleicht sollten wir uns einfach gegenseitig etwas versprechen.«

Marcus stieß einen tiefen Atemzug aus und fuhr sich mit der Hand übers Gesicht.

»Wie wäre es, wenn wir ganz von vorn anfangen?«, fragte er. Als Bristol nickte, fuhr er fort: »Ich werde dir jetzt genau sagen, was ich fühle. Das hätte ich schon vor verdammt langer Zeit tun müssen. Mein Schweigen hat uns beide nur verletzt.«

»Das ist nicht allein deine Schuld. Ich trage genauso die Verantwortung dafür«, warf Bristol ein.

»Bist du dir denn sicher, dass du das jetzt verkraften kannst? Ich will dich nicht noch zusätzlich belasten.«

»Ich verspreche dir, dass ich einiges aushalte. Ich werde nicht zusammenbrechen.« Eine einzelne Träne rann ihr über die Wange. Marcus streckte die Hand aus und wischte sie behutsam mit dem Daumen weg. »Ich werde nicht zusammenbrechen«, wiederholte sie im Flüsterton.

»Als du mir vor zehn Jahren von dieser Idee erzählt hast, hielt ich sie für verrückt. Trotzdem habe ich sofort zugestimmt. Weißt du warum?«, fragte Marcus.

Bristol schluckte einen Kloß im Hals hinunter. »Warum?«

»Weil ich mir ein Leben ohne dich nicht vorstellen konnte«, antwortete er. »Du warst immer da. Wir haben es geschafft, die Grenzen unserer Freundschaft nie zu überschreiten. Ich habe sie gewahrt, aus Angst, dich zu verscheuchen oder ganz zu verlieren. Also redete ich mir ein, dass ich mich damit begnügen könnte, solange du ein Teil meines Lebens bleibst. Meine Gefühle habe ich so tief vergraben, dass sie scheinbar keine Rolle mehr spielten. Aber sie waren immer da und haben im Verborgenen gelauert.«

Hoffnung keimte in Bristol auf, und sie blinzelte heftig. »Wirklich?«

»Bristol, ich liebe dich, verdammt noch mal. Nicht nur als beste Freundin. Du bist ein wunderbarer Mensch und dafür werde ich dich immer lieben, aber ich bin auch in dich *verliebt*. Ich weiß nicht einmal, wann es angefangen hat – wahrscheinlich lange bevor ich mir überhaupt erlaubt habe, darüber nachzudenken. Aber ich liebe dich so sehr. Und ich will dich nicht verlieren. Niemals. Verstehst du das? Du bist mein Ein und Alles. Ich hätte es dir sagen müssen, lange bevor ich gegangen bin, aber ich hatte solche Angst. Deshalb habe ich jeden Gedanken daran sofort erstickt. Ich bin gegangen, um dich zu schützen, und habe dich am Ende mehr verletzt, als ich es je für möglich gehalten hätte. Bitte, vergib mir. Vergib mir mein Schweigen und meine Feigheit. Vergib mir, dass ich dir nicht gesagt habe, wie sehr ich dich liebe.«

Tränen liefen ihr ungehindert über die Wangen. Sie beugte sich vorsichtig vor, gerade so weit, wie ihre Wunde es zuließ. Marcus überbrückte die letzten Zentimeter zwischen ihnen, damit sie sein Gesicht mit beiden Händen umfassen konnte.

»Ich würde ja sagen: ›Dito‹«, flüsterte sie, »doch das wäre viel zu einfach.«

Marcus lachte leise, woraufhin sie ebenfalls gluckste.

»Ich habe diesen Pakt mit dir geschlossen, weil ich solche Angst hatte, dich zu verlieren. Ich konnte mir nicht vorstellen, was dein Verlust für mich bedeuten würde. Ich liebe dich auch, Marcus. Ich liebe dich schon so lange, wie ich denken kann – auch wenn ich erst erkannt habe, dass es die große Liebe ist, als es bereits zu spät schien. Ein Leben ohne dich kann ich mir nicht vorstellen. Ich will an deinem Leben teilhaben, deine Freundin sein und dich heiraten. Ich will alles. Wenn wir ganz von vorn anfangen müssen, um herauszufinden, wer wir füreinander sind, dann ist das für mich in Ordnung. Und wenn du sofort nach Las Vegas fahren willst – oder zumindest, sobald ich länger als zehn Minuten stehen kann –, dann bin ich dabei. Weil ich dich liebe. Es tut mir leid, dass ich geschwiegen habe. Ich hätte es dir schon vor Ewigkeiten sagen müssen.«

Marcus starrte sie an und verzog dann die Lippen zu einem strahlenden Lächeln, das sie mitten ins Herz traf.

»Für zwei Menschen, die sich in- und auswendig kennen, stellen wir uns ziemlich ungeschickt an«, bemerkte Marcus.

Sie lachte und beugte sich so weit wie möglich vor,

doch im nächsten Moment kniete er vor ihr, hielt sie fest und führte seine Lippen dicht an ihre.

»Von nun an will ich es besser machen, Bristol. Ja, ich will dich heiraten. Ich will, dass wir die Montgomery-Stearns werden, Kinder bekommen und unsere Familien durch uns wachsen sehen. Ich will das alles. Aber zuerst will ich jeden einzelnen Schritt mit dir durchlaufen. Ich will dich als meine Freundin, als meine Verlobte und schließlich als meine Frau. Denn trotz allem bleibst du meine beste Freundin, Bristol Montgomery. Und ich werde dich bis ans Ende meiner Tage lieben.«

Im nächsten Moment presste er seine Lippen auf ihre. Bristol weinte und schmiegte sich an den Mann, den sie liebte – den Mann, den sie schon immer geliebt hatte.

Beinahe hätte sie ihn verloren, nur weil sie zu große Angst davor gehabt hatte, ihn zu verlieren. Die Ironie dieses Gedankens war fast erschreckend.

Doch während er sie hielt und sie ihm endlich ihre Gefühle und Gedanken anvertraute, wusste sie, dass sie das durchstehen würden. Sie würden gestärkt daraus hervorgehen.

Denn Bristol Montgomery hatte sich in ihren besten Freund verliebt.

Und auf wunderbare Weise hatte er sich auch in sie verliebt.

Das war das Versprechen, das sie sich gegeben hatten und das sie für immer halten würden.

EPILOG

Wahrscheinlich war es alles andere als ideal, auf dem Fliesenboden zu knien, doch Marcus war das egal. Er hatte Bristols Bein über seine Schulter gelegt und seinen Mund an ihr Geschlecht gepresst. Die Dusche war zwar etwas beengt, aber das spielte keine Rolle. Er würde das durchziehen. Die Liebe seines Lebens an seinem Gesicht kommen zu sehen war jede Unannehmlichkeit wert.

Er leckte über ihre Spalte und saugte an ihrer Klitoris. Als ihre Schenkel zu beben begannen, wusste er, dass sie bereits am Abgrund der Ekstase stand. Mit einer fließenden Bewegung richtete er sich auf und drang mit einem kraftvollen Stoß in sie ein.

»Oh Gott. Ich kann kaum atmen«, keuchte sie.

Marcus achtete darauf, ihre Narbe nicht zu berühren. Sie mochte verheilt sein, doch er wollte ihr auf keinen Fall wehtun. Nie wieder. Nie wieder wollte er ihr Schmerzen zufügen.

Während sie mit einem Fuß auf dem Duschboden

stand, hatte sie das andere Bein um seine Hüfte geschlungen. »Bist du bereit, Baby?«

»Wenn du nicht bald anfängst, dich zu bewegen, muss ich es tun. Und wir wissen beide, dass mein Rhythmus eine Katastrophe ist.«

Er lachte auf und fragte sich für einen Moment, wie ihm ausgerechnet beim besten Sex seines Lebens zum Lachen zumute war. Dann wurde ihm klar, dass es nur an Bristol lag. An seiner Bristol.

Er glitt in sie hinein und wieder heraus. Mit dem Daumen umkreiste er ihre Lustperle, und die andere Hand hatte er um ihre Hüfte geschlungen. Sie bewegten sich in einem sinnlichen Rhythmus, während das Duschwasser um sie herum langsam abkühlte.

Sie verschwendeten Wasser. Mit einem unterdrückten Fluchen streckte er die Hand aus, um die Hähne zuzudrehen, bevor er wieder tief in sie eindrang. Während sie sich ihrer Leidenschaft hingaben, verschmolz ihr Atem zu einem Keuchen. Kurz darauf explodierte sie, und er folgte ihr auf den Gipfel der Lust. Sie hatten die Lippen fest aufeinandergepresst und bebten am ganzen Leib, während sie ihre Hände über den Körper des anderen gleiten ließen.

Als er wieder zu Atem kam, öffnete er die Augen und blickte auf sie hinab.

»Na, das nenne ich mal eine schöne Art aufzuwachen.«

»Stimmt«, pflichtete sie ihm bei. »Und wir werden zu spät kommen, nachdem ich heute bereits mit deinem Gesicht zwischen meinen Beinen aufgewacht bin.«

Marcus grinste breit. Er stieß noch ein paarmal träge in sie hinein, während er langsam in ihr erschlaffte. »Ich kann nichts dafür. Ich brauchte eben mein Frühstück.«

»Wenn du mir jetzt erzählst, dass ich zum Frühstück

nichts weiter brauche als einen Proteinshake, kannst du was erleben«, scherzte sie.

»Das war gestern«, erwiderte er mit einem Augenzwinkern. »Mit deinem Mund an meinem Schwanz aufzuwachen ist so ziemlich der beste Start in den Tag, den man sich vorstellen kann.«

»Ich dachte, letzte Woche sei noch besser gewesen. Da bist du nämlich aufgewacht, während ich dich geritten habe.«

Marcus grinste und stieß noch immer träge in sie hinein, während er den Arm ausstreckte, um das Wasser wieder aufzudrehen. »Ab jetzt wird kein Wasser mehr verschwendet. In dieser Hinsicht müssen wir uns bessern.«

»Alles klar. Da bedeutet dann wohl keine gemeinsamen Duschen mehr.«

»Langweilerin«, murmelte Marcus und drückte ihr einen sanften Kuss auf die Lippen. Lachend schob sie ihn beiseite. Hastig wuschen sie sich ab, denn sie waren bereits spät dran für das Mittagessen bei den Montgomerys.

Aaron hatte gerade eines seiner großen Werke verkauft, und die ganze Familie kam zusammen, um diesen Erfolg zu feiern. Sie nutzten wirklich jede Gelegenheit, um beieinander zu sein.

Sowohl Bristols als auch Marcus' Familie hatte in letzter Zeit viel durchgemacht, also würde ihnen das Treffen guttun. Sogar Ardens Brüder, Lincolns Cousine und Marcus' Familie würden dort sein.

Er hatte keine Ahnung, wie Bristols Mutter das alles schaffte, aber er war sich sicher, dass sie einen Catering-Service beauftragt hatte. Es würde eine Unmenge an Speisen geben und noch mehr aufrichtige Freude.

Genau das, was er brauchte.

Sie zogen sich hastig an und lachten, während sie ihre

Termine in der kommenden Woche abglichen. Da Bristol endlich vollkommen genesen war, würde sie bald wieder auf Tournee gehen. Marcus hatte sein großes Projekt abgeschlossen und steckte bereits in den Vorbereitungen für den nächsten wichtigen Förderantrag.

Irgendwie schafften sie es dennoch, dass ihre Beziehung funktionierte.

Sein Beruf hielt ihn meist an einen Ort gebunden, während ihrer sie oft in die Ferne führen würde. Doch sie fanden Wege, die Distanz zu überbrücken. Beide hatten Träume, die sie verwirklichen wollten, also suchten sie nach Lösungen, die es ihnen erlaubten, ihr Leben in vollen Zügen auszukosten.

Und sie trug seinen Ring. Ein Anblick, den er niemals vergessen würde.

Sie ließen es langsam angehen und wollten erst heiraten, wenn die anderen bereits im Hafen der Ehe eingelaufen waren.

Doch sie wollte seinen Ring tragen, und er wollte ihn an ihrem Finger sehen.

Das bedeutete, dass sie nicht mehr nur Freund und Freundin waren, sondern ein verlobtes Paar, das sich bald das Eheversprechen geben würde. Und diesmal taten sie es mit offenen Augen.

Er erkundigte sich nach ihren Emotionen und erzählte ihr, was in ihm vorging.

Gefühle offen auszusprechen war bisher nicht gerade seine Stärke gewesen, aber er lernte dazu und bemühte sich redlich.

Als sie Bristols Elternhaus erreichten, waren sie natürlich die Letzten, doch damit hatte Marcus gerechnet. Er konnte schließlich nichts dafür, dass er heute Morgen neben einer nackten, willigen Bristol aufgewacht war.

»Sieh mich nicht so an«, ermahnte sie ihn, »sonst werden meine Eltern sofort wissen, was du mit mir angestellt hast.«

»Dann darfst du mich auch nicht so ansehen«, konterte er. »Meine Eltern und meine Schwestern sind da drin und werden uns genau beobachten.«

»Was habt ihr denn zu verbergen?«, wollte Aaron wissen und lehnte sich gegen den Türrahmen.

»Nichts«, erwiderte Bristol hastig. Sie stellte sich auf die Zehenspitzen und küsste ihn auf die Wange. »Ich freue mich so für dich. Schau dir nur meinen kleinen Bruder an. Er erobert die Kunstwelt und verkauft seine Werke an den Adel.«

»Ich stelle meine Stücke sogar aus. Sieh mich nur an, ein Künstler durch und durch.«

»Du bist ein Trottel«, erwiderte sie. »Aber ich liebe dich.«

»Mag sein. Aber ich kann nichts dafür, so bin ich eben.«

»Das stimmt allerdings«, pflichtete sie ihm bei und drückte ihm einen Kuss auf die andere Wange.

Marcus reichte Aaron die Hand. Er ergriff sie und schüttelte sie grinsend. »Schön zu sehen, dass du dich endlich um meine kleine Schwester kümmerst.«

»Du bist der Kleine«, korrigierte Bristol ihn.

»Wie auch immer«, murmelte Aaron.

Sie gingen ins Haus und begrüßten alle, wobei der Lärmpegel mit jeder Sekunde stieg. Es waren so viele Menschen gekommen, die die Montgomerys alle zu ihrem engsten Kreis zählten. Marcus hatte sich schon als Kind als Teil dieser Familie gefühlt, doch nun würde er tatsächlich mit ihnen verwandt sein. Seine Eltern platzten fast vor Freude.

»Ich kann es kaum erwarten, dass ihr beide endlich für Nachwuchs sorgt«, sagte seine Mutter neben ihm.

Marcus verschluckte sich prompt an seinem Drink. »Könntest du das vielleicht noch ein bisschen lauter sagen, Mom?«

»Das könnte ich«, erwiderte sie, »aber dann würde ich die arme Bristol in Verlegenheit bringen, und das will ich nicht.«

»Aber du hast kein Problem, mich in Verlegenheit zu bringen?«

»Natürlich nicht. Du bist schließlich mein kleiner Junge.«

»Mütter werden auf ewig ihre Babys in uns sehen«, warf Aaron ein, als er sich zu ihnen gesellte.

»Weißt du, du bist der letzte unverheiratete Montgomery«, stellte Marcus' Mutter feierlich fest.

Aaron zuckte mit den Schultern, doch in seinem Blick lag ein Ausdruck, den Marcus nicht ganz deuten konnte. »Jemand muss ja die Stellung halten.«

Mrs. Montgomery beugte sich vor. »Da hast du sicher recht. Aber wenn du nicht aufpasst, werden wir alle versuchen, dich zu verkuppeln. Wir wollen schließlich, dass du glücklich bist, und das bedeutet, dass du dich wohl oder übel mit unserer Hilfe abfinden musst.«

Aarons Gesicht wurde schlagartig aschfahl. »Ich brauche keine Hilfe. Ich kann mir meine Partner durchaus selbst aussuchen.«

»Ach wirklich?«, fragte Marcus' Mutter mit unschuldigem Tonfall.

Marcus lachte. »Na, jetzt hast du es geschafft. Wenn du nicht aufpasst, wird meine Mutter dich verkuppeln.«

»Ich helfe dir dabei«, warf Mrs. Montgomery mit funkelnden Augen ein.

»Oh Gott. Bitte nicht«, stöhnte Aaron. »Keine Kuppelei.«

»Oh, darf ich auch helfen?«, fragte Bristol und trat an Marcus' Seite. Er beugte sich vor und küsste sie auf den Scheitel, woraufhin sie sich mit einem zufriedenen Seufzer an ihn schmiegte. Marcus entging nicht der vielsagende Blick, den sich die beiden Mütter zuwarfen. Beide grinsten über das ganze Gesicht, doch das störte ihn nicht.

Die beiden Frauen hatten sich schon immer nahegestanden, doch dank Bristol und ihm waren sie sich sogar noch nähergekommen.

Das Schicksal war gnädig mit ihm gewesen. Es hatte ihm sein großes Glück viel früher beschert, als er es je zu träumen gewagt hätte. Er war schlichtweg zu stur gewesen, um es zu erkennen, bis er beinahe alles verloren hätte.

Doch jetzt hielt er die Liebe seines Lebens in den Armen. Er war umgeben von dieser lautstarken, wunderbaren Familie, die er über alles liebte, und blickte einer rosigen Zukunft entgegen.

Alles, was es gebraucht hatte, war der Mut, endlich die Worte auszusprechen, die viel zu lange überfällig gewesen waren.

»Ich liebe dich, Bristol.«

Sie sah mit großen Augen zu ihm auf. »Ich liebe dich auch, Marcus.«

Sie war seine beste Freundin, seine Zukunft und der einzige Mensch, dem er bedingungslos alles anvertrauen konnte.

Er war unsagbar glücklich, dass er die Montgomerys kennengelernt hatte.

BONUS-EPILOG

»Ich kann meinen Schleier nicht finden«, sagte Bristol und sah sich mit klopfendem Herzen im Raum um. Sie krallte sich in ihre Taille, während sie versuchte, sich zu beruhigen. Doch die panische Suche nach ihrem Schleier war für sie nur eine weitere Möglichkeit, sich von dem abzulenken, was in etwa einer Stunde auf sie zukommen würde.

Eine Zukunft.

Mit ihm.

Endlich.

»Ich weiß, wo er ist«, meldete Arden sich zu Wort. »Er liegt genau dort, wo wir ihn bereitgelegt haben. Aber du brauchst ihn ohnehin noch nicht. Zia muss dich erst frisieren.«

Bristol atmete tief durch und begann, im Raum auf und ab zu gehen. Obwohl sie im Moment noch in Unterwäsche dastand und ihr Hochzeitskleid noch gar nicht trug, fühlte sie sich, als würde sie jeden Moment platzen. Sie bekam keine Luft.

»Wie konnte das passieren? Wie kann heute schon mein Hochzeitstag sein? *Unser* Hochzeitstag?«

Arden schnaubte amüsiert, während Holland auf dem Sofa saß. Ihr praller Babybauch wirkte in der fließenden griechischen Robe absolut bezaubernd.

Ihre Schwägerin tätschelte ihre Mitte und grinste. »Ich habe keine Ahnung, wie das passiert ist, aber ich wollte dir noch einmal dafür danken, dass du deine Hochzeit ausgerechnet in meinem dritten Trimester stattfinden lässt. Wirklich, vielen Dank.«

Bristol lachte und schüttelte den Kopf. »Hey, gib mir nicht die Schuld. Du bist diejenige mit zwei Ehemännern und musstest es ja mit beiden treiben.« Sie hielt inne und verzog das Gesicht. »Meine Güte, dieser Satz wird mir nie wieder über die Lippen kommen, wenn es dabei um einen meiner Brüder geht. Herrje.«

»Und es hat viel Spaß gemacht, es mit beiden zu treiben«, konterte Holland. »Du weißt, dass ich dir nicht wirklich die Schuld gebe, denn du hattest deine Hochzeit bereits geplant, als ich schwanger wurde. Doch das macht nichts, ich sehe in diesem Kleid fantastisch aus, nicht wahr?«, fragte Holland.

Madison betrat mit einem breiten Lächeln den Raum. »Ja, das tust du, liebste Cousine.« Sie ging zu ihr und tätschelte Hollands Bauch. »Na, was treibt mein Großcousin oder meine Großcousine da drin? Oh, tritts du deiner Mami etwa gerade gegen die Blase?«

»Mach keine Witze darüber«, fluchte Holland. »Na toll, jetzt hilf mir hoch. Ich muss schon wieder pinkeln.«

Madison errötete. »Ich hätte nicht gedacht, dass du wirklich pinkeln musst.« Mit großen Augen beugte sie sich vor, um Holland vom Sofa zu hieven.

»Ruiniere bloß nicht das verfluchte Kleid«, rief Bristol

und schlug sich sofort die Hand vor den Mund, als ihre Mutter sie mit verengten Augen fixierte. »Entschuldigung, das war gemein.«

»Hüte deine Zunge, junge Dame«, mahnte ihre Mutter, während jedoch ein Lächeln ihre Lippen umspielte. Tatsache war, dass ihre Mutter zuweilen heftiger fluchte als Bristol selbst.

»Seid ihr nicht die Montgomerys? Seit wann wird bei euch so geflucht?«, fragte Andie von der anderen Seite des Raumes.

Es war eine große Hochzeit, wobei die meisten Gäste Familienmitglieder waren. Vanessa, Jennifer, Andie, Zia, Arden, Madison und Holland waren ihre Trauzeuginnen und Brautjungfern. Auf der anderen Seite hielt Marcus mit seiner gesamten Verwandtschaft, Ronin und ein paar engen Freunden dagegen, um das Gleichgewicht zu wahren.

Bristol war sich ziemlich sicher, dass der Großteil der Gäste ohnehin zur Hochzeitsgesellschaft gehörte, aber das war ihr nur recht. So trugen wenigstens alle hübsche, halbwegs aufeinander abgestimmte Outfits und konnten an diesem besonderen Tag bei ihnen sein.

Wenn sie an die Logistik dachte, die sie dank der unzähligen Details und der Koordination von Abläufen bewältigt hatten, wünschte sich Bristol fast, sie seien nach Las Vegas geflohen. An jenem Nachmittag in ihrem Haus hatte sie noch Scherze darüber gemacht, doch es war nie dazu gekommen.

»Atme tief durch«, befahl Arden und legte einen Arm um Bristols Taille, wobei sie die Narbe aussparte, die sie alle mieden.

»Ich atme doch«, erwiderte Bristol.

»Tust du nicht«, warf Zia von der anderen Seite des Raumes ein. »Du hyperventilierst.«

»Okay, mag sein«, gab Bristol zu.

»Du wirst gleich deinen besten Freund und die Liebe deines Lebens heiraten. Einen Mann, der über allen steht«, sagte Arden und lachte über ihre eigenen Worte.

»Du klingst wie eine Mischung aus einem Liebesroman und *Herr der Ringe*«, entgegnete Bristol.

»Ich kann nicht anders«, verteidigte Arden sich. »Ich arbeite mit Büchern und bin mit einem fantastischen Autor verheiratet. Ich muss literarische Anspielungen in jedes Gespräch einfließen lassen.«

»Vielleicht«, sagte Bristol. »Oder du versuchst, mich abzulenken und mich zum Lachen zu bringen, weil ich nervös bin und noch nicht einmal mein Kleid angezogen habe. Was, wenn alles schiefgeht?«

»Dann geht eben alles schief«, erwiderte Arden.

»Genau«, stimmte Madison ihr zu, als sie mit Holland und Zia zurückkam. Letztere hatte ihr Make-up-Set dabei.

»Das ist nicht sonderlich hilfreich«, sagte Bristol.

»Bei meiner Hochzeit ist so ziemlich alles schiefgelaufen«, meldete Vanessa sich zu Wort.

»Ja, meine war auch nicht gerade perfekt«, fügte Jennifer hinzu.

Andie verzog das Gesicht. »Bei meiner hat eine Ziege gekotzt.«

Alle prusteten los, und auch Bristol lachte schallend. »Daran erinnere ich mich. Aber du wolltest ja unbedingt auf einem Bauernhof heiraten.«

»Damals lag das voll im Trend. Ich habe keine Ahnung, was ich mir dabei gedacht hatte«, gab Andie zu. »Aber mal ehrlich, interessiert es eine von uns, dass bei unserer Hochzeit nicht alles nach Plan lief?«

Jede verheiratete Frau im Raum schüttelte den Kopf.

»Siehst du?«, sagte Andie.

»Also schön. Selbst wenn eine Ziege sich während der Zeremonie übergeben sollte – was wirklich seltsam wäre, denn ich habe keine Ziege eingeplant –, wird alles gut werden.«

Arden nickte. »Genau, denn du heiratest Marcus. Deinen besten Freund. Es wird großartig sein.«

Zia trat an ihre Seite. »Genug geredet. Ich werde dich jetzt frisieren und schminken. Dann ziehst du das Kleid an. Denn du wirst heute absolut umwerfend aussehen, Schätzchen. Dafür werde ich sorgen.«

Bristol schenkte Zia ein Lächeln. »Danke, dass du hier bist.«

»Ich hätte es nicht verpassen wollen. Und jetzt beeil dich. Ich werde Ewigkeiten brauchen, um aus dir eine Schönheit zu machen«, frotzelte Zia, woraufhin Bristol ihr den Mittelfinger entgegenstreckte.

»Ich würde dich ja wegen deiner Wortwahl zurechtweisen«, warf ihre Mutter ein, »aber ich zeige dir gleich auch den Mittelfinger, weil du das gerade zu meiner Tochter gesagt hast.«

Alle lachten schallend.

Sie tranken ein wenig Sekt und aßen etwas Käse – zum einen als Proteinzufuhr, und zum anderen, weil sie Montgomerys waren und Käse liebten. Es dauerte nicht lange, dann stand Bristol vor einem Spiegel, während ihre Mutter ihr mit dem Schleier half. Sie wollte nicht weinen, aber eine einzelne Träne rollte ihr dennoch über die Wange.

»Keine Sorge, ich bringe das in Ordnung«, verkündete Zia unter Tränen.

»Bist du bereit, deinen besten Freund zu heiraten?«, fragte ihre Mutter.

Bristol nickte. »Danke, dass du mir geholfen hast, die Frau zu werden, die ich heute sein darf.«

»Du warst schon immer genau die, die du sein solltest«, erwiderte ihre Mutter. »Ich stand lediglich an deiner Seite und durfte zusehen, wie du aufblühst. Du bist eine wundervolle Frau, Bristol. Und ich kann es kaum erwarten, die Frau zu erleben, die du an Marcus' Seite sein wirst. Ich freue mich jetzt schon zu sehen, wie du dein volles Potenzial entfaltest.«

Ein allgemeines Schluchzen ging durch den Raum. Doch nach ein paar letzten Handgriffen von Zia waren sie endlich bereit.

Statt in einer Kirche gaben Bristol und Marcus sich das Jawort in einem prachtvollen Gewächshaus. Für sie war es genau der richtige Ort. Und bei der schieren Anzahl an Gästen brauchten sie den Platz ohnehin.

Bristol und Marcus hatten beide einige Kollegen eingeladen. Niemand verschwendete auch nur ein Wort an den Mann, der versucht hatte, ihnen alles zu nehmen. Er war weder die Zeit noch den Platz in ihren Gedanken wert.

Der Hochzeitszug setzte sich in Bewegung. Zur langsamen Musik schritt die Hochzeitsgesellschaft Hand in Hand den Gang entlang. Glückliche Ehepaare, Aaron mit Madison und Zia mit Lincoln.

Bristol hielt die Hand ihres Vaters, wobei sie vor Aufregung fast auf ihren Absätzen auf und ab hüpfte.

Ihr Vater lachte leise. »Du hast diesem Tag schon entgegengefiebert, als du sechs Jahre alt warst und steif und fest behauptet hast, dass Marcus dir gehört.«

»Das habe ich doch nicht wirklich gesagt, oder doch?«, hauchte Bristol.

»Du hast uns allen unmissverständlich klargemacht, dass Marcus eines Tages dir gehören würde und wir uns gefälligst damit abfinden müssten«, erinnerte er sich. »Und im nächsten Moment hast du wieder irgendetwas von Buntstiften gefaselt.«

»Warum hast du mir diese Geschichte nie erzählt?«, fragte Bristol. Sie näherten sich dem Anfang des Ganges, und sie wusste, dass jeden Moment der Hochzeitsmarsch erklingen würde.

»Ich dachte, du erinnerst dich daran.«

»Nein«, entgegnete sie. »Ich hatte es wohl vergessen.«

»Nun, jetzt weißt du es. Du hast auf diesen Moment gewartet, seit du sechs warst. Marcus ist der einzige Mensch, dem ich dich jemals anvertrauen würde.«

»Eigentlich müsste ich dir jetzt erklären, dass ich eine emanzipierte Frau bin, die niemandem gehört«, entgegnete sie, »aber diesen einen Moment gönne ich dir.«

Ihr Vater warf ihr einen vielsagenden Blick zu. »Danke, denn du solltest wissen, dass ich versucht habe, deine Brüder zum Altar zu führen, aber das war nicht leicht.«

Sie lachte, und dann ertönte der Hochzeitsmarsch. Sie blickte den Gang hinunter und da stand er. Ihr Marcus. Er hatte die Augen weit aufgerissen und den Mund leicht geöffnet, als hätte er gerade nach Luft geschnappt.

Dieser Blick.

Sie würde ihn nie vergessen.

Am liebsten wäre sie den Gang hinuntergeeilt, doch ihr Vater hielt sie zurück. Sie lachte leise, als sie Schritt für Schritt den Läufer entlangschritten. Plötzlich waren sie am Ziel, und ihr Vater übergab sie an Marcus.

Tausend Menschen hätten im Raum sein können, sie hätte keinen von ihnen wahrgenommen.

Es gab nur ihn, sie und die Aussicht auf eine gemeinsame Zukunft.

Vielleicht hatte ihr Vater recht. Vielleicht hatte sie Marcus schon als kleines Mädchen für sich beansprucht.

Eines wusste Bristol jedoch mit Sicherheit. Seit jener Party, an der sie sich selbst belogen und behauptet hatte, alles nur für ihre Freundschaft zu tun, hatte sie gewusst, dass dieser Moment kommen würde.

Dennoch hätte sie sich niemals träumen lassen, dass es so wunderbar sein würde. Ihr Herz drohte zu zerspringen, so gewaltig waren ihre Gefühle für den Mann, der nun für immer ihr gehören würde.

Marcus Stearn war ihr Freund aus Kindertagen, ihr Vertrauter, auf den sie immer hatte zählen können. Er war der Mann ihrer Träume, mit dem sie den Rest ihres Lebens verbringen würde.

Und als sie sich das Eheversprechen gaben und er sie sanft küsste, wusste sie, dass dies der Anfang einer strahlenden Zukunft war.

Als Nächstes sind Aaron und Madison in »Seduced in Ink – Tattoos und Täuschungen« an der Reihe. Die beiden sind ein wenig eigensinnig und unkonventionell. Ich kann es kaum erwarten, Ihnen zu erzählen, wie bei ihnen die Funken sprühen.

NACHWORT

Danke, dass Sie »Embraced in Ink – Tattoos und Verbundenheit« gelesen haben. Ich hoffe, die Geschichte hat Ihnen gefallen. Über eine Bewertung würde ich mich sehr freuen, denn diese hilft nicht nur Autoren, sondern auch Lesern.

Bristols und Marcus' Geschichte war unglaublich romantisch. Die beiden wussten genau, was sie wollten, auch wenn sie es sich selbst nicht eingestehen konnten.

Als Nächstes sind Aaron und Madison in »Seduced in Ink – Tattoos und Täuschungen« an der Reihe. Die beiden sind ein wenig eigensinnig und unkonventionell. Ich kann es kaum erwarten, Ihnen zu erzählen, wie bei ihnen die Funken sprühen.

BÜCHER VON CARRIE ANN RYAN

Die Brüder Wilder:

Der Weg zurück zu mir (Buch 1)

Immer der Richtige für mich (Buch 2)

Der Pfad zu dir (Buch 3)

Montgomery Ink Reihe:

Ink Inspired – Tattoos und Inspiration (Buch 0,5)

Ink Reunited – Wieder vereint (Buch 0,6)

Delicate Ink – Tattoos und Überraschungen (Buch 1)

Forever Ink – Tattoos und für immer (Buch 1,5)

Tempting Boundaries – Tattoos und Grenzen (Buch 2)

Harder than Words – Tattoos und harte Worte (Buch 3)

Written in Ink – Tattoos und Erzählungen (Buch 4)

Hidden Ink – Tattoos und Geheimnisse (Buch 4,5)

Ink Enduring – Tattoos und Leid (Buch 5)

Ink Exposed – Tattoos und Genesung (Buch 6)

Inked Expressions – Tattoos und Zusammenhalt (Buch 7)

Inked Memories – Tattoos und Erinnerungen (Buch 8)

Montgomery Ink Reihe: Colorado Springs:
Fallen Ink – Tattoos und Leidenschaft (Buch 1)
Restless Ink – Tattoos und Intrigen (Buch 2)
Jagged Ink – Tattoos und Turbulenzen (Buch 3)

Montgomery Ink Reihe: Boulder:
Wrapped in Ink – Tattoos und Herausforderungen (Buch 1)
Sated in Ink – Tattoos und drei Herzen (Buch 2)
Embraced in Ink – Tattoos und Verbundenheit (Buch 3)

Die Gallagher-Brüder:
Love Restored – Geheilte Liebe (Buch 1)
Passion Restored – Geheilte Leidenschaft (Buch 2)
Hope Restored – Geheilte Hoffnung (Buch 3)
Seduced in Ink – Tattoos und Täuschungen (Buch 4)

Whiskey und Lügen:
Whiskey und Geheimnisse (Buch 1)
Whiskey und Enthüllungen (Buch 2)
Whiskey und die Geister der Vergangenheit (Buch 3)

Das Aspen Rudel:
Durch Ehre Geschliffen (Buch 1)
In der Dunkelheit Gejagt (Buch 2)
Im Chaos Gebunden (Buch 3)

Unterschlupf in der Stille (Buch 4)
Von Flammen Gezeichnet (Buch 5)

Aus der »Montgomery Ink Reihe«:
Inked Persuasion (Buch 16)
Inked Obsession (Buch 17)
Inked Devotion (Buch 18)
Inked Craving (Buch 19)
Inked Temptation (Buch 20)

Aus der Reihe »The Cage Family«:
The Forever Rule (Buch 1)
An Unexpected Everything (Buch 2)
If You Were Mine (Buch 3)
One Quick Obsession (Buch 4)

BIOGRAFIE

Carrie Ann Ryan ist eine *New York Times* und USA Today Bestsellerautorin moderner und übersinnlicher Liebesromane. Außerdem schreibt sie Literatur für junge Erwachsene. Ihre Arbeit umfasst die »Montgomery Ink Reihe«, »Redwood Pack«, »Fractured Connections« und die »Elements of Five«-Reihe. Weltweit hat sie über vier Millionen Bücher verkauft.

Sie hat bereits während ihres Chemiestudiums mit dem Schreiben begonnen und hat seitdem nicht mehr aufgehört. Inzwischen hat Carrie Ann mehr als fünfundsiebzig Romane und Novellen fertiggestellt – und ein Ende ist nicht in Sicht. Carrie Ann wurde in Deutschland geboren und hat schon überall auf der Welt gelebt. Wenn sie sich nicht gerade in ihrer emotionalen und aktionsgeladenen Welt verliert, liest sie gern, während sie sich um ihr Katzenrudel kümmert, das mehr Anhänger hat als sie selbst.

Besuchen Sie Carrie Ann im Netz!

carrieannryan.com/country/germany/
www.facebook.com/CarrieAnnRyandeutsch/
twitter.com/CarrieAnnRyan
www.instagram.com/carrieannryanauthor/

www.ingramcontent.com/pod-product-compliance
Lightning Source LLC
Chambersburg PA
CBHW070248130726
48054CB00022B/155

* 9 7 8 1 6 3 6 9 5 7 7 5 3 *